Einaudi. Stile Libero Big

Dello stesso autore nel catalogo Einaudi

Bambini, ragni e altri predatori
Nebbia e cenere
Come il lupo
Medical Thriller (con C. Lucarelli e G. Rigosi)
Halloween (con G. Bellosi)
Quell'estate di sangue e di luna (con A. Fabbri)
L'Uomo Nero e la bicicletta blu
Gotico rurale
Nevicava sangue

Eraldo Baldini
Stirpe selvaggia

Einaudi

© 2016 Eraldo Baldini
Published by arrangement with
Agenzia Letteraria Santachiara

© 2016 Giulio Einaudi editore s.p.a., Torino
www.einaudi.it

ISBN 978-88-06-22592-6

Stirpe selvaggia

Parte prima
Wild East Show

1.
A vedere il treno
(primi di aprile, 1906)

Invece dei soliti ruscelli di acqua limpida e fredda, raccontava il maestro, giú sulle pietre e tra gli alberi corse per ore un fiume di sangue denso e caldo. E a quelle parole la sua fronte si corrugava e si induriva, e i suoi occhi pareva riverberassero i colori di quell'immagine crudele.

– E il bosco, il bosco che potete osservare dalle finestre, – diceva, mentre gli sguardi dei bambini correvano ai vetri per guardare fuori, come se potessero scorgervi cose nuove e mai viste prima, – era pieno di comandi e grida, di scricchiolii e schianti di alberi che si spezzavano e cadevano sui soldati, di cozzare di spade, poi di lamenti e implorazioni, e infine fu un silenzio di tomba, quello che nella Valbuia c'è ancora adesso. L'avete mai ascoltato il silenzio che c'è lassú? – chiedeva con voce da dramma fissando uno a uno gli scolari, una quindicina in tutto, rapiti da quella storia già sentita molte volte, ma sempre nuova come una fiaba che non smetta mai di incantare pur sapendone i contenuti e la fine.

Il silenzio della Valbuia i bambini lo conoscevano, certo. Tutti qualche volta se l'erano trovato intorno e addosso, gelido come una coperta bagnata, pesante e vischioso come un brutto sogno. E se potevano lo evitavano, oppure lo cercavano solo per sfida. Ma quel posto non era preda dell'abbandono da allora, da piú di duemila anni, come sosteneva il maestro.

Lui, che con la lettura di tanti libri aveva accumulato nozioni e sviluppato fantasie grandiose che con le nozioni a volte avevano poco a che fare, quando concludeva la lezione sull'agguato con cui le legioni romane, impegnate ad aprirsi una strada verso la grande pianura, erano state attaccate e sterminate dai Galli, asseriva che quella gola fra i monti era come un cimitero sconsacrato, un tempio dedicato alla carneficina, un luogo muto e terribile e per questo disertato e deserto.

Aveva ragione solo in parte, e se almeno una volta si fosse degnato di andare fin lassú, lui che veniva dal piano e che di scarpinare in salita non aveva né la voglia né la forza di gambe, se ne sarebbe accorto. Perché quella fessura impervia, verde di alberi, grigia di rocce e nera di ombre, che da uno dei tanti passi a cavallo tra Romagna e Toscana scendeva a precipizio fino al paese, pativa sí di una fama oscura, di un'aura misteriosa e cupa che si avvertiva a pelle, ma non era rimasta sempre vuota dopo l'antica battaglia, dopo quell'agguato che chissà se era avvenuto davvero e se aveva avuto luogo proprio lí, poco sopra l'abitato di San Sebastiano in Alpe, come volevano alcuni testi ed eruditi locali smaniosi di rivendicare radici epiche al proprio villaggio.

Non solo alcuni cacciatori, boscaioli e viandanti la bazzicavano ancora; non solo fino a qualche decennio prima vi erano transitati ogni giorno contrabbandieri che facevano la spola tra le terre del granduca e quelle del papa, quando a dividerle esisteva ancora un confine, e briganti e guardie impegnate a inseguirli, ma tempo addietro qualcuno c'era andato persino ad abitare.

Come si può scegliere di costruire case di sasso sull'orlo infido di scarpate irte di altri sassi frantumati dal tempo? Come si può decidere di vivere in un luogo cosí fradicio di ombre, quelle degli alberi alti e fitti e quelle di un passato probabilmente macchiato di sangue? Eppure, un centinaio di anni prima, era sorto nella Valbuia, su una sporgenza piana in bilico tra i dirupi, un piccolo agglomerato di abitazioni. Eretto da chi, nessuno se lo ricordava o voleva dirlo. Forse da carbonai e taglialegna, forse da gente che scappava, si nascondeva e aveva trovato rifugio là dove era piú difficile cercare.

Ma se si era trattato di raminghi inquieti, di esuli spaventati intenti a celarsi in un posto isolato, scomodo ed evitato dai piú, la loro fuga non era finita con lo stabilirsi in quelle case. Perché un giorno, e questo i vecchi lo raccontavano con lo stesso tono che usava il maestro nel narrare della strage antica, quelle povere dimore di sasso erano state abbandonate all'improvviso, senza che se ne sapesse la ragione.

Qualche cacciatore spintosi fin lassú aveva visto i camini privi dei loro pennacchi di fumo, non era stato inseguito dal solito latrare dei cani, non aveva udito un suono, non aveva colto un benché minimo movimento o segno di vita.

Un coraggioso era entrato in una delle case, poi altri l'avevano imitato, e anzi c'era stata una inusuale processione che da San Sebastiano in Alpe era salita a sincerarsi, a vedere di persona, come se nessuno potesse credere alla notizia che era corsa di bocca in bocca: quella che sulle tavole apparecchiate nelle abitazioni ormai vuote ci fossero ancora i piatti, che sventolassero panni stesi ad asciugare, che le mangiatoie fossero piene di fieno nuovo per le bestie. Bestie scomparse come gli uomini, le donne e i bambini che avevano fino ad allora popolato il luogo. Tutti finiti di colpo chissà dove, senza che di loro rimanesse traccia.

Amerigo Timossi e Mariano Sintini, di nove anni entrambi, erano piú spaventati da quell'abbandono repentino e inesplicabile che dalla storia dei legionari romani massacrati con le spade, le asce e gli alberi fatti cadere sulle loro teste dopo averne segato il tronco quanto bastava per abbatterlo con una spinta. In quel fatto di oltre duemila anni prima riconoscevano anzi la bellezza che c'è in un racconto di cavalieri e castelli, o di pirati e navi, di briganti e guardie, l'attrattiva insomma che si poteva trovare in un libro di storie.

A volte, quando per avventura o per misurare il proprio coraggio salivano i fianchi della Valbuia, a quella battaglia ci giocavano impugnando rami mondati a formare bastoni lucenti, sentendosi chi soldato romano, chi barbaro feroce, e urlavano spezzando il silenzio e correvano in discesa a perdifiato tra massi e alberi, ubriachi della furia del gioco e dello scontro, vivi in quel posto morto.

Ma mai, tra i ruderi coperti di muschi e di rampicanti che erano stati case, avrebbero potuto inscenare un gioco che riguardasse la sparizione della gente che era vissuta lassú. Quella storia non avvinceva come un romanzo, ma annichiliva come una delle tante leggende che si ascoltavano a veglia, nelle sere d'inverno, quando fuori fischiava il vento e si accumulava la neve. Apriva porte su stanze buie, come accade nelle fiabe per mano di qualche impavido o scriteriato che ignori le raccomandazioni e i divieti dei piú saggi e accorti.

Non c'era piú una strada vera e propria, nella Valbuia, se mai c'era stata. Solo una stretta mulattiera vaga e dissestata che a tratti, nelle zone piú scoperte, era dura e lucente di sassi che spuntavano come denti dalla terra e che invece, dove regnava l'ombra, diveniva viscida e sdrucciolevole, tanto che bisognava camminare chinati in avanti piantando bene le scarpe per evitare di scivolare e cadere.

– Ancora poco e siamo in cima, – disse Amerigo ansimando. Era sempre lui a condurre. Mariano, piú gracile e meno impavido, come sempre lo seguiva. – Che ore saranno? – chiese.
– Che ti importa?
– Mi importa sí: io per cena devo essere a casa, altrimenti mio padre si arrabbia.
Amerigo ridacchiò. Lui il padre non l'aveva, o meglio non l'aveva mai conosciuto. Anzi, neppure sapeva chi fosse: un segreto che sua madre Giulia non aveva mai rivelato a nessuno tenendosi dentro quella colpa, se di colpa si era trattato. Di certo tale era apparsa agli occhi del paese, perché una ragazza nubile di diciotto anni che torna a casa con un neonato non è cosa rara, ma neppure di tutti i giorni, e fa parlare e criticare.

Chissà se il mistero di quella paternità l'aveva mai confidato a nonno Luigi, e chissà se lui l'aveva davvero perdonata. Probabilmente sí, visto che l'aveva accolta di buon grado e che per Amerigo era stato come un padre. Un padre severo ma affettuoso.

Lui l'adorava, suo nonno, un uomo taciturno e forte, uno che nella vita aveva fatto di tutto, il carbonaio, il carrettiere, che ancora era attivo come boscaiolo e che si era ritrovato vedovo quando Giulia aveva solo cinque anni e da solo l'aveva cresciuta.

– Tuo nonno non se la prende se torni tardi? – chiese Mariano mentre finalmente raggiungevano la cresta del monte, lasciandosi alle spalle le ombre fredde della Valbuia e godendo dello spazio aperto, di una luce viva e diffusa, di un orizzonte ampio e rassicurante.

– Lui? No, sa che posso cavarmela e non sta in pensiero. Mi ha insegnato.

– Cosa?

– Questo! – gridò Amerigo lanciando il coltello diritto contro un faggio ad almeno quindici metri di distanza. Un luccichio, un sibilo e il *toc* della lama che si conficcava precisa nel tronco.
– Perché ti porti sempre quel coso?
– «Il coltello è un buon fratello», dice mio nonno.
Mariano tacque. Conosceva bene il vecchio Luigi, avaro di parole e svelto di mano. Un tipo senza paura che aveva vissuto di tutto, uno che aveva corso le montagne in lungo e in largo a procurarsi il pane e che non si era mai fatto montare sui piedi. E che insegnava a suo nipote a essere come lui, a meritare rispetto.
Il pendio erboso davanti a loro declinava fino a una valle lontana, lunga, segnata sul fondo da una riga scura. La ferrovia.
Era per quella che erano saliti lassú.
Amerigo recuperò il coltello, se lo pulí su una manica e sedette accanto all'amico. – Tarderà poco, – disse.
– Sei sicuro?
– Ascolta bene.
Mariano aguzzò le orecchie, e dopo un minuto buono avvertí una vibrazione ancor prima di un pulsare e sbuffare che venivano da basso. Come facesse Amerigo a sentire il treno sempre prima di lui, non lo capiva. Era come se avesse l'udito delle volpi, la vista dei lupi, l'olfatto di una faina. I suoi sensi erano pronti e fini come quelli degli animali selvatici.
Poi si vide il pennacchio del fumo e il convoglio apparve, piccolo come un giocattolo giú nella valle, veloce, potente. Mangiava le distanze con foga, ansimava nello sforzo di correre, fischiava a chiedere strada, rombava frantumando silenzi antichi.
Lo guardarono passare e sparire in pochi secondi, poi

lo seguirono col pensiero mentre si infilava tra alture e boschi smisurati.
Tanto camminare fin là per uno spettacolo cosí breve.
Amerigo sospirò, si alzò in piedi e disse sicuro: – Un giorno ci salirò, sul treno, e me ne andrò.
– Dove?
– Dove? Via. Il mondo è grande.
Mariano, come succedeva spesso, si sentí soverchiato dalle certezze e dall'intraprendenza dell'altro. – A me piace qui, – mormorò.
– Anche a me, però non è che voglio starci per sempre e morirci. Tu invece non ti sposterai mai da San Sebastiano, vero?
– Non lo so.
– Sí che lo sai. Hai troppa paura per lasciare la tua casa, babbo e mamma e tutto il resto.
Mariano abbassò la testa. Forse il suo amico aveva ragione.
Poi quello gli fu addosso in un balzo, insieme si rotolarono nell'erba e Mariano si ritrovò supino con le braccia bloccate. Sopra di sé, la forza e il sorriso dell'altro.
Rimasero cosí per un po', fin quando Amerigo lo tirò su e gli diede una pacca su una spalla dicendo: – Andiamo.
– Riscendiamo per la Valbuia?
– È la piú breve.
Le ombre cominciavano ad allungarsi, e a Mariano non piaceva l'idea di passare tra le case vuote del villaggio abbandonato, né di affrontare i passaggi scoscesi e oscuri di quella via.
Amerigo gli venne incontro. – Torniamo per Valleluce, se vuoi: è piú lunga ma piú comoda.
Mariano gliene fu grato. Era piú lunga, sí, perché c'era da fare quasi un chilometro in quota, dove rimanevano

qua e là tenaci chiazze di neve e lastre di ghiaccio infido, ma poi la valle parallela che scendeva anch'essa in paese li avrebbe accolti con una strada piú agevole e soprattutto con la sua larghezza, la sua dolcezza di forme e colori, il suo aspetto pacioso e sicuro. Non per niente la chiamavano Valleluce.

Corsero senza fermarsi sul crinale fino all'imbocco della vallata e presero a discenderla, a precipizio per il primo tratto, come la forte pendenza imponeva. A braccia aperte, come falchi in picchiata, mangiavano metri sentendo l'aria fredda che sferzava il viso.

Piú sotto, tra gli alberi ai piedi di un rilievo tozzo, ruvido e nudo come una callosità, nulla piú che una rugosa escrescenza del declivio, raggiunsero la sorgente che tutti chiamavano Fonte del Diavolo.

– Ho una sete boia, – biascicò Amerigo con la bocca impastata, avvicinandosi al getto d'acqua che scaturiva tra le pietre.

– Solo tre sorsi.

– Lo so.

Bevvero, tre boccate ciascuno. Di piú non si poteva. Da dove fosse nata quella proibizione che sapeva di leggenda o di tabú, nessuno se lo ricordava, ma tutti ubbidivano a quella consuetudine precisa come una legge, dura e indiscutibile come un comandamento. Si diceva che, se è vero che esistono fonti dell'eterna giovinezza, quella sorgente ne fosse l'esatto contrario: a nutrirsene per piú di tre sorsi, un'improvvisa e fatale vecchiezza avrebbe colto il trasgressore.

– È buona e ho ancora sete, – disse Amerigo.

– Pare buona, ma sai che non è cosí.

– Mah... una volta ne ho bevuto fino a scoppiare e non mi è successo proprio niente.

– Non è vero.
Non era vero, infatti. Amerigo mal sopportava ogni genere di imposizione e soprattutto di divieto, ma non fino a quel punto.

Ripresero a correre in discesa. A basso, ogni tanto, si vedevano luccicare i tetti di arenaria delle case del paese. Passarono davanti alle poche abitazioni di Pian del Falco, vuote tranne un paio. La segheria ad acqua pulsava per i rumori e il moto della ruota e delle macchine. Non lontano, un rudere era tutto ciò che restava di una chiesetta, prima indebolita dal terremoto e poi schiacciata da una nevicata abbondante; al suo fianco, qualche croce sghemba indicava un vecchio cimitero. Nonostante non venisse usato da tempo, a Pian del Falco i morti erano certamente piú dei vivi, perché molti di quelli nati lassú si erano trasferiti a San Sebastiano, abbandonando la scomodità delle zone piú alte.

Dalla segheria al fondovalle, la strada fiancheggiava il torrente Falcione. Forse si chiamava cosí perché faceva una curva ben disegnata, un semicerchio perfetto come la lama di una falce da mietere. Nel punto in cui ridiventava dritto, a destra c'era un crepaccio profondo e nero di roccia.

I due bambini si arrestarono a guardare silenziosi in quella voragine da cui pareva salire un alito freddo, poi ripartirono. Non ci voleva piú di un'ora a discendere la valle, e furono ai margini del paese prima di buio, anche se tenebre sfuocate avvolgevano già le propaggini del bosco.

Da quell'ombra uscirono una donna, una bambina e un cane.

La piccola li riconobbe e andò verso di loro. Il cane per un po' la seguí agitando la coda, ma lei si girò ordinandogli: – No, Belva! – L'animale ubbidí, prima fermandosi, poi tornando indietro.

– Che ci fai qua, Rachele? – le chiese Amerigo cingendole con un braccio le spalle magre.
– Sono con mamma, raccoglie le erbe e mi insegna a riconoscerle, ma io mi confondo. Ce n'è tante che paiono tutte uguali.
Alma, la madre di Rachele, si fece avanti con un cesto.
– Va' giú con loro, – disse alla bambina.
– E tu?
– Io ho ancora un po' da fare. Quando arrivi a casa, accendi il fuoco.
Rachele sembrò contenta di quella libertà. Si incamminò fra i suoi due amici, i migliori che avesse. Non solo erano della stessa età, non solo frequentavano la stessa scuola e classe, ma li sentiva come i fratelli che non aveva. Del resto non ne avevano neppure loro, cosa piuttosto inusuale là dove la maggior parte delle famiglie erano numerose e piene di bambini.
– Dove siete stati? – chiese.
– A vedere il treno.
– E non potevate dirmelo? Sarei venuta anch'io.
– Davvero?
– No... ma mi sarebbe piaciuto.
– E allora perché no? – chiese Mariano.
– Perché mamma aveva bisogno che l'aiutassi. O almeno che le facessi compagnia.
Fu in quel momento che alle loro spalle la voce di Alma li chiamò. Si girarono e videro che faceva gesti con la mano.
Tornarono da lei, che si sedette su un ceppo, fissò Amerigo e gli disse: – Non fermarti a casa, va' direttamente nella piazza del paese.
– A fare che?
– Stanno andando tutti là, ci sono novità in arrivo. Che ti riguardano.

– Che riguardano me? In piazza? – chiese lui con la faccia stupita.
– Novità. In paese. Che ti riguardano, – scandí Alma con un sorriso leggero.

I tre bambini ripartirono di corsa.

Non aveva senso chiedere a quella donna come sapesse le cose, anche quelle che nessun altro conosceva, anche quelle che non erano ancora successe.

Alma, com'era noto, le sapeva e basta.

2.
Storia di Alma

Alma Ceroni non era nata in paese, ma in alto, in una casa colonica aggrappata a una delle pendici che contornavano la Valleluce. Sua madre Francesca diceva che, la notte in cui era venuta al mondo, si era sentita «urlare la balza», un misterioso suono che si diffondeva e si udiva per miglia e miglia: partiva come un boato sordo e basso, poi si alzava di intensità e infine si spegneva in un brontolio sussurrante. Cosa fosse e cosa lo provocasse nessuno lo sapeva, ma incuteva timore e sempre segnalava che qualcosa di importante o di brutto stava succedendo o sarebbe successo di lí a breve. A quello si era aggiunto il fatto che la bambina era venuta fuori avvolta nel sacco amniotico, evento raro che pronosticava invece fortuna. «Sei stata segnata nel bene e nel male, – diceva la madre di Alma quando le raccontava del suo arrivo nel mondo. – Non sei come tutti gli altri».

Di questo la bambina si era accorta presto, e ne aveva avuta piena certezza all'età di otto anni, quand'era successa una cosa, una cosa che a narrarla sembrava un sogno, anche se lei giurava che fosse vera.

Tutto era cominciato in un tardo pomeriggio di temporale.

Il vento, a folate, faceva baluginare il chiaro delle foglie contro il cielo nero e spingeva ad accumularsi nuvole scure e gonfie, con strascichi bianchi e bassi, sfilacciati e veloci, che lambivano le montagne nella loro corsa. Il biancore del lampo e il ruzzolare del tuono giú per la valle innervosivano la cavalla. Giuseppe staccò in fretta il carro pieno di legna e aprí l'uscio della stalla, poi prese la Nina per la briglia e la condusse nel suo angolo. Era quasi buio, dentro, e le tre mucche, con la testa girata verso l'uomo, sembravano aspettare.

Poi si sentí la pioggia rombare sul tetto e sull'aia. Sotto quel diluvio il mondo sembrò rilassarsi. Il lampo non era piú cosí livido, il tuono non piú cosí secco sotto quella purificazione imperiosa e risolutiva come un sacrificio.

Un odore selvatico e buono di terra bagnata accolse Giuseppe quando riaprí la porta della stalla; lo scroscio fumigava sul terreno, il cielo sbiancava dietro la muraglia d'acqua e da qualche parte un rivolo cadeva dalla grondaia in un secchio, risuonando. Il vento era cessato in fretta come s'era alzato. Guardando verso la casa, vide rosseggiare il lume dalla finestra; si lanciò tirando su il colletto della cacciatora, cercò di correre in modo da evitare le pozzanghere piú grandi e arrivò alla porta, armeggiò inutilmente con la maniglia, poi sentí lo schianto del catenaccio e si trovò dentro, negli odori caldi della grande cucina.

– Non t'avevo visto venire, – disse Francesca sorridendo come per scusarsi. Lo aiutò a togliersi la giacca fradicia, che appese alla spalliera di una sedia davanti al camino acceso.

– Si incomincia presto quest'anno a dover riscaldare casa, – disse Giuseppe.

L'ultimo giorno di agosto il sole era tramontato dietro grandi bastioni di nubi, e questo faceva presagire un inverno duro. E adesso settembre non era ancora finito, che già le prime foschie portavano sere fredde e umide.

Alma, seduta sul pavimento, la faccia e i capelli su cui

giocava il riverbero della fiamma e le mani intente ad accarezzare il gatto addormentato, sussultava a ogni tuono sempre piú lontano. Aveva otto anni e non le piacevano i temporali, ma adesso che suo padre era tornato si sentiva meglio. Lui, in quella casa isolata sul monte, lontana dal paese che si intravedeva appena giú nel fondovalle, era la sicurezza ed era anche l'unico amico, insieme alla mamma e agli animali.

– Cos'è che tuona? – chiese, e sapeva già la risposta.

– È il diavolo che porta in carrozza sua moglie, – disse il babbo mentre si asciugava al fuoco e con le molle faceva crollare piccole montagne di braci, sollevando faville.

Alma se l'immaginava, il diavolo, un omaccio rosso e peloso che correva con un biroccio tra le nuvole nere, accanto alla moglie brutta come la vecchia Nora che abitava al di là del bosco dei castagni, sull'altro fianco del monte.

Francesca spostò il lume a petrolio dal gancio nell'angolo a quello sopra la tavola, e nel muoverlo la luce e le ombre agitarono fantasmi sui muri. Aveva i capelli chiari come Alma, era sottile e silenziosa ma forte, e portava in grembo il secondo bambino. Già nel pomeriggio l'aveva sentito muovere, quando si era fermata un attimo a riposare dopo aver portato il mangiare ai polli.

Mise lo strutto nella padella, la posò sul treppiede nella brace e vi ruppe dentro le uova. Poi gettò i gusci nel fuoco e s'accosciò davanti al camino, lavorando di forchetta la frittata, che cominciò subito a dorarsi. – Ormai te la prendevi tutta, la pioggia, – disse senza voltarsi. – Sei tornato a casa appena in tempo.

– In tempo per bagnarmi come un pulcino, – rispose Giuseppe toccandosi con la mano aperta i calzoni. – Mi ha inzuppato il campo, domani non si potrà arare. E speriamo che non abbia buttato giú quel po' d'uva.

Francesca tolse la padella ancora sfrigolante dal fuoco, mise la frittata nei piatti e guardò dalla finestra il cielo che, sebbene fosse sera, un po' rischiarava. Dopo mangiato, Giuseppe aprí la porta per osservare le cime dei monti e in quel momento il gallo cantò nel pollaio. – Canta il gallo dopo cena, – disse. – Credo che domani farà bello.

L'indomani era bello davvero. Un'aria lavata e fina si scaldava al salire del sole, quando Giuseppe andò nella stalla a governare le bestie. Pulí sotto le mucche, riempí la greppia. Poi s'accostò all'angolo della Nina, e già a una prima occhiata gli parve che qualcosa non fosse a posto. O meglio: che tutto fosse troppo a posto. Lo strame era stato cambiato con paglia nuova e pulita, la mangiatoia era colma di cibo, i finimenti rilucevano come per una paziente pulitura.

– Ossignore! – mormorò, e si avvicinò all'animale appoggiandogli una mano sul collo.

Con l'aria docile di sempre, la Nina mosse la testa e si scostò per far posto all'uomo.

Giuseppe staccò la cavalla e la portò fuori, pensando alle tante storie che aveva sentito, alle cose strane che aveva visto o intravisto fra le montagne, ai racconti e alle chiacchiere che si facevano al caldo di una veglia notturna o all'osteria.

Chi era venuto a rigovernare nella stalla? Cosa significava? Legò la Nina a un palo nell'aia, poi rientrò in casa per parlarne con Francesca; e lo fece a bassa voce perché Alma, che già si era svegliata e gironzolava per casa, non sentisse.

– M'han pulito sotto la cavalla, e non so proprio chi possa essere stato e perché, – mormorò fissando la moglie.

Lei non capí subito. Continuò a sfaccendare con le scodelle sul tavolo, a ordinare ad Alma di infilarsi le ciabatte del babbo che erano lí a portata di mano, ché a ghiacciarsi i piedi poi si ammalava, a buttare un occhio al fuoco appena acceso. Giuseppe dovette dirglielo tre volte. Allora lei si sedette e si fece il segno della croce. – Gesú, – disse, – ma che stregoneria è mai questa?

Alma, che aveva sentito e capito ancora prima della mamma, cominciò a figurarsi cose strane e paurose. Delle streghe aveva sentito tanto raccontare, sapeva che erano vecchie e brutte – e ancora le veniva da pensare a Nora – e che erano cattive. Potevano essere nascoste dappertutto e arrivare di soppiatto; e quel fiore di cardo selvatico inchiodato alla porta di casa era lí proprio per difenderli da loro, che cosí non sarebbero potute entrare neanche quando, sbucando da dietro i monti, passavano numerose a cavallo di scope o di pecore nere, a branchi, in volo come pipistrelli smisurati e invisibili contro il cielo notturno.

Giuseppe, dopo l'emozione iniziale, ai misteri non ci pensava piú. – M'han fatto uno scherzo. È Tonino che vuole burlarmi e farmi paura. Ma dopo lo vedo, e lo scopro se è stato lui, – e ne pareva convinto, anche se a Francesca sembrava inverosimile che Tonino, di notte, da una casa a quasi un chilometro di distanza, si fosse preso la briga di camminare sui sentieri fangosi del monte per venire a pulire la cavalla.

Tonino era di casa, era l'unico che quasi ogni giorno passasse a parlare del raccolto e della caccia, a mostrare una lepre appena uccisa nei pascoli o tra le vigne, a invitare Giuseppe a fare il capanno per le allodole, o a pesca; l'unico che venisse a dare una mano nei lavori della spannocchiatura, della vendemmia o ad ammazzare il porco. Di scherzi ne aveva fatti tanti, e li si era ricambiati. Ma se si trattava di uno scherzo, questo era strambo e proprio da raccontare.

Giuseppe partí per andare a far legna. Arare non era possibile, perché la terra era ancora bagnata e fumigava nel sole che adesso cominciava a scottare. Avrebbe incontrato senz'altro Tonino e avrebbero riso del fatto della stalla.

Con gli scarponcini grossi Alma poteva camminare nell'aia, zuppa dell'acqua caduta la sera prima e in qualche scroscio notturno. Teneva Belva al guinzaglio e il grosso cane, che era da caccia e da guardia, anche se non si poteva dire che fosse di razza o di che razza fosse, tirava impaziente e annusava intorno. – Bella guardia che fai, Belva! – gli diceva la bambina. – Viene qualcuno nella stalla e tu non ti muovi dalla cuccia e non abbai neppure!

Belva non accusava il rimprovero e continuava a ficcare il naso in giro.

– Anche se era Tonino, dovevi abbaiare lo stesso! – continuò Alma.

Quando il cane si diresse verso la stalla, lei ebbe un attimo di esitazione e mollò il cordone che gli aveva legato al collare, cosí Belva poté trotterellare per conto suo. La bambina continuò a girare lí intorno, sempre con un occhio alla casa, dove mamma preparava il mastello grande per lavare. Non aveva paura, ma certo dietro la porta della stalla era successo qualcosa che ancora non si spiegava.

Passando vicino al mucchio del letame, dietro il quale cominciava la sterpaglia che abitava tenace una striscia di incolto prima dei campi a vigna, trovò le impronte. Guardava in basso per non mettere i piedi nelle pozzanghere, e le vide. Pareva fosse passato un animale selvatico, leggero, circospetto e silenzioso. Erano piccole, come di un bambino appena nato, quasi in fila e ben nette nella terra fradicia e morbida.

Rimase a guardarle e chiamò Belva. Il cane arrivò e su comando della bambina abbassò il muso su quelle orme, ma non le degnò di nota. Strano. Per le impronte degli animali selvatici andava pazzo e gli facevano sempre venire una certa agitazione; e queste, lo capiva anche Alma, non erano di un animale domestico. Chiamò la mamma e la convinse a guardare, ma lei di impronte ne capiva come di fucili o di cani, cioè niente.

– Sarà passata qualche bestia, – disse solo, – e lascia andare Belva che ti strattona e ti fa cadere nel fango, cosí appena finito di lavare mi tocca fare un altro bucato, – e via di questo tono.

Ma se non fosse stato per la grondaia sfondata da cui era caduta l'acqua per tutta la notte, Alma era certa che la fila delle piccole impronte si sarebbe vista arrivare fino all'uscio della stalla.

Quando Giuseppe tornò e disse che Tonino non si era nemmeno sognato di fare uno scherzo simile, la cosa non sembrò piú tanto inquietante, forse perché il sole era alto nel cielo.

– Sarà che m'invecchio e mi è parso quel che non è, – disse, e immaginava di essersi dimenticato di aver fatto lui i lavori la sera, e che quella paglia trovata il mattino non fosse poi cosí pulita, che la greppia fosse piena per questo motivo o per quell'altro, che i finimenti rilucessero per chissà che cosa. Francesca era presa dal bucato e l'enigma dello strame della cavalla non la turbava piú. Con le maniche rimboccate e il viso arrossato per la fatica, sbatteva i panni e li strizzava.

Quando Alma convinse anche il babbo ad andare a guardare le orme, un po' della baldanza di prima a Giuseppe passò. Non assomigliavano proprio a nessuna di quelle conosciute. Ma erano cosí piccole, di animali ne giravano molti, e ci era piovuto sopra: per quello parevano strane. La sera una nebbiolina sfuocava i profili delle montagne che si addormentavano, misteriose, grandi e lí ferme fin da quando era nato il mondo. Mamma sparecchiò, babbo fece le solite chiacchiere di potatura, di volpi, di starne, di uva da raccogliere e di tetto da riparare. Ma a ogni rumore nel buio che infittiva, tutti si fermavano e rizzavano le orecchie.

Per qualche giorno non successe niente. Si cominciò ad arare, e Giuseppe e le bestie faticavano sui pendii ingrati e scoscesi, ché ci sarebbero volute le capre e non i buoi a tirare il vomere. Già in una buona parte dei campi si vedeva la terra nera e rivoltata, e i polli si allontanavano dall'aia per andare a razzolare nei solchi. L'uva era matura e pesante, i tralci carichi e incurvati delle viti sembravano chiedere di essere sgravati al piú presto ed era ora di preparare secchi e botti per la vendemmia.

Poi la notte di un venerdí, limpida e fitta di stelle, si sentí la cavalla nitrire e sbuffare. Poteva essere per via di un topo, poteva aver sentito il lontano verso del lupo o chissà cos'altro. Ma Giuseppe fu in piedi in un minuto, con Francesca che sempre in quel minuto aveva già acceso il lume, detto due preghiere e presa per mano Alma.

Babbo, con la mantella addosso e il fucile imbracciato, uscí e andò verso la stalla. A mezza strada si fermò un attimo ad aspettare Belva che arrivava dalla cuccia e insieme si avvicinarono all'uscio; nel legno vecchio che luccicava come acciaio, le crepe e le rughe si disegnavano nitide.

Respirò forte, aprí e guardò. Le mucche erano in piedi e parevano inquiete, e inquieta era la cavalla. La paglia e la greppia non portavano segni di stranezze, ma la crinie-

ra e la coda della Nina erano tutte annodate e intrecciate, un incredibile lavoro di precisione e di pazienza.
– Il Mazzapegolo, – disse forte Giuseppe. – Il Mazzapegolo!

Il giorno dopo Giuseppe, Francesca, Tonino e zio Sanzio, venuto apposta dal paese, parlarono a lungo sotto l'ombra di un albero grande in cortile. Quando un Mazzapegolo si mette attorno a una bestia può solo giocarci, farla bella con nodi e trecce, pulirle lo strame, darle foraggio oppure, se muta d'umore, può fare dispetti anche grossi, e non solo all'animale.

Non era la prima volta che Alma sentiva parlare del Mazzapegolo: folletto o gnomo, col berrettino di lana rossa, vive nascosto nei boschi o chissà dove, e ogni tanto s'accosta a una casa a fare burle o a combinare guai. In pochi potevano vederlo e solo qualche vecchio raccontava remote e dubbie storie di incontri.

Il babbo non sapeva che dire. Si era imbattuto in molte cose strane, e da ragazzo aveva sentito di maialini a cui il folletto aveva annodato le code. Anche zio Sanzio in passato, almeno cosí giurò, aveva trovato criniere e code intrecciate.

La cavalla adesso era tranquilla; sul terreno asciutto non si erano rinvenute le impronte dell'altra volta.

– Per essere sicuri di cacciarlo via per sempre, – disse lo zio Sanzio, – bisognerebbe rubargli il berretto: a volte lo lascia in giro. Senza quello, si smarrisce e perde ogni potere; però non è mica facile riuscirci. Oppure c'è un altro modo, molto piú semplice: metti un cartoccio di miglio o di altra granaglia dentro la stalla, tra la porta e la posta delle bestie; il Mazzapegolo è per sua natura costretto a contare ogni chicco, e se perde il conto deve ricominciare da capo, cosí si stufa e se ne va. È come la strega: non può passare da dove c'è roba da contare perché si sentirebbe costretta a farlo, perderebbe troppo tempo e si farebbe sorprendere dal giorno e riconoscere dalla gente. È per questo che non entra dalle porte su cui è attaccato il fiore del cardo selvatico: troppi semi da contare.

Giuseppe annuiva gravemente. – Be', proviamo, basta che mi liberi la cavalla.

– Si è sempre fatto cosí, – insisteva zio Sanzio. E dunque si preparò il miglio da mettere a difesa della Nina.

La sera scese piena di colori. Il sole incendiava la valle nel tramonto e si rifletteva abbagliante sui tetti delle case giú a basso, e bave di foschia stavano sospese sul bosco come garze impigliate nei rami degli alberi.

Dopo una cena pensierosa, babbo trafficò in cantina con gli arnesi per la vendemmia e Alma appoggiò la testa sul grembo di Francesca che agucchiava. In casa c'erano il tepore e la luce del fuoco, Pilú, il grosso soriano, sonnecchiava sulla sedia impagliata e il pane, il vino e i piatti erano ancora sulla tavola.

Fuori, nel buio della montagna e dei boschi, camminavano i folletti e strisciavano gli animali selvatici, volavano i gufi dagli occhi gialli e le streghe dagli occhi cattivi, e tutto quello che era lí da sempre, da prima del babbo, da prima del nonno, da prima della casa continuava a girare, a sussurrare fra gli alberi, nelle forre, sulle cime, nei dirupi.

Quella notte Alma fece sogni ingarbugliati, babbo dormicchiò con le orecchie aperte e Belva abbaiò una volta. Ma dischiudendo gli scuri della finestra si vide solo una foschia argentata da una lontana luce di luna, nient'altro.

Il mattino dopo la stalla era calda e tranquilla, e il miglio era intatto. Quello dal berrettino rosso non era venuto. Forse era rimasto a girare frusciando tra i cespugli del bosco, guardando il fumo e le faville salire dal camino.

Per una settimana non venne, e il sacchetto dei chicchi non fu toccato. Poi, una notte che nuvole gonfie d'acqua scivolavano nel cielo, si sentí la cavalla smuovere e pestare. Stavolta il babbo non si alzò, ma ascoltò e aprí gli occhi nel buio. Il miglio avrebbe funzionato, doveva funzionare. Anche Alma sentí la cavalla e si raggomitolò sotto le coperte. Senza sapere come, sentí pure le nuvole gravide di pioggia in cielo, la bava fredda e umida di vento fuori, e cercando bene il caldo del letto si riaddormentò.

Il mattino, babbo e mamma si avvicinarono alla stalla e udirono qualcosa che scartocciava, picchiettava.

– Ma... è ancora lí dentro? – esclamò il babbo, senza sapere che fare.

– Ossignore! – disse la mamma tormentando il grembiule con le mani, e solo Alma, l'unica che non pareva sconcertata o spaventata all'idea di un possibile incontro col Mazzapegolo, propose un piano: – Lo ingabbiamo, – disse, e indicò il cestone del fieno.

Con quello in mano aprirono cauti la porta, e videro. La videro. Era una gallina rossa, la preferita di mamma perché faceva l'uovo tutti i giorni. Zampettava e beccava, scrocchiando sulla carta del sacchetto e mangiando il miglio a tutto spiano.

Del folletto, nessuna traccia. Anzi, del folletto, solo *la* traccia: la coda della Nina era divisa e arzigogolata in tante belle trecce di crine.

Il fallimento del metodo della granaglia screditò zio Sanzio e sconfortò Giuseppe. Altri gli suggerirono nuovi sistemi, ma pareva che dopo la delusione di quel primo tentativo tutto si fosse fatto piú difficile. E c'erano altre cose a cui pensare e da fare, l'uva da raccogliere, il formentone da sgranare.

Il problema piú grosso era che la Nina non era piú la stessa, da quando il folletto le stava intorno: era sempre agitata, indocile, inquieta. A volte, mentre tirava il carro, si fermava e si impuntava; mangiava malvolentieri e stava perdendo peso ed energia. Giuseppe era preoccupato e Francesca ancora di piú, perché le galline facevano pochissime uova: forse anche loro si erano spaventate avvertendo quella strana presenza intorno alla casa e al pollaio.

Il Mazzapegolo non si fece vivo per qualche tempo. Poi una notte Alma si svegliò di colpo, come se una mano l'avesse scossa per strapparla al sonno. Una luminosità fredda filtrava tra gli scuri; e come aveva sentito le nuvole e il vento, stavolta, pur senza udire o vedere niente, capí che qualcuno era vicino alla casa.

Si alzò piano e andò alla finestra. Babbo e mamma dormivano con un respiro regolare e pacifico.

Dischiuse gli scuri e vide che, tra ragnatele di alte nuvole, una luna gonfia rischiarava la notte. Si scorgevano bene le sagome dei monti e la macchia del bosco; qua e là rilucevano cose, altre biancheggiavano, e profili neri si stagliavano contro l'argento della luce.

Sul bordo del pozzo, a pochi metri dall'uscio della stalla, c'era qualcosa. Aguzzò gli occhi e capí: era un berrettino rosso.

Silenziosa e scalza andò alla porta, l'aprí e uscí in quella luce magica e strana; sentiva sotto i piedi la terra dell'aia e non aveva freddo. Nel chiarore della luna le cose di tutti i giorni apparivano diverse e mai viste, e per questo forse piú vere, immobili e nette in un silenzio totale. Tacevano i rapaci dalle grandi ali, non si udivano i lontani richiami dei lupi: i signori del buio e le ronde affamate della notte sembravano essersi fermati, in attesa. Solo c'era quel berrettino sulle pietre grigie del pozzo venate dalle scie lucide delle lumache.

Alma si avvicinò a piccoli passi e con una mano lo prese; fischiò, e subito Belva la raggiunse scuotendo la coda. Dopo meno di un minuto, dalla stalla il Mazzapegolo arrivò leggero e si avvicinò alla bambina e al cane. Belva si immobilizzò a puntarlo, con le orecchie dritte.

Alma, fissando la figurina scura, tese il braccio all'indietro e il berretto si trovò sospeso sul pozzo, con la mano che poteva lasciarlo cadere giú in ogni momento.

Il folletto emise un gemito che pareva un sospiro o un'implorazione.

Stettero ancora cosí a guardarsi. Poi Alma, all'improvviso, finse di scagliare il berretto lontano. La piccola figura scattò rapida e, prima che si accorgesse di essere stata giocata, la bambina gridò al cane: – Vai, attacca!

Belva partí di slancio e in un lampo fu a un passo dal folletto, la bocca spalancata e ringhiante. Solo allora, con un fischio, Alma lo bloccò.

Poi con un gesto fece cenno all'esserino di avvicinarsi e gli disse: – Io credo che tu mi capisca, quindi ascolta bene quello che ti dico. Prima di tutto, lasciaci in pace: ci sono tante case e stalle, non tornare nella nostra, perché la prossima volta non avrò compassione. Seconda cosa: mi devi un favore. E adesso va' –. Gli consegnò il berretto, il Mazzapegolo se lo cacciò in testa e rapido sparí nel buio.

Questa era la storia che Alma raccontava spesso. E aggiungeva che la volta del folletto non era stata la prima in cui aveva incontrato qualcuno dell'«altra gente», ma che era stato in quell'occasione che ne aveva avuto coscienza.

Da allora, almeno a sentir lei, non aveva piú smesso e poteva vedere indifferentemente vivi e morti, esseri di questo e dell'altro mondo, parlargli con la voce o con il pensiero e da loro ricevere consigli o minacce, pronostici o menzogne, soccorso o spavento. Entità che a volte sussurravano, protettive e dolci, altre volte gridavano, vendicative e feroci. Una benedizione e una maledizione insieme.

Un destino, constatava sospirando, che non si era scelta e contro cui nulla poteva. E che aveva voluto e dovuto affrontare con consapevolezza, forte di ogni insegnamento che potesse servirle. Erano stati i suoi genitori i primi ad aiutarla in questo senso, indirizzandola a chi poteva istruirla. L'avevano portata da una persona che era come lei, che avevo lo stesso dono o la stessa condanna e che da tanti anni li usava e li sopportava: la vecchia Nora che, come Alma aveva sempre creduto, un po' strega lo era sul serio.

Da lei Alma aveva appreso tutto ciò che c'era da sapere, e sempre da lei, in una notte di Natale, in chiesa, aveva ricevuto in lascito le formule che dovevano accompagnare ogni suo passo nel mondo misterioso e arduo delle magie e dei rimedi. Rimaste sole, dopo che tutti se n'erano andati alla fine della messa di mezzanotte, la vecchia e la bambina, figure sussurranti nella penombra che si spegneva al consumarsi delle candele, avevano celebrato davanti all'altare cristiano l'antico rito pagano del passaggio delle virtú e delle conoscenze, e chissà se Gesú, Maria e i santi che guardavano con i loro occhi di statue si erano risentiti e scandalizzati, se si erano stupiti nel veder mischiare gesti segreti e parole arcane a segni di croce e preghiere, o se avevano tollerato e sorriso sapendo che il Mistero, comunque lo si chiami e qualunque volto gli si dia, è uno ed è sempre quello nei secoli dei secoli.

Quando era morto zio Sanzio, la tredicenne Alma – figlia unica, perché il suo fratellino era venuto a mancare pochi giorni dopo essere nato – e i suoi si erano spostati giú a San Sebastiano, ai margini del paese e del bosco, nella casa del parente scomparso, chiamati dal proprietario del podere che Sanzio aveva lavorato fino ad allora. Sempre a fare i mezzadri, insomma, ma in un posto meno impervio e meno avaro.

Ad Alma quel cambiamento non era piaciuto. Lei amava la vicinanza delle cime, la solitudine delle chine piú alte. E poi non voleva e non poteva abbandonare il suo cerro. L'avevano piantato, quell'albero, il giorno stesso in cui era nata, e lasciarlo lassú avrebbe significato mutilarsi di un pezzo di sé.

Tanto fece e tanto disse, che dovettero accontentarla. Cosí si assistette a una cosa mai vista prima: una famiglia che si trasferiva in un altro podere portando masserizie e stoviglie, biancheria e attrezzi sul carro, e un cerro appoggiato su una grande slitta fatta con tavole di legno. Se non ci fossero stati ghiaccio e neve, non si sarebbe potuto fare, o si sarebbe dovuto attendere che le mulattiere si coprissero di bianco.

– Non terrà, – aveva detto Giuseppe scuotendo la testa.
– Sradicarlo cosí, ripiantarlo nella terra dura per il gelo... Morirà, Alma, lo sai.
– No, – aveva risposto lei, sicura. – Attecchirà senza problemi.

Aveva avuto ragione e da allora, nell'aia davanti alla casa nuova, vicino alla strada e a un vecchio capanno per gli attrezzi, il cerro aveva prosperato ed era diventato sempre piú robusto e piú grande.

Giuseppe e Francesca, a distanza di una settimana l'uno

dall'altra, erano morti nel 1886, quando Alma aveva diciotto anni e si era fatta una giovane e bella donna. Li aveva presi il colera in una delle sue visite a quelle terre. Un paio di giorni prima erano stati giú a Faenza, al mercato, un viaggio lungo che affrontavano non piú di un paio di volte all'anno, e avevano pranzato in osteria, cosa ancora piú rara perché non si potevano permettere di spendere; ma festeggiavano i vent'anni di matrimonio e si erano concessi quel regalo. Forse era stato proprio ciò che avevano mangiato e bevuto a condannarli.

Alma, che conosceva le formule e i rimedi per le malattie del corpo e dell'anima e che già allora si prodigava a offrirli, dietro onesto compenso, a chiunque li chiedesse, le aveva provate tutte ma non era riuscita a salvarli: troppo inconsueto, tra i monti, quel male strano e violento che attaccava le viscere e pareva succhiare la vita, troppo difficile fronteggiarlo e vincerlo.

Rimasta sola e per questo impossibilitata a coltivare i campi, aveva comunque continuato a vivere nella rimessa ombreggiata dal cerro. Il proprietario aveva affidato il podere ad altri mezzadri ma glielo aveva consentito. Con l'aiuto dei nuovi contadini, a cui quando poteva dava una mano nei lavori agricoli, Alma aveva trasformato quella costruzione in una parvenza di casa.

Lí, undici anni dopo, quando ormai ventinovenne si considerava troppo attempata sia per maritarsi che per avere figli, era nata Rachele.

Non aveva chiamato la mammana ad assisterla nel parto, perché era lei la mammana del paese. Ne aveva aiutate parecchie di donne a sgravarsi e di bambini a venire al mondo, ma nessuno aiutò lei. In una notte in cui il vento urlava cosí forte da coprire le sue grida di dolore, in meno di un'ora di travaglio partorí la bambina, la lavò, la vestí, poi barcollando uscí nella bufera e seppellí la placenta tra le radici del cerro, perché se ne nutrisse, e appese il cordone ombelicale ai rami perché di quella magia di vita si cibassero gli uccelli e tutte le altre creature che prosperavano tra le fronde.

Chi fosse il padre della bimba, non si sapeva. Non lo sapeva neppure lei, che soleva ricompensare con il proprio corpo il padrone del podere per l'ospitalità, il figlio dei mezzadri per l'aiuto che le dava nelle incombenze piú pesanti, e che non disdegnava, a sera e a notte, quando i monti tacevano e il buio si impregnava di solitudine, di ricevere non solo chi necessitasse della lettura delle carte, di una pozione o di un sortilegio, ma anche chiunque potesse riscaldarla e farla sentire viva.

Perché non le bastava la compagnia del suo cane, Belva. Lei giurava che fosse lo stesso animale che era già adulto quando era nata. Di piú: sosteneva che fosse sempre quello che aveva giocato con suo padre quando era bambino.

Nessuno ci credeva, non poteva esistere un cane tanto vecchio, ma allo stesso tempo nessuno avrebbe giurato che si trattasse di una menzogna. Era o non era, Alma, una fattucchiera che vedeva laddove per gli altri era buio, che parlava con chi non aveva voce e che in tutta la sua vita non si era ammalata mai neppure di un semplice raffreddore?

Non era usuale neanche che un cerro strappato dalla terra gelata sopravvivesse in una nuova dimora, ma quell'albero era ancora lí, piú alto e piú forte che mai, e gli uccelli facevano a gara a costruirci il nido, gli scoiattoli rossi correvano su e giú per il tronco in cerca di ghiande e la sua ombra era larga, fresca e gradevole come sapeva esserlo solo il sorriso della donna alla cui vita era legato.

3.
Una novità in paese

Dopo il silenzio malato della Valbuia e la calma ariosa della Valleluce, il paese sembrava chiassoso e movimentato. Amerigo, Mariano e Rachele si ritrovarono insieme a molti altri nella piazza, che in realtà era solo uno spazio lastricato a fianco della via principale. Prima pensarono che la gente si fosse riunita lí per seguire l'ultimo scavo di Caganído, un omone grande e grosso, quasi un gigante, che da almeno dieci anni passava le sue giornate a fare buchi in giro per tutta San Sebastiano e dintorni. In cerca di un tesoro, diceva lui. Non lo si vedeva mai senza la vanga e il piccone che si portava sempre appresso. In quel momento aveva preso a sfondare la strada sotto il punto in cui, in una nicchia nel muro di una casa, stava una statuina del Cristo con la croce sulle spalle, forse la vecchia stazione superstite di una Via Crucis.

Ma nessuno gli badava. Un energumeno sudato che apriva voragini in ogni dove, per poi riempirle di nuovo di terra, non rappresentava piú una novità o un diversivo: tutti ormai erano avvezzi a quella scena.

I convenuti nel centro del paese, piuttosto, guardavano la porta a vetri del negozio di Celso, il barbiere, che insieme all'osteria era uno dei pochi luoghi di ritrovo. La fissavano e si sforzavano di sbirciarvi attraverso come se in quella bottega, dove non solo si tagliavano barbe e capelli, ma si vendeva vino sfuso tenuto in grandi damigiane in una stanza sul retro, si stesse manifestando un prodigio. Le loro voci non potevano comunque sovrastare quella stentorea che veniva dal locale, in cui pareva che qualcuno tenesse una lezione come il maestro, facesse un proclama come il sindaco o cantasse le lodi di qualche merce come un venditore ambulante.

Era Florio Pasini, che da giovane aveva studiato in seminario senza raggiungere l'abito talare o la fede, ma al contrario la propensione a essere mangiapreti e socialista. Era uno dei pochi in paese ad avere una stanza intera piena di libri e di riviste e a poter dissertare su qualsiasi argomento, non tanto perché fosse un pozzo di sapere, ma perché nessuno poteva contraddirlo.

– Ha ammazzato da solo piú di quattromila bisonti, o bufali che dir si voglia, – tuonava, – qualcuno anche a mani nude. Lo sapete cos'è un bisonte e quanto è grande? No? Be', ve lo dico io: è come il toro di Lovatelli, quello da monta, ma ancora piú forte e con un pelo piú lungo e fitto che...

– Il mio toro è morto l'anno scorso mentre montava la vacca di suo fratello, signor Pasini. C'è rimasto secco, non si ricorda? – intervenne Lovatelli con espressione addolorata, ma fu zittito dalle proteste, cosí l'altro poté continuare.

– Uccideva quelle bestie per procurare cibo alle migliaia di operai che costruivano una ferrovia lunga come da qui a... da qui a Roma, diciamo, e che passa attraverso le terre dei pellerossa, nel selvaggio Far West. E anche di quelli, di pellerossa, ne ha uccisi a centinaia!

– Io li ho visti, – disse Sante Ravaioli. – Io in America ci sono stato e li ho visti, gli indiani: fanno davvero spavento.

Qualcuno rise e gridò: – Tu non hai visto niente, Santino! Due ore dopo che eri sbarcato a Nuova York ti hanno rispedito indietro perché sei tisico!

Era vero: una decina di anni prima quell'uomo, che aveva tentato senza successo l'avventura di una nuova vita lontano, era stato ritenuto di salute troppo cagionevole per partecipare al destino della grande nazione che cresceva al di là dell'oceano. Ma in America c'era stato, seppure per poche ore, quindi riteneva che se qualcuno poteva parlare dei pellerossa, quello fosse lui.

Provò dunque a riprendere la parola, ma fu sovrastato da Pasini che aggiunse: – Questo eroe non ha uguali nello sparare sia col fucile sia con la pistola, nel cavalcare e nel combattere!

Da fuori, Amerigo, Mariano e Rachele non capirono di chi si stesse parlando e immaginarono che l'eroe di cui Pasini tesseva le lodi fosse dentro il locale di Celso, in carne e ossa. Ma quando, spingendo e intrufolandosi, riuscirono ad affacciarsi alla porta e a guardare all'interno alzandosi in punta di piedi, si accorsero che no, non c'era nessun estraneo: nient'altro che le solite facce, anche se piú numerose del solito.

Pasini, che già era alto di suo, era salito su uno sgabello e pontificava davanti a un manifesto nuovo appeso a una parete. Un manifesto bellissimo e colorato su cui si vedeva un uomo dalla lunga chioma, a cavallo, con la pistola in mano, e intorno a lui, sotto un trionfo di lettere a caratteri cubitali che recitavano *Buffalo Bill Wild West Show*, tante altre figure: soldati in blu, indiani, bisonti. Una meraviglia, ma cosa avesse a che fare con San Sebastiano in Alpe e con il suo barbiere non era facile da capire.

Un avventore osservò: – Ha i capelli piú lunghi di Garibaldi!

Ne seguí una discussione. Al solo pronunciarlo, il nome di Garibaldi, vecchie ruggini tra socialisti e repubblicani da una parte e monarchici e conservatori dall'altra rinfocolavano diatribe mai sopite.

Pasini le fece cessare con un gesto perentorio della mano e disse: – Ma ci pensate? Quando ricapiterà un'occasione del genere? Insomma, io ci vado!
– Occasione di fare che? – chiese Rachele, confusa, ai suoi amici.
Le rispose un ragazzo di una ventina d'anni che le passò accanto uscendo: – Buffalo Bill col suo spettacolo arriva a Ravenna la settimana prossima, il 12 aprile. Pasini dice che è una roba grande, da non perdere. Non fosse cosí lontano, ci andrei pure io.
– E chi è Buffalo Bill? – volle sapere la bambina.
Fu Mariano a spiegarglielo. Lui, figlio di un agiato commerciante e di una donna che era nata in città e aveva frequentato la scuola per diversi anni, aveva in casa, come Pasini, molti volumi. Dell'America, del Far West e degli indiani aveva letto piú volte, e il frutto di quelle letture l'aveva trasformato in racconti per Amerigo e per gli altri bambini. Una volta ne aveva parlato pure in classe, dopo di che il maestro aveva fatto circolare un romanzo di Salgari e un giornale illustrato che trattavano proprio di quegli argomenti.
Amerigo, eccitato, pensò che Pasini aveva ragione: era un'occasione da non perdere. – Dobbiamo andarci pure noi, – sostenne. Ravenna, giú nel piano, era a piú di sessanta chilometri dal paese; una distanza notevole, ma in un modo o nell'altro ci si doveva arrivare.
Mariano scosse la testa. – Non farti illusioni, – disse.
– Figurati se tua madre e i miei ci daranno i soldi e ci lasceranno andare fin là per vedere lo spettacolo. Accontentiamoci del manifesto.
– Quello è davvero molto bello, – convenne Rachele ammirandolo, ora che un po' di gente era sfollata ed erano riusciti a entrare.

Fu in quel momento che Amerigo sentí la mano della mamma accarezzargli la testa e la sua voce dire: – Certo che ci andiamo.

Il bambino si girò e la fissò a bocca aperta. – Sul serio?
– Sí. Se non ci viene nessun altro, andremo io e te.
– Andremo in parecchi, Giulia, – assicurò Pasini. – Il problema sarà trovare i biglietti. Il giornale dice che i posti disponibili non saranno sufficienti, si annuncia grande richiesta, e non so se...
– Domani vado io giú a Faenza a prenotarli da Michele, quello della tabaccheria della piazza. So che lui andrà a Ravenna il giorno 11 e dormirà lí, cosí la mattina dopo, quando apriranno le biglietterie, sarà il primo della fila. Raccogliete le adesioni e i soldi.

Quello che aveva parlato era un omino alto non piú di un metro e venti, senza età, con la faccia giallognola e avvizzita come un frutto troppo maturo; la faccia di un vecchio, anche se forse cosí vecchio non era.

– Davvero, Ercole? – gli chiese Pasini.
– Sí, che mi ci vuole? Monto in sella, una sgroppata e via. Tanto, a Faenza ci dovrei andare comunque per affari.
– D'accordo, – disse Pasini, – adesso mi metto in giro e sento chi ci sta. Il giornale dice che i biglietti nei posti popolari vengono due lire per gli adulti e una per i bambini...
Amerigo ebbe un brivido: il prezzo era alto. – Costa parecchio, – sussurrò a sua madre. – Che ne dirà il nonno?
– Non preoccuparti, adesso vado a casa e gli parlo, so come convincerlo. E tu seguimi, ché è ora di cena.

Giulia si avviò spedita e i tre bambini rimasero ancora lí a guardare per qualche minuto il manifesto pieno di promesse mirabolanti.

– Ci sono due cose che non capisco, – disse Amerigo quando uscirono. – La prima è come mai a mia madre in-

teressi tanto vedere lo spettacolo. La seconda è quello che ha detto la tua, Rachele, quando ci siamo incontrati in Valleluce: perché 'sta cosa dovrebbe riguardarmi?
– Forse perché andrai a vederla, – rispose lei.
– *Andremo* a vederla. Senza di te, non se ne fa niente.
– Chissà. Speriamo, – sorrise la bambina. – A Ravenna non ci sono mai stata.

Mariano li guardò, serio. Come sempre, tra Amerigo e Rachele pareva esistere un legame speciale e profondo. Il suo amico, duro e sicuro di sé con tutti, davanti a lei si addolciva e si mostrava sodale e protettivo fino all'incredibile. Una cosa che un po' a Mariano dispiaceva, perché anche lui avrebbe voluto fare con Rachele la parte del fratello maggiore (anche se maggiori d'età nei suoi confronti non erano né lui né Amerigo, se non di poche settimane), ma non gli riusciva. Non se ne sentiva all'altezza.

Si incamminarono verso casa, dividendosi.

Amerigo partí per ultimo, dopo essersi fermato un paio di minuti a guardare ancora Caganído che spargendo intorno terra e pietre scavava e sbuffava, sbuffava e scavava come un'enorme talpa impazzita, e suo fratello Ercole, l'omino avvizzito, che saltava in groppa alla propria cavalcatura e con un comando la faceva partire al trotto. Una cavalcatura inusuale: un donnone massiccio che doveva pesare almeno il triplo di lui.

Ma neanche questo destava piú sorpresa, fra la gente di San Sebastiano in Alpe, perché alle cose, quando le vedi tutti i giorni da anni, ti ci abitui anche se sono strambe assai.

4.
Storia di Ercole e di Caganído

Al momento della loro nascita, difficilmente i bambini sono belli. Qualcuno fa eccezione e fin da subito mostra lineamenti graziosi, ma Ennio no, lui era brutto. Gli strilli che lanciò quando trovò la voce gli contorsero la faccia fin quasi ad accartocciarla, e in quel momento nessuno se ne stupí. Non pareva peggiore di tanti altri, in fondo.

Ma col passare dei giorni e delle settimane, invece di migliorare, il suo aspetto peggiorava. Non cresceva, innanzitutto: anziché acquistare peso, spesso ne perdeva. Poi il suo viso, invece di normalizzarsi, appassí. Non c'è altro modo per descrivere il processo che lo fece ingiallire e riempirsi di grinze come se la pelle fosse sovrabbondante, predisposta per qualcun altro.

Quando compí un anno, i suoi genitori dovettero constatare che quel loro secondogenito non era molto diverso da come si presentava un anno prima: ancora minuscolo e brutto. Non sembrava un bambino sulla via della crescita, ma un vecchietto in miniatura incapace di gattonare e persino di sorridere. Era come se avesse bevuto piú di tre sorsi d'acqua alla Fonte del Diavolo.

– Ha il male dello scimmiotto, – constatò suo padre Carlo, un bracciante povero in canna a cui mancava solo la preoccupazione di un figlio venuto male.

La moglie, Teresa, annuí. Quel male trovava fra il popolo un nome azzeccato: Ennio pareva davvero una scimmietta malata e gracile.

– Portiamolo a Faenza da un medico, – provò Teresa, anche se sapeva di illudersi.
– E come le paghiamo, la visita e le medicine? Sempre che esistano medicine per questa cosa. Ne ho visti altri di bambini simili, e di solito non arrivano ai tre anni. Muoiono prima.
– Lo buttiamo via subito? – chiese Angela, che di anni ne aveva quasi quattro e a differenza del fratello era carina, o perlomeno normale e sana.
Teresa sospirò e propose: – Sentiamo l'Ermelinda, lei forse può fare qualcosa.
Ermelinda era la mammana del paese e di «scimmiotti» doveva averne visti altri; inoltre era di poche pretese, e Carlo sapeva che per ricompensarla sarebbe bastato potarle gli alberi da frutto che aveva nell'orto, o darle una mano in qualche altra incombenza.
Un pomeriggio, quando le presentarono Ennio, alla donna bastò un'occhiata per confermare la diagnosi che già il piccolo aveva ricevuto, e poté solo suggerire un vecchio rimedio improntato non sulla medicina, ma sulla superstizione.
Cosí, al ritorno a casa, Carlo e Teresa accesero il forno e quando fu tiepido spogliarono il piccolino e lo posero sulla pala del pane.
Angela, che seguiva l'operazione con curiosità, ebbe un moto di speranza e chiese: – Ce lo mangiamo, babbo? – Non si era coricata a pancia piena neanche una volta nella sua breve vita, e l'idea di fare Ennio arrosto non le pareva malvagia, anche se non se ne sarebbe ricavata una pietanza molto abbondante.
Teresa si fece il segno della croce e la redarguí: – Ma cosa dici? Non vuoi bene al tuo fratellino?
– No, – rispose lei, candida.

STORIA DI ERCOLE E DI CAGANÍDO

Infilarono per tre volte il bimbo dentro la bocca del forno e altrettante volte lo estrassero, recitando una vecchia formula: «Inforna, sforna, e il mal dello scimmiotto mai piú torna», mentre Ennio strillava come se si scottasse davvero.

Ma l'operazione non funzionò, ed Ennio crebbe – si fa per dire – portandosi dietro il suo male e rimanendo piccolo, brutto e avvizzito, condannato a essere per sempre una povera parodia d'uomo.

Quando aveva tre anni e dimostrava sei mesi, anche se parlava in maniera spedita e meglio di tanti altri bambini della sua età, gli nacque un fratellino, che senza fantasia i genitori chiamarono Terzo. E con Terzo ebbero piena dimostrazione le grandi possibilità della varietà umana anche all'interno della stessa famiglia. Lui cresceva e si ingigantiva, mangiava tutto ciò che trovava di commestibile e incommestibile, e mostrò fin da subito che sarebbe diventato un colosso.

A differenza di quanto la logica avrebbe voluto, cioè che gli abiti di Ennio passassero via via al fratello minore d'età, ben presto accadde il contrario, finché si arrivò al punto che dai pantaloni di Terzo, quando aveva cinque anni, se ne potevano ricavare tre o quattro paia per Ennio. Ma il bambino afflitto dal male dello scimmiotto, pur se debole di corpo e di salute, aveva un ingegno brillante. Per fare il suo cervello ne sarebbero occorsi dieci di quelli di Terzo.

Era furbo, a scuola era bravo, aveva la lingua sciolta e la mente sveglia e nessuno lo prendeva in giro per la sua statura e fisionomia, se non in modo bonario e affettuoso. Cosí presero a chiamarlo Ercole, come l'eroe massiccio e forzuto di vecchi racconti, e per contrappasso a suo fratello, che all'età di dieci anni era grande e grosso piú del padre, toccò il nomignolo di Caganído, cioè di uccellino implume ancora incapace di volare.

E incapace di volare Terzo lo era in qualche modo davvero, perché non riusciva a cavarsela in niente senza i consigli altrui; era forte solo di muscoli, ma non sempre i muscoli bastano.

A vent'anni Ennio, anzi Ercole, era già capace di guadagnare bene con traffici di ogni genere. Comprava e rivendeva fieno e paglia, uva e frutta, pollame e bestiami. Si faceva portare col biroccio da Caganído nei mercati della zona, dove tutti ormai avevano imparato a conoscerlo come ottimo mercante e mediatore. Questa stima gli consentí di specializzarsi anche in un'altra attività, quella del sensale di matrimoni; come si usava allora, i fidanzamenti venivano accompagnati e facilitati dall'intervento di chi era capace di costruire relazioni, appianare disaccordi, concordare l'entità delle doti.

L'unico fidanzamento e matrimonio a cui Ercole non poteva seriamente pensare era il suo. Chi l'avrebbe voluto un omino appassito, malaticcio, dalla voce stridula e petulante e per di piú dalla fama di inguaribile avaro?

Non che Terzo avesse piú possibilità: neppure un gigante stupido, in grado solo di fare da servo al fratello, era ritenuto un buon partito. Cosí, quando morirono i genitori e Angela trovò marito a Forlí e andò a stare con la famiglia di lui, i due continuarono a vivere nella casa paterna, scapoli entrambi, anche se Ercole sperava di trovare prima o poi qualcuna che si accontentasse di Terzo, perché c'era bisogno di una donna che si occupasse della cucina e dei lavori domestici.

STORIA DI ERCOLE E DI CAGANÍDO

Poi nella testa di Terzo qualcosa cambiò. Non che gli si fosse aperta la mente, ma vi si accese una luce che invece di rischiarargli i pensieri finí solo per abbagliarli.

Una sera, all'osteria, ascoltò una storia, una delle tante che si raccontavano davanti al camino acceso e a un bicchiere di vino, che lo suggestionò fino all'inverosimile.

Aveva per protagonista Bruno detto il Tagliaborse, stimato brigante del posto, che decenni addietro era stato uno degli ultimi a scorrazzare tra i monti e nel piano per ordire assalti e ruberie, quando ancora le guardie erano quelle del papa e del granduca, le une e le altre incapaci di prenderlo. Una volta, dopo un colpo ben riuscito, Bruno era tornato al paese, dove nessuno avrebbe mai osato tradirlo, vantandosi del bottino realizzato e già ben nascosto da qualche parte. Per festeggiare era andato all'osteria – la stessa in cui si continuava a cantarne le gesta –, aveva pagato da bere a tutti e, salito su un tavolo con un fiasco in mano, aveva narrato per filo e per segno di come si fosse appropriato di un sacco pieno di ori e d'argenteria e di come, grazie alle sue straordinarie doti atletiche, quasi da acrobata, fosse riuscito a saltare giú da una finestra del palazzo svaligiato e a svignarsela.

Per sottolineare e dimostrare la propria abilità, ancora col fiasco in mano e quasi completamente ubriaco, aveva tentato un salto mortale ma era precipitato di testa dal tavolo. Si era sentito un *crac*, dopo di che Bruno il Tagliaborse, essendosi rotto l'osso del collo, non aveva piú potuto godersi il bottino, né rivelare dove l'avesse celato.

Quella storia circolava da tanto tempo e di testimoni diretti ancora in vita non ce n'erano piú. Tutti ormai pensavano che si trattasse solo di una leggenda fra le tante. Non Terzo, però. Lui, dopo averla ascoltata, ci ragionò a lungo, a letto, e si addormentò solo all'alba. In quelle poche ore di sonno sognò sua nonna, che gli fece una preziosa rivelazione: – Il tesoro di Bruno il Tagliaborse è nascosto sotto una croce, – gli disse. – Trovalo, e sarai il piú ricco degli uomini.

Fu cosí che Terzo abbandonò ogni altra attività, compresa quella di portare in giro il fratello col biroccio, per dedicarsi esclusivamente alla ricerca del tesoro del brigante. Scavò sotto ogni croce che trovasse: da quelle grandi piantate in cima ai monti, a quelle piccole sistemate nelle cappelle votive erette nei crocicchi e sui passi. Una volta tentò persino di sfondare il pavimento della chiesa, davanti all'altare, fermato all'ultimo momento dal parroco, che minacciò di chiamare i carabinieri. Giunse al punto di scavare intorno alle croci di rami o di canne che i contadini mettevano negli angoli dei campi, a difesa dei raccolti, in occasione del Calendimaggio.

Non trovò mai nulla ma non si diede per vinto, forte della constatazione che di croci ce n'erano una infinità dappertutto, e se uno non ci faceva caso neppure se l'immaginava, quante ce ne fossero.

Per un po' Ercole cercò di farlo rinsavire, ma inutilmente. Allora si rassegnò e ci rinunciò, deluso perché quel fratello sciagurato non solo non l'aiutava piú, ma col suo comportamento passava per pazzo e la speranza di trovargli una moglie si allontanava, anzi spariva forse per sempre.

Se non si marita lui, si disse allora Ercole, dovrò farlo io, perché una donna in casa è necessaria. Sapeva che non gli sarebbe stato impossibile trovarne una che lo sposasse per interesse, visto che gli affari gli andavano bene, ma l'ultima cosa che voleva era mettersi in casa chi gli mungesse il portafoglio. Se avesse voluto spendere, avrebbe assunto una domestica.

Gli serviva piuttosto una moglie fidata, remissiva, lavoratrice, disposta ad assumersi l'onere di accudire sia lui che Terzo e ad accontentarsi, in cambio, di poco.

Ci provò e ci riprovò, ma non ci riuscí, né aveva tanto tempo da dedicare a quella ricerca quasi umiliante. Pensò, sconfortato, che sarebbe servito un miracolo e gli venne un'idea: chi poteva farlo, un miracolo, se non un santo?

Cosí un giorno, partendo a piedi quando ancora albeggiava, si avviò in salita per la Valleluce. C'erano ore di cammino da fare e le sue gambe corte e deboli non erano avvezze alla fatica, ma non poteva e non voleva chiedere aiuto a nessuno per una faccenda che preferiva rimanesse segreta.

Oltre il valico, in una grotta sul fianco del monte, dimorava una eremita, una donna che nessuno sapeva chi fosse e da dove venisse. Si voleva comunque che fosse in odore di santità.

Nessuno sapeva neppure di cosa campasse, lassú, in quel buco lontano da tutti e da tutto. Si diceva che i fedeli che a lei facevano ricorso le portassero ogni giorno del cibo o che, essendo capace di chiamare a sé gli animali come san Francesco e sant'Antonio abate, approfittasse di questo non per parlarci, agli umili fratelli a quattro zampe, ma per metterli allo spiedo.

Comunque fosse, santa Filomena, cosí la chiamavano, aveva fama di donna non solo ascetica e pia, ma anche saggia e capace di riuscire in cose che agli altri erano impossibili.

Ennio detto Ercole si trovò davanti a lei nel primo pomeriggio di un giorno di aprile, coi pendii che erano tutto uno splendore di fiori, erbe e sole, mentre nella grotta regnavano l'ombra e un odore che a quello della santità non assomigliava per niente. Era piuttosto puzza di umido e di cose andate a male, quasi un alito d'inferno. Come un essere umano potesse vivere lí dentro, dormirci, passarci gli anni era difficile da comprendere. Solo un santo o una santa ci sarebbero riusciti, e questo rassicurò Ennio: quella donna doveva essere davvero sorretta dal Signore. Si fece dunque il segno della croce ed entrò nella spelonca.

Filomena, seduta su un pagliericcio, quando lo vide lo chiamò a sé con un gesto della mano e gli chiese il motivo di quel pellegrinaggio. Lui rispose senza omettere alcun dettaglio.

Dopo averlo ascoltato, la donna tacque per un po', guardò in alto come a trarre ispirazione dalle pietre gocciolanti che facevano da soffitto alla sua inospitale dimora e infine disse: – Fratello, io sono una santa, mica una maga!
– Cosa significa?
– Significa che per accontentarti ci vorrebbe non un miracolo, ché quelli avvengono solo a fin di bene, ma una magia, un sortilegio. Vuoi una donna forte e magari nel fiore dell'età, disinteressata e generosa, remissiva e fedele, una da cui essere servito e riverito... ma ti sei visto?

Ercole tacque, mortificato e offeso da tanta schiettezza, e stava per girare i tacchi e andarsene quando la santa lo bloccò con un gesto e disse: – Se ti accontenti, forse ho quel che fa per te.
– Sarebbe?
– Sarebbe una creatura che vive non lontano da qui, piú avanti lungo il sentiero, in una capanna nel bosco... non avrai difficoltà a trovarla, devi solo andare dritto.
– E chi è questa «creatura», come la chiama lei?
– Forte è forte, e credo sia pure abbastanza giovane. Che sia bella non si può dire, né che sia di molte parole, ma del resto non potrebbe essere altrimenti. Viveva con suo padre fino a un anno fa, poi quello è morto colpito da un fulmine... era uno zotico solitario, e c'è chi giura che fosse un Uomo Selvatico.

– L'Uomo Selvatico è solo una fola per bambini... non esiste, – borbottò Ercole.
– Cosa ti importa? La donna di cui ti sto parlando esiste, invece; la vedo passare spesso di qua, sotto montagne di legna e fascine che credo porti a vendere. Se ne carica sulle spalle una quantità che non starebbe neppure in un carro. Conduce una vita da bestia, tutta fatica e privazioni, e farti da serva sarebbe un miglioramento di condizione, per lei.
– Come si chiama?
La santa scosse la testa. – Non lo so se abbia un nome. A dire la verità non so nemmeno se sappia parlare, non l'ho mai sentita spiccicare una parola.

Ercole non sapeva che dire, e fu la donna ad aggiungere: – Provaci, incontrarla non ti costa niente. E adesso va', ché ho da fare.

Ercole, chiedendosi cosa mai avesse da fare, le lasciò la sacca piena di cibo che aveva portato apposta, uscí dalla grotta e riguadagnò il sentiero piú a basso fermandosi a pensare per qualche minuto; infine ruppe gli indugi e si avviò nella direzione che gli era stata indicata.

Insomma, ci provò, come la santa aveva suggerito.

Raggiunse la capanna al limitare del bosco, constatando che già chiamarla capanna era un'esagerazione. Un viluppo di rami messi a coprire i monconi di un vecchio rudere corroso, delle assi poste di traverso a sostenere il tutto, nulla di piú.

Dove c'era quel ricovero che persino i polli avrebbero disdegnato, il sentiero finiva proprio come aveva detto la santa, o meglio si perdeva nell'oscurità di un bosco fitto che poteva estendersi all'infinito. In quella zona oltre il valico, prima della dolcezza delle valli toscane, si allargava un'area enorme e impervia, tutta gole e alberi, regno degli animali piú sfuggenti e di persone piú sfuggenti degli animali.

Sull'entrata della capanna c'era una donna intenta a scuoiare un coniglio. Probabilmente non era la figlia dell'Uomo Selvatico perché quello, come Ercole aveva detto prima a santa Filomena, era solo il personaggio delle favole per bambini, ma avrebbe potuto esserlo. Era grande e grossa come Caganído, capelli arruffati, peluria sul viso e sulle gambe robuste come tronchi, spalle larghe come architravi.

Quando vide Ercole si bloccò e lo fissò. Lui le augurò il buongiorno, lei rispose con una specie di grugnito.

Non era una situazione incoraggiante, anzi appariva surreale. L'uomo, che non voleva aver percorso tutta quella strada per nulla, sospirò, prese coraggio e cominciò a parlare al donnone raccontandole chi era e perché l'avesse cercata, elencando richieste, offerte e condizioni. L'aveva fatto molte volte, nella sua attività di sensale di matrimoni, ma mai come in quella occasione si era sentito tanto stupido, e soprattutto incredulo di essere davvero lí a proporre una convivenza a quell'essere sconosciuto e strano.

Ma lei lo sorprese. Sapeva parlare, anzi aveva una voce profonda eppure a suo modo dolce. – Va bene, – disse. – Prendo su le mie cose.

– Eh?

– Prendo le mie cose, – ripeté lei, – e andiamo.

– Ha capito bene tutto quel che le ho detto?

– Sí.

Ercole non dovette tornare a piedi faticando come all'andata. La donna, dopo avere riempito un sacco con pochi stracci e alcune cianfrusaglie, si caricò il suo spasimante a cavalluccio sulle spalle e partí veloce e potente come una locomotiva.

Divorarono la salita fino al valico, scesero la Valleluce al galoppo e prima di sera erano a casa, e chi li vide passare a quel modo si convinse di avere avuto un'allucinazione.

Giunta nella sua nuova dimora, la promessa sposa, che disse di chiamarsi Ehi perché tutti, compresi i suoi genitori, l'avevano sempre appellata cosí, si mise subito al lavoro. Pulí, rassettò, cucinò, contenta e sorpresa di trovare tante buone cose in dispensa.

Caganído, quando a buio tornò a casa sporco di terra come un verme perché aveva lavorato tutto il giorno in cerca del tesoro, guardò il donnone senza sorpresa e senza chiedere niente. La sua mente era troppo occupata a pensare al giorno dopo, a dove scavare.

Fu Ercole a chiarire al fratello la situazione, al che lui, rivolto alla nuova venuta in famiglia, la saluto con un cordiale: – Ehi!

– Sí, è il mio nome, – rispose la donna, poi si misero tutti e tre a mangiare senza scambiare piú una parola.

Sei mesi dopo, Ennio detto Ercole sposò Ehi, che nello stesso giorno venne anche battezzata.

Il parroco, ritenendo che quello di Ehi non fosse dignitoso, le assegnò di propria iniziativa il nome di Cristofora, in onore di san Cristoforo, cioè di colui che, pur essendo di aspetto rozzo e quasi animalesco, si era rivelato buono e gentile e aveva trasportato il Cristo bambino al di là di un fiume tenendolo a cavalcioni sulle spalle.

Ercole disse che si sentiva lusingato di essere paragonato al Signore bambino, ma che non aveva mai visto una donna che si chiamasse Cristofora.

Il parroco rispose che non si era mai vista neppure una donna come quella che stava battezzando e maritando, e alla fine tutti convennero che andava bene cosí.

5.
Il grande spettacolo
(12 aprile 1906)

Come se l'entusiasmo si fosse tutto concentrato ed esaurito nell'ammirazione del manifesto appeso nella bottega di Celso, non furono molti, a San Sebastiano in Alpe, quelli che prenotarono davvero i biglietti per lo show di Buffalo Bill. Un po' per il costo, un po' perché faceva ancora freddo e Ravenna era lontana.

Fra quei pochi c'erano Florio Pasini, suo fratello Ezio e le rispettive mogli, che per comodità partirono in carrozza il giorno prima e dormirono in un albergo della città. La mattina del 12 aprile, quella dell'evento, invece, si avviarono Amerigo e sua madre Giulia, a cui venne affidato anche Mariano. Con loro c'erano solo Lovatelli, l'allevatore, sua moglie Caterina e il figlio undicenne Silvio. Una piccolissima truppa che si mise in moto molto presto.

Dal paese, sotto una pioggerellina fastidiosa, raggiunsero Faenza con la vettura di Lovatelli, tirata da due cavalli forti e capaci di tenere un buon passo. Da lí, per Ravenna c'era il treno.

La giornata sarebbe stata memorabile anche solo per quello. Amerigo su un treno non c'era salito mai, e quando il vagone si mosse, accompagnato dallo sbuffare della locomotiva e da uno sferragliare e scuotere mai uditi e provati prima, non poté piú staccare gli occhi dal finestrino.

Le ultime case di Faenza, poi i campi, i filari, i boschetti e i canali che parevano correre, illuminarsi di squarci di sole e poi ammantarsi all'improvviso dell'ombra di nubi intente a una gara con il convoglio. Sfilarono villaggi e ponti, prati e siepi, e persone che agitavano la mano in un saluto, mucche che alzavano la testa per una lenta occhiata. Un vestito rosso, lenzuola bianche stese al vento, un cane nero che, teso in avanti, abbaiava senza che se ne udisse la voce. Pagliai giallastri, tetti rugginosi, gelsi verdissimi; polli nelle aie, oche negli stagni, pecore su un argine. Un mulinare di visioni, un succedersi di lampi di colore, un susseguirsi di fotografie. Un galoppo inarrestabile sulla terra piatta come un tavolo, come se qualcuno nei secoli avesse lavorato di pialla a levigarla in maniera meticolosa e perfetta.

– Bello, eh? – disse Mariano all'amico. Lui in treno c'era stato un'altra volta.

Amerigo annuí. Quella sensazione era straordinaria davvero: era come tuffarsi in avanti o lanciarsi in volo radente da un picco. Era la corsa a perdifiato di un capriolo e lo sfrecciare di un falco. Il rumore potente delle macchine, la velocità e soprattutto la consapevolezza di lasciarsi il paese alle spalle, sempre piú lontano, gli davano una vertigine euforica.

– Vedremo anche il mare? – chiese.

Lovatelli scosse la testa. – No, – rispose. – Non è distante dalla città, ma ci fermeremo prima.

– Peccato, – mormorò il bambino. – Non l'ho mai visto.

Giulia sorrise. – L'hai visto, eccome. Ma eri troppo piccolo, non te ne puoi ricordare. Credo anzi che i tuoi occhi, allora, non fossero ancora in grado di distinguere niente.

Lui la fissò a bocca aperta. Non gli risultava quella cosa, nessuno gliene aveva mai accennato. – Da piccolo, mamma? Ma dove? E quando?

La donna fece un gesto vago con la mano. – Te lo racconterò dopo, – biascicò, ignorando gli sguardi interrogativi degli altri.
– Perché non subito? – incalzò Amerigo.
– Dopo, – troncò lei abbassando lo sguardo, come se si fosse lasciata scappare incautamente un segreto.
Il Far West, gli indiani, i bisonti, il treno, la pianura, la grande città, e poi la scoperta di avere, chissà quando, già visto il mare. Quali altre sorprese e meraviglie avrebbe riservato la giornata? Amerigo sospirò e tornò con gli occhi al finestrino. Avrebbe voluto che quella corsa continuasse all'infinito verso una meta sconosciuta o imprevista, e mentre cominciavano a rallentare e il controllore passava nello scompartimento ad annunciare che all'arrivo mancavano pochi minuti, non poté trattenere una smorfia.
– Eccoci! – esultò Mariano quando i freni fischiarono in uno stridore assordante e sollevarono un odore metallico di attrito. Lui, concentrato sullo spettacolo che avrebbero visto di lí a poco, aveva vissuto il viaggio senza particolari emozioni. Aveva supportato il tragitto come un prologo insignificante e inevitabile, mentre Amerigo invece se n'era nutrito, affascinato e avido.
Quando aprirono gli sportelli, si accorsero che alla stazione mancavano almeno duecento metri.
– Perché ci scaricano cosí lontano? – chiese Giulia.
Poi il motivo fu chiaro a tutti: a occupare i binari, a riempire gli spazi, a gremirli di vagoni c'erano alcuni convogli lunghissimi che parevano formare una città nella città, un quartiere di ferro e legno.
– Sono arrivati con quelli, – disse Mariano, che da diversi giorni leggeva i giornali ed era ben informato sulla faccenda. – Quattro treni speciali, con cui di notte trasferiscono l'intera baracca verso un'altra destinazione. Ci

pensate? Smontano e rimontano in poche ore, e caricano, e riscaricano.
– Ma come fanno? – chiese Lovatelli, ammirato.
– Sono in tanti, piú di seicento.
– Madonna, un paese intero che si sposta...
– E hanno pure ottocento cavalli, e i bisonti, i carri, le armi e tutto il resto, – concluse Mariano, fiero come se a organizzare l'impresa fosse lui.
La moglie di Lovatelli scosse la testa. Quei numeri, quelle dimensioni le davano il capogiro e una certa ansia. Cercò la mano del figlio: – Non perdiamoci di vista, – disse. – C'è da smarrirsi, in una confusione del genere.
Camminarono accanto a vagoni dipinti, ad altri che recavano scritte cubitali, ad altri ancora che consistevano in ampie gabbie.
Una mostra varia ed enorme, un mondo a parte. Una carovana grande come un esercito che da giorni e giorni attraversava l'Italia in lungo e in largo, una scorribanda di uomini di ogni razza e colore, di bestie strane mai viste prima, di lingue sconosciute, di storie fantastiche. Un'invasione pacifica, variopinta ed eccitante, rara e indimenticabile.
Quando raggiunsero la stazione e il piazzale che le stava davanti, si ritrovarono in un flusso di gente che si muoveva in tutte le direzioni vociando, e c'erano carrozze, calessi, biciclette. L'uomo, le due donne e i tre bambini si strinsero gli uni agli altri. Dovevano raggiungere l'area dell'ippodromo, non lontana, ma in quel caos c'era da perdersi davvero.
Lovatelli conosceva la strada e si incamminò, sincerandosi che il gruppetto restasse unito.
Mariano, impaziente, cercava con gli occhi il tendone sotto cui si sarebbe tenuto lo spettacolo. Amerigo invece guar-

dava qua e là, stordito dall'altezza dei campanili, dalla mole delle case unite a formare mastodontici treni di pietra, dal numero delle vetture e da quello delle persone. Voleva vedere e memorizzare ogni cosa per raccontarla poi a Rachele, a cui Alma non aveva permesso di aggregarsi a loro. Ci fosse stata anche lei, tutto sarebbe risultato completo e perfetto.

Giunti all'ippodromo, tra una calca sempre piú fitta, si avvicinarono alle biglietterie. Era lí che avevano appuntamento con Pasini.

In disparte per non intralciare la fila, frastornati dal movimento che avevano intorno, si sedettero a terra e mangiarono il pane, il formaggio e i salumi che si erano portati da casa. Era quasi l'una, lo spettacolo era previsto per le due e mezza.

– E se non viene? – chiese Silvio Lovatelli. – Se non ci trova? Se arriva tardi?

– Tranquillo, verrà in tempo, – disse suo padre. – Il signor Pasini mantiene sempre le promesse, e figurati se non ci trova. È uomo di mondo, lui, e se la sa cavare.

Poi la folla si aprí sotto la spinta potente di movimenti e suoni, lasciando spazio a un lungo corteo che probabilmente aveva girato per la città a richiamare i ritardatari e a convincere i reticenti. Cavalli e cavalieri, e carri, e un agitarsi di penne e piume, di armi luccicanti e bandiere: pareva che i personaggi di cento storie incantate seguissero un pifferaio magico e allegro. Soldati, indiani, facce bianche e altre scure, e canti, grida, musica. Era come se avanzasse uno strano esercito ordinato ma ubriaco di vittoria, se una processione raggiungesse il luogo di un rito inusuale ed esotico, se un carnevale in ritardo sfidasse la quaresima di una città di solito pigra e silenziosa, ora fremente nell'attesa di unirsi a una festa.

I bambini osservarono quel fiume umano incanalarsi verso una delle entrate aperte nel tendone.

A distoglierli dalla fascinazione fu il sopraggiungere di Pasini col suo piccolo seguito. – Ecco i vostri biglietti, – annunciò. – Per voi l'ingresso è il primo, – e indicò un arco di legno imbandierato. – Noi abbiamo preso posti piú cari... però magari all'uscita ci si rivede. Avete pranzato? Annuirono, ma l'uomo chiese ai tre ragazzini: – Volete assaggiare qualcosa di speciale?

– Certo, – sorrise Mariano.

– Allora venite con me. Voi grandi aspettate qui.

La moglie di Lovatelli ebbe un brivido, preoccupata com'era che a perdersi di vista anche per un secondo non si sarebbero ritrovati mai piú, e lei avrebbe trascorso il resto della vita alla ricerca disperata di un figlio sparito nella ressa.

Pasini non ascoltò obiezioni e condusse i bimbi a un centinaio di metri di distanza, davanti a un chiosco drappeggiato da ampi teli, da cui provenivano odori nuovi e invitanti. – Dolce o salato? – chiese.

– Dolce, – risposero in coro i tre.

Lui avanzò di qualche passo, diede mano al portafoglio e tornò con tre matasse rosa, vaporose, sostenute da bastoncini. – Questo si chiama *zucchero filato*, è una ghiottoneria americana. Assaggiatelo e ditemi come vi sembra.

I tre immersero la faccia nelle nuvole rosa, aspirarono, addentarono, succhiarono. Un'onda di dolcezza profumata avvolse le loro lingue e accarezzò i loro palati. – Buonissimo, – mormorarono.

– E se sceglievate il salato, – spiegò soddisfatto Pasini, – c'era il *pop-corn*. Sapete cos'è il *pop-corn*?

Fecero segno di no con la testa, continuando a mangiare lo zucchero. In effetti non ne avevano idea, ma anche se lo avessero saputo non l'avrebbero mai ammesso, perché era fin troppo evidente che quell'uomo, il sapiente del loro villaggio, ci sarebbe rimasto troppo male.

– Sono chicchi di granturco cotti nel burro: scoppiano e diventano leggeri, croccanti, deliziosi, – gongolò Pasini. Amerigo, che a casa i chicchi di granturco li faceva scoppiare e cuocere da sempre sulle pietre roventi del focolare, biascicò a bocca piena: – Allora abbiamo scelto bene.

Pasini ridacchiò, li riaccompagnò dove gli adulti li aspettavano, poi salutò e se ne andò. Musica e altoparlanti annunciavano che gli ingressi erano stati aperti. Allo spettacolo mancava poco.

Per piú di due ore, sotto l'enorme tendone, successe di tutto.

Dalle quattro aperture irruppero nell'arena cowboy vestiti di giacche di pelle con le frange e i cinturoni allacciati in vita, soldati, cavalli al galoppo, carrozze inseguite, indiani inseguitori seminudi e ululanti. Scoppiarono spari, caddero feriti e morti che poi si rialzavano a prendere gli applausi. Si svolsero sotto gli occhi ammirati degli spettatori scene di guerra, cacce ai bisonti, vennero rapite e poi liberate ragazze piangenti, sbuffarono persino un paio di cannoni caricati a salve. Fecero la loro comparsa bellicosi zuavi e cosacchi, messicani e giapponesi, uomini di ogni colore e fisionomia impegnati a inscenare vicende immaginate o accadute in ogni parte del mondo, come se tutta la storia e tutta l'umanità si fossero date convegno lí, sotto quel tendone, a raccontarsi.

Una donna minuta e spavalda, presentata come Annie, sparò come forse nessun altro sapeva fare, colpendo a ripetizione palline di vetro lanciate in aria e monete in volo, e traforò con le pallottole del fucile carte da gioco poste a distanza impressionante. Non c'era bersaglio troppo difficile, per lei.

Ad Amerigo piacque molto, cosí come ebbe un brivido all'ingresso in pista, annunciato in pompa magna, dell'eroe dello show.

Buffalo Bill, su un cavallo grigio, si palesò agitando il cappello e ricevendo un'ovazione. Non era giovane ma aveva una certa presenza scenica, o forse uno sperimentato carisma. Inseguí indiani, mostrò come cavalcava un *pony express*, rappresentò l'ultima tragica battaglia di Custer, sconfisse un capo indiano chiamato Mano Gialla e, tra il brusio sbigottito del pubblico, con un coltello gli tagliò via la chioma e la sollevò in segno di vittoria. Poco importò che dopo un minuto Mano Gialla si rialzasse avendo in testa ancora i suoi capelli e andasse a raccattare la parrucca per riportarla dietro le quinte.

Poi fu la volta dei bisonti. Non erano affatto grandi quanto il toro di Lovatelli, e apparivano piú che altro insofferenti, stanchi di dover trottare per sfuggire al loro eterno cacciatore.

Spariti questi tra la polvere, entrò in scena una carrozza: da programma, sarebbe stata attaccata dai selvaggi piú pericolosi che si fossero mai visti. L'annunciatore la definí «diligenza» e chiese se qualche donna o fanciulla del pubblico si offrisse volontaria per impersonare una delle passeggere.

E fu lí che successe l'imprevedibile: Giulia si alzò in piedi e gridò forte: – Io, io!

Amerigo si girò di scatto a fissarla, incredulo. – Mamma! – disse.

Ma lei era già partita di corsa verso l'arena, dove venne aiutata a salire su quella carrozza chiusa tirata da quattro cavalli e condotta da due uomini armati di fucile.

La diligenza prese a girare in tondo, poi comparvero gli indiani che la circondarono, la bloccarono e ne estrassero a forza le donne, facendo capire con guaiti e gesti minacciosi che per le poverine si prospettava un brutto quarto d'ora. Ma ecco giungere Buffalo Bill in persona. Gli bastarono due spari per abbattere qualche selvaggio e mettere in fuga gli altri. Poi, cavallerescamente, andò a consolare le tre passeggere, una per una.

Quando fu la volta di Giulia, lei gli sussurrò qualcosa. William Cody, detto Buffalo Bill, ebbe un sussulto e rimase impietrito a fissarla. Per un po' parlottarono, mentre il pubblico si chiedeva cosa avessero mai da dirsi il noto cowboy e la spettatrice che si era offerta come comparsa.

Piú di ogni altro se lo chiese Amerigo, e continuò a chiederselo anche mentre stava aspettando invano che sua madre tornasse accanto a lui, al proprio posto. Perché Giulia era sparita dietro le quinte insieme alla diligenza, agli indiani e a tutto il resto.

La moglie di Lovatelli ebbe una nuova ondata di preoccupazione. – Ma dov'è andata? – pigolava. – E se non torna? Come facciamo, se non la ritroviamo?

Ma appena lo spettacolo finí e la gente cominciò a sfollare, Giulia arrivò di corsa e disse: – Aspettate fuori dieci minuti, là dove c'è la biglietteria. E tu, Amerigo, vieni con me.

– Dove?
– Dietro.
– Dietro a cosa?

Lei fece un gesto di insofferenza e per tutta risposta tese un braccio, aiutando il figlio a scendere sulla pista. Poi lo prese per mano e lo trascinò dietro una delle quinte, in un ampio spazio affollato in cui quelli che si erano esibiti mettevano via i costumi e gli attrezzi di scena.

– Mamma, che c'è?

– Voglio presentarti una persona.
– Chi?
– Aspettami qui, torno subito, – e sparí nella zona in cui erano allestiti i camerini.

Allibito e a disagio, Amerigo si trovò immerso in un denso viavai di cowboy, zuavi, cosacchi, prussiani, calpestò merde di bisonti e di cavalli, venne urtato da persone che spostavano casse e animali, quindi si tirò in disparte, a ridosso di un tendaggio su cui era dipinto a grandezza naturale un indiano con un enorme copricapo di penne. Davanti a quello un altro indiano, stavolta in carne e ossa, stava fermo e impettito come una statua. Era alto, i capelli neri e lustri, le fattezze eleganti e possenti allo stesso tempo. Sul viso aveva i segni di guerra colorati, in mano teneva una lunga pipa, e la sua pelle scura luccicava come se l'avessero cosparsa di unguenti. Pareva facesse la guardia all'ingresso, baluardo invalicabile armato di muscoli e di cipiglio. Non parlava, non partecipava al brulicare chiassoso degli altri. Come un albero stava piantato lí, a ostentare una salda fierezza o semplicemente a rimarcare il proprio distacco.

Lui e il bambino si guardarono per un po', zitti, poi il guerriero, con un gesto lento, lo invitò a varcare la tenda.

Amerigo lo fece e si ritrovò in uno spazio all'aperto in cui una decina di pellerossa riponevano cose e ammonticchiavano selle e staffe. Uno di loro disse qualcosa agli altri, che interrompendo ogni occupazione chiamarono il piccolo spettatore.

Lui li raggiunse ed ebbe un brivido quando uno dei selvaggi impugnò una corta ascia, ma non indietreggiò. L'uomo fece segno ad Amerigo di rimanere fermo, poi lanciò l'ascia contro un palo a cui, poco prima, erano legati alcuni cavalli. L'arma volò diritta e veloce, conficcandosi nel legno con uno schiocco secco e una precisione millimetrica. Il pellerossa cercò lo sguardo del bambino per coglierci forse i segni di un timore reverenziale, poi si fece da parte lasciando ai suoi simili il compito di dare a loro volta prova di maestria, e altre asce volarono e colpirono il palo.

Amerigo annuí, ammirato. Poi prese dalla tasca il coltello che portava sempre con sé e lo scagliò a piantarsi a pochi centimetri dalle asce, mormorando: – Lo so fare anch'io, cosa credete?

Stavolta furono gli indiani ad annuire e a sorridere. Dopo avere recuperato le lame e riconsegnato il coltello ad Amerigo, uno di loro prese da una borsa di cuoio morbido che aveva a tracolla alcune scatoline, le aprí, vi intinse il dito e disegnò sulla faccia del bambino righe variopinte, pronunciando una frase nella propria lingua, come se recitasse una formula magica per accompagnare un rito importante o un'investitura.

Nessuno dei due capiva le parole dell'altro, ma si intesero con gli occhi e i gesti, sentendosi in qualche modo simili. Un altro dei pellerossa si avvicinò ad Amerigo e gli mise una penna tra i capelli.

Fu in quel momento che apparve Giulia. Aveva la faccia tirata e delusa. – Ah, sei qua, – disse al figlio prendendolo per mano e trascinandolo via.

– Allora? – chiese lui. – Cosa succede? Chi è che mi devi presentare?

– Nessuno. Dài, andiamo.

Amerigo si divincolò con uno strattone e si bloccò a gambe aperte, con le mani sui fianchi. – Insomma, mi vuoi rispondere o no?

– Non ha voluto riceverci, – rispose lei. – E dire che ero venuta qua apposta! Mi ha solo fatto avere questa, – e aprendo la mano mostrò una moneta d'oro.

– Ma di chi stai parlando?
– Una specie di elemosina, mi ha fatto, – continuò a lagnarsi lei. – Come a una serva, o a una questuante; e dire che...
– Di-chi-stai-parlando? – sillabò il bambino, spazientito.
– Di Buffalo Bill.
– Di Buffalo Bill? E perché mai avrebbe dovuto riceverci?
– Niente, ti ho detto. Su, andiamo, ché gli altri ci aspettano.
Ma lui non si mosse. – Eh, no! – esclamò. – Cosa sono tutti questi misteri? Conosci quell'uomo?
– Sí, lo conosco, anche se a quanto pare lui non se ne ricorda, o fa finta di non ricordarsene.
Prima Amerigo rimase muto e sconcertato, poi, pensando a una presa in giro, sorrise. – Lo conosci, come no! È tuo amico?
– No, – rispose lei. – È tuo padre. E adesso andiamo, ché gli altri si staranno chiedendo dove ci siamo ficcati.

6.
Storia di Giulia

Distesa su una poltroncina reclinabile sopra il ponte della nave, avvolta da un plaid e dalla luce lattiginosa di un sole basso incapace di riscaldare, Giulia Timossi con lo sguardo correva lontano, verso un orizzonte vago e grigio.
Anche con i pensieri scorrazzava libera, avanti e indietro. Avanti verso posti e terre che non aveva mai visto, gente che non aveva mai incontrato, lingue che non aveva mai ascoltato. Indietro verso luoghi fin troppo noti, momenti troppe volte ripetuti, esiti e destinazioni troppo prevedibili: quelli di una vita che a un certo punto era parsa senza prospettive, senza speranze, da trascorrere tutta tra i monti a fare prima da serva al padre, poi a un marito, quando fosse arrivato, e infine ai figli.
Sua madre era morta quando lei aveva cinque anni e se la ricordava a malapena. Non le sovvenivano un viso, un profumo o una voce: piuttosto un appagamento, da allora per sempre perduto.
Della sua infanzia, dopo quel lutto, ciò che rimaneva piú netto e duraturo era il senso di privazione e di incompletezza, era il peso di solitudini lunghe e angosciose trascinate come macigni in giornate vuote, in notti inquiete, in attese sterili e malinconiche.
Suo padre Luigi, ritrovandosi vedovo, aveva dovuto rinunciare a lavorare come carrettiere e mandriano. Non potendo lasciare Giulia da sola, aveva ripiegato sulle at-

tività di taglialegna e carbonaio, che gli consentivano di tenerla con sé.

Cosí, da bambina di paese, lei era diventata una piccola eremita dei boschi, una ninfa silvestre dimessa e triste, schiava di una condizione simile a un maleficio, di quelli che, nelle fiabe, costringono a un inconsolabile isolamento in attesa che arrivino un eroe salvifico o un prodigio liberatorio.

Trascorreva quasi la metà dell'anno in capanne affacciate su piccole radure nel cuore delle foreste, a far da mangiare per suo padre, a tenere in ordine quelle povere dimore provvisorie e soprattutto ad aspettare e aspettare, in un tempo dilatato e ostile, scandito da lontani colpi d'ascia o dai crepitii che si alzavano da cataste di legna incendiata per produrre il carbone. Unica compagnia, i libri che si faceva prestare da chiunque ne possedesse qualcuno, antidoto prezioso contro il rischio di impazzire o di spegnersi in un'inerzia tetra. A scuola non c'era andata molto, ma con la volontà e la pratica era arrivata a leggere in modo sempre piú fluido.

Il verde cupo della selva era divenuto il colore della sua reclusione.

Qualche volta, quando c'era bisogno di carne fresca o quando le condizioni del tempo suggerivano di non dedicarsi ad altro, suo padre destinava una giornata o una notte alla caccia, portandola con sé ad appostarsi tra gli alberi giganti e severi, a celarsi nel rigoglio dei muschi e delle felci, ad arrampicarsi su dirupi di frana. Con occhi e nervi da predatori si mettevano su piste appena distinguibili o tendevano agguati infidi, aguzzando lo sguardo e l'udito a distinguere un'ombra fra le ombre, un movimento, un fruscio. E in quelle escursioni Luigi pretendeva di insegnarle a usare il fucile e a maneggiare il coltello. A uccidere, scuoiare e sezionare.

E allora la sua prigionia verde si tingeva del rosso del sangue e del nero di pensieri bui.

All'età di tredici anni, Giulia aveva detto al padre che no, non l'avrebbe piú accompagnato nel profondo dei boschi a vivere per settimane e mesi come esiliati. Mai piú, gli disse, oppure me ne vado. Dove?, aveva chiesto lui. In un posto qualunque a fare qualsiasi cosa, ma non la Cenerentola della foresta, aveva risposto lei. Cosí per due anni aveva lavorato come cameriera nella locanda, riassaporando la socialità ma rimanendo, in fondo, confinata in un mondo circoscritto che pareva stringersi e inaridirsi sempre piú, mentre Luigi continuava a insistere per riaverla con sé nel bosco.

Infine era giunta l'occasione che aspettava da tempo, quella capace di farla volare via, finalmente libera.

Aveva sentito dire che la contessa Barnini cercava una ragazza sveglia e di bell'aspetto che l'accompagnasse nei suoi frequenti viaggi, e facendosi coraggio si era presentata e offerta, pur temendo che quella nobildonna e artista di grido non potesse accontentarsi di una povera montanara quale era lei.

Elisabetta Fulvia Barnini, una trentaduenne nubile che di solito viveva a Firenze nel palazzo di famiglia, era anche proprietaria di alcuni poderi in zona e di una casa padronale sulle prime pendici della Valleluce, a un chilometro da San Sebastiano in Alpe, e aveva cominciato a usare quella dimora sempre piú di frequente alla ricerca del clima fresco e dell'aria fina. Diceva che la sua voce ne traeva giovamento. Perché era un mezzosoprano famoso, la contessa, che mieteva successi e applausi nei teatri non solo italiani.

STORIA DI GIULIA

Quando Giulia l'aveva incontrata alla villa, la donna l'aveva squadrata da capo a piedi ed era parsa soddisfatta di ciò che vedeva. Anche se i calli alle mani e certe spigolosità ne tradivano l'origine e l'esistenza assai umili, la ragazzina era davvero molto bella, dai lineamenti raffinati, e vestendola a dovere non avrebbe sfigurato in alcun contesto; inoltre, mai si sarebbe lamentata per il troppo lavoro o per qualche disagio, abituata com'era a una vita grama e faticosa, priva di vezzi e comodità.

La donna le aveva chiesto se fosse disponibile a viaggiare anche per lunghi periodi, e Giulia non aveva esitato a rispondere in modo affermativo, con gli occhi che luccicavano, sognanti: lontano e a lungo, via dal paese, via dalla locanda piena di fumo e di facce e discorsi sempre uguali, via dai boschi fradici, ombrosi e crudeli, via da quel mondo senza tempo e senza orizzonti. Via, verso grandi città, verso i luoghi in cui la vita pulsava e girava veloce, nuova, sorprendente. Non cercava altro.

E cosí cominciò il suo servizio, con Luigi che all'inizio aveva fatto resistenza, poi si era convinto o rassegnato, anche perché sapeva che, se si fosse opposto, avrebbe perso quella figlia, a cui voleva un bene dell'anima, in modo forse piú penoso e definitivo.

Per Giulia c'erano stati acconciature e vestiti nuovi, parole e sapori mai sperimentati, panorami mai neppure immaginati, i viaggi in treno e le grandi città: Firenze, Bologna, Roma, Venezia, Milano, e persino Vienna e Ginevra, con le loro strade piene di movimento, i teatri, i negozi. Da eremita del bosco a giovane donna di mondo, come in una novella a lieto fine.

Da ultimo, il sogno dei sogni: l'America. Non ancora diciottenne, nell'aprile del 1896 aveva intrapreso il viaggio per New York, perché la contessa si doveva esibire in

diversi teatri degli Stati Uniti; una tournée straordinaria che sarebbe durata cinque mesi, fatta di lavoro e di incontri ma anche di turismo e svago.
Non si poteva chiedere fortuna migliore.
A Genova si erano imbarcate su un bastimento battente bandiera tedesca, il *Fulda*, su cui avrebbero attraversato l'oceano. Un colosso che poteva portare piú di mille passeggeri, una città galleggiante su cui svettavano come torri quattro alberi altissimi e due ciminiere possenti.
– È enorme e meravigliosa, – aveva mormorato Giulia alla vista della nave ancorata nel porto.
– È una bagnarola e fa schifo, – l'aveva gelata la contessa Barnini. – Tu un transatlantico degno di questo nome non l'hai mai visto, ma io sí, e ti garantisco che quello che abbiamo davanti è uno dei peggiori; e accidenti a me che ho accettato di farci il viaggio! Tra l'altro il *Fulda* porta sfortuna, – aveva continuato la donna. – Mi hanno detto che cinque anni fa è stato colto da una tempesta nell'Atlantico e stava per affondare. Poi i passeggeri hanno recitato una novena alla Madonna di Pompei e fatto una colletta a beneficio del suo santuario, cosí l'hanno scampata per un pelo. Voglio una medaglietta di quella Madonna, subito! Procuramene una.
E Giulia, come capitava spesso, si era trovata a dover soddisfare una delle tante, strane richieste della sua padrona, che frequentava le piú moderne metropoli del mondo ma allo stesso tempo viveva immersa in un profondo universo di scaramanzie e di malintese devozioni.
Avuta la medaglietta, la contessa se l'era appuntata al soprabito e solo a quel punto avevano raggiunto le cabine di lusso riservate ai viaggiatori di prima classe, ben separate dalle zone inferiori in cui invece si stipavano centinaia di poveri cristi costretti a lasciare per sempre la loro

terra in cerca di un avvenire: una sorta di mandria confusa, vociante e plebea.

Il viaggio era iniziato. Lungo e monotono per Elisabetta Fulvia Barnini, che se ne stava quasi sempre chiusa in cabina a esercitare la voce e a scrivere lettere. Esaltante invece per Giulia: quando la contessa riposava e le dava qualche ora di licenza, andava sui ponti a guardare quell'infinita distesa d'acqua, il comparire improvviso di delfini e pesci volanti. Aveva visto persino una balena.

E continuava come sempre a leggere, approfittando del fatto che la prima classe del bastimento fosse dotata di una piccola biblioteca. Scrivere invece no, non lo faceva. Del resto suo padre era analfabeta e per decifrare una lettera avrebbe dovuto chiedere aiuto a qualcuno. Inoltre, a lui non intendeva dire e raccontare niente. Voleva mettere una distanza sempre maggiore tra sé e il passato, tra il mondo enorme che scopriva giorno dopo giorno e quello piccolo piccolo del paesino di montagna da cui veniva.

Luigi insomma non sapeva che lei stava andando in America, come non sapeva che aveva visto la Francia, la Svizzera e altri luoghi. Di certo la credeva a Firenze a fare semplicemente la cameriera, passata da una servitú a un'altra, e andava bene cosí: le loro strade si erano divise, e divise dovevano restare.

Una mattina dei primi di maggio, Giulia, guardando il mare, aveva scorto in lontananza, come per un miraggio, una grande figura umana che pareva additare il cielo o chiamare con un gesto, possente sentinella del mondo nuovo e tanto agognato. La Statua della Libertà accoglieva il *Fulda*, e in una rada foschia si disegnavano i contorni di una città smisurata. Erano arrivati in America.

Prima c'erano state alcune esibizioni della contessa a

New York, poi a Filadelfia e a Baltimora. Da un posto all'altro attraverso quel grande Paese, come in un sogno, come in una impareggiabile avventura.

A Boston la signora era stata raggiunta da una ferale notizia: suo fratello, il ventinovenne capitano Angelo Matteo Barnini, era morto in Africa. Era stato ferito piú di due mesi prima a Adua, nella battaglia che aveva visto le truppe italiane soccombere alle armate bellicose del negus Menelik, e dopo una convalescenza che pareva condurlo pian piano alla guarigione era stato colto da una febbre feroce e inaspettata, forse per un'infezione alle piaghe non ben rimarginate, e non ce l'aveva fatta. Lasciava la giovane moglie e una figlia di un anno, Adele.

La contessa, indossati l'abito nero e l'espressione grave del lutto, aveva annullato una serie di concerti. La sua tournée si fermava per qualche settimana e sarebbe ripresa da Chicago solo il primo giorno di giugno. I giornali americani non lesinarono spazio e attenzione alla vicenda umana del mezzosoprano italiano, e il suo nome e la sua fotografia comparvero sulle loro pagine piú volte.

Distesa sul letto della stanza d'albergo, con una pezza scura sugli occhi, la donna chiedeva ogni giorno a Giulia di leggerle quegli articoli, poi la liquidava con un gesto della mano perché voleva restare sola. E Giulia scendeva nella hall o rimaneva nella propria camera con la stessa annoiata inquietudine di quando, nel bosco, aspettava per ore e ore che suo padre tornasse dal lavoro.

Era nel Paese piú moderno e vitale del mondo, ma i morsi della solitudine silenziosa e il peso delle vane e lunghe attese sapevano, a volte, raggiungerla anche lí.

Il 30 di maggio, con la contessa ancora in lutto ma di nuovo concentrata sul canto e forte della pubblicità che il lutto stesso le aveva procurato, giunsero a Chicago, in una stazione affollata ed enorme dentro cui ci si sarebbe potuti perdere. Vennero accolte da una delegazione di signori ben vestiti e condotte in un palazzo altissimo, diciassette piani, uno dei tanti che facevano crescere il centro della città in uno straordinario anelito verticale.

Giulia si incantò a guardare la costruzione che comprendeva sia l'albergo che la sala in cui si sarebbero tenuti i concerti. Svettava su una strada larghissima e trafficata, la South Michigan Avenue, si chiamava Auditorium Theater and Hotel Building e ai suoi occhi era stupenda. La facciata esterna era rivestita di grandi pietre a vista, archi e colonne, in una parvenza di classicità e di vetustà che strideva con l'aspetto di altri edifici americani.

– È vecchio, questo palazzo, – mormorò Giulia a uno dei loro accompagnatori, un giovane alto che parlava un buon italiano.

– Vecchio? – sorrise lui. – Non c'è niente di vecchio, a Chicago. Un incendio ha distrutto la città venticinque anni fa, nel 1871, e tutto ciò che vede è opera di recente costruzione o ricostruzione. Anche l'Auditorium Building è nuovo, ma Adler e Sullivan l'hanno progettato in stile neoromantico e classicheggiante. Sa chi sono Adler e Sullivan, signorina?

Lei scosse la testa.

L'uomo indicò una sorta di torretta che sormontava l'edificio costituendone l'apice, e disse quasi con orgoglio: – Sono due grandi architetti, e quello lassú è il loro studio.

Giulia non replicò, pensando a quanto fosse strano che lí si ideassero edifici nuovi con l'intento di farli sembrare antichi. Nel posto in cui lei era nata e cresciuta, dove tutto era spesso decrepito davvero, ci si impegnava piú che altro a rappezzare e imbellettare le costruzioni vecchie per farle sembrare un pochino piú nuove.

Quando entrò nel Building, la sua meraviglia crebbe. L'albergo, il piú grande che avesse mai visto, il piú maestoso fra quelli in cui avesse soggiornato sia in Europa che in America, era composto da centinaia di stanze disposte su diversi piani, e c'erano ristoranti, bar e negozi; ma a incantare era soprattutto l'auditorium, nato espressamente per la lirica. Poteva contenere quattromila persone tra platea, palchi e due ordini di gallerie, il pavimento era inclinato verso il palcoscenico per migliorare la visibilità e l'acustica, il soffitto era ad archi riccamente decorati.

Anche la contessa ammirò, soddisfatta. Lí si sarebbe esibita due sere dopo nel primo degli otto concerti programmati, i biglietti erano esauriti e si prospettavano un'esperienza e un successo di assoluto rilievo.

La mattina successiva alle esibizioni, che si concludevano di solito con rinfreschi e bagni di folla adorante, Elisabetta Fulvia Barnini dormiva a lungo e non voleva essere disturbata. La porta della sua stanza doveva rimanere chiusa e invalicabile finché non avesse chiamato lei, e questo avveniva solo nelle prime ore del pomeriggio. Giulia, sempre mattiniera, si trovava cosí ad avere alcune ore libere.

Il ragazzo alto che parlava italiano e che aveva conosciuto già al momento dell'arrivo nella stazione di Chicago si offrí di farle impiegare quelle ore vuote in visite alla città. Non ci pensò su neanche per un minuto e accettò: voleva vedere il piú possibile, e inoltre quel giovane gentile le piaceva non poco.

Girarono insieme per le strade, bevvero tè, mangiarono dolci, andarono al lago, un lago cosí grande da sembrare un mare. Al ritorno da una di quelle passeggiate, Giulia fece salire il giovane nella propria stanza.

Non aveva mai avuto un uomo, mai un fidanzato. In tanti, al paese, l'avevano corteggiata fin da quando era poco piú che una bambina, in tanti durante i viaggi insieme alla contessa l'avevano fatta oggetto di complimenti, sguardi ammirati e ammiccamenti, ma al di là di questo non si era andati mai. Ora però il suo corpo di diciottenne chiedeva di essere ascoltato e soddisfatto.

Fu in una camera dell'Auditorium Theater and Hotel Building di Chicago che Giulia accolse quelle richieste, quegli impulsi che arrivavano da ogni suo muscolo, nervo e pensiero, che acceleravano il respiro e offuscavano la volontà. Lasciò che Thomas, cosí si chiamava il ragazzo alto, l'accarezzasse, la baciasse, la toccasse sotto gli abiti. Riuscí a fermarlo e a fermarsi a quello, lottando contro un desiderio che mordeva come una febbre.

Quando lui se ne andò, attese per un quarto d'ora distesa sul letto, con la mente ancora confusa e il cuore che galoppava, poi scese nella hall.

Fu lí che lo vide per la prima volta, mentre entrava seguito da un codazzo di persone. Spiccava fra tutti, alto, con una lunga chioma di capelli brizzolati, il cappello, la giacca di pelle con le frange ai bordi e alle maniche, lo sguardo penetrante e fiero. Procedeva con passo sicuro e la gente si spostava come per lasciar passare un sovrano, un idolo, e sorrideva, salutava, riveriva, faceva a gara per avvicinarlo e toccarlo.

– Chi è? – chiese Giulia a un fattorino piccolo e scuro di origine italiana.

– Non lo riconosce? È Buffalo Bill!

Lei spalancò gli occhi. – *Quel* Buffalo Bill? Davvero?

– Sí, lui. Il suo show è arrivato stamattina in città. Terranno alcuni spettacoli da domani e per una settimana vicino al Coliseum Building. Sa dov'è?

Giulia non aveva idea di dove fosse, ma ugualmente annuí. – E che ci fa qui all'Auditorium? – chiese.

– Be', una volta tanto soggiornerà in hotel invece che nel vagone di uno dei suoi treni. Eh, sta invecchiando anche lui e forse comincia a preferire le comodità!

Invecchiando? A Giulia quell'uomo, di cui qualcosa sapeva attraverso libri e giornali, pareva bellissimo, magnetico e di una età fascinosa. Incontrò i suoi occhi per un attimo, quando lui si girò, e non seppe trattenere un sorriso. L'uomo rispose toccandosi la falda del cappello con un leggero inchino.

Un'ora dopo, mentre l'aiutava a fare il bagno e a sistemarsi i capelli, Giulia raccontò alla contessa Barnini di quell'incontro. – Farà gli spettacoli qui a Chicago, – disse. – Chissà che bello! Lei andrà, signora?

La contessa fece una smorfia di disgusto. – A vedere cosa? Quel bovaro che corre in tondo insieme ai suoi selvaggi urlanti? Ci mancherebbe altro!

– A me piacerebbe.

– Non sei qui per passatempo, tu. Hai altro da fare.

Giulia non replicò, ormai abituata alla durezza della signora. Allo spettacolo non sarebbe andata, ma quell'uomo lo avrebbe rivisto, lo sapeva. Ne era certa fin dal momento in cui i loro occhi si erano incontrati, e ne fu ancora piú sicura nei giorni seguenti, quando di nuovo e piú volte si incrociarono nei corridoi dell'albergo, e lui sempre si fermava, le sorrideva, le cedeva il passo, le mormorava qualche parola.

Accadde alcune sere dopo, l'ultima in cui Buffalo Bill avrebbe soggiornato nell'hotel e la contessa avrebbe cantato all'Auditorium.

Entrambi gli artisti, ognuno carico del proprio successo e forte del proprio carisma, furono invitati a una grande festa di commiato che l'albergo organizzava per loro e gli altri ospiti, oltre che per le autorità e il bel mondo cittadino. Tutta la Chicago che contava fece carte false per avere l'invito e partecipare a quella serata memorabile.

Solo Giulia non ebbe il permesso di scendere nel salone delle feste. Neppure per qualche ora come Cenerentola; neppure per un minuto. Il giorno dopo dovevano ripartire per un lungo viaggio verso est che le avrebbe portate prima a Cleveland poi a Washington, e c'erano vestiti da stirare, e valigie da preparare.

Giulia, mentre raccoglieva boccette di profumi e scatole di cipria e le riponeva nelle borse, sorrise storto pensando che la contessa, che tanto aveva disprezzato Buffalo Bill e il suo spettacolo, in quel momento era giú nel salone e per quell'uomo avrebbe addirittura cantato qualche brano. E intorno a loro avrebbero danzato, bevuto e riso dame ingioiellate, uomini eleganti, ragazze vivaci e smaniose di divertirsi, giovani aitanti, e nugoli di camerieri avrebbero fatto la spola dalle cucine portando vassoi pieni di delicatezze e bicchieri colmi.

«Balla, canta, pavoneggiati, fai pure», disse fra sé pensando alla sua datrice di lavoro, riverita ma brutta e sgraziata nonostante i trucchi e i belletti, altezzosa ma irrimediabilmente scorbutica, sgradevole e fino ad allora disdegnata dagli uomini, tanto che a quasi trentatre anni era sola e tale, probabilmente, sarebbe rimasta nonostante fosse ricca e godesse di notorietà e prestigio.

A mezzanotte passata, finito di riempire le valigie della contessa, rientrò nella propria stanza e si gettò sul letto, stanca. Dopo pochi minuti sentí che la Barnini rientrava nella sua e chiudeva a chiave la porta.

D'impulso, facendo piano, Giulia uscí in corridoio, raggiunse le scale e cominciò a scenderle verso il salone delle feste, da cui ancora provenivano musica e voci. Sull'ultima rampa, lo incontrò. Buffalo Bill stava risalendo con una bottiglia di champagne in mano.

Si fermarono a guardarsi per secondi lunghissimi, poi lui le tese la mano, lei la prese e si lasciò condurre nella sua stanza.

«Togliti quel trucco pesante che ti fa sembrare una maschera di carnevale e dormi russando, ci vediamo domattina»: questo fu il pensiero che Giulia rivolse alla padrona mentre si lasciava spogliare. «Dormi, mentre io stanotte... io stanotte sarò donna davvero, e non con un uomo qualunque!»

Le nausee cominciarono un mese e mezzo dopo, prima sporadiche, poi quotidiane. All'inizio Giulia sospettò e temette, poi ne ebbe la certezza: quella notte, quella prima e unica volta, era bastata a segnare il suo destino e a metterla nei guai.

Come dirlo alla Barnini? Non le veniva in mente un modo indolore, non trovava il momento, a volte illudendosi di poter tenere celato il tutto, di poterla ingannare, di risolvere in qualche modo.

Per settimane e settimane si ingegnò ad allargare un po' i propri abiti, e per fortuna il ventre cresceva piano; ma la sua figura snella non avrebbe consentito di nascondere la gravidanza a lungo.

Ci furono Richmond, Raleigh, Norfolk, Annapolis, Providence e altre città, e gli spettacoli e i ricevimenti, gli spostamenti in treno e le pause; ci furono pittoreschi cottage sui laghi e altissimi palazzi nelle metropoli, e panorami nuovi e nuovi incontri, ma Giulia non riusciva piú a godere del viaggio e di ciò che le offriva. Faticava sempre piú a svolgere il proprio lavoro e a controllare l'ansia.

A fine settembre, tornata a New York, una sera in cui cenavano insieme e da sole, prese il coraggio a due mani e si confessò alla contessa.

– Sono incinta, signora, – disse semplicemente mentre sorbivano il caffè.

– Non ci credo, – replicò la donna, irrigidendosi.

– Purtroppo, invece, è cosí.

– Chi è stato?

– Chi è stato? – sorrise Giulia. – Io, innanzitutto.

– Perché?

– Esiste forse un perché, per cose simili?

La Barnini si alzò in piedi, terrea, gettando il tovagliolo sul tavolo. – Da te non me l'aspettavo, – sibilò.

– Mi dispiace... è successo.

– Ti dispiace? Solo questo sai dire?

Giulia tacque, sopraffatta ma allo stesso tempo sollevata di essersi finalmente liberata di quel segreto.

– Vattene, – ordinò la Barnini.

– Dove?

– Ti rimando a casa. Domani stesso andrai alla Compagnia di navigazione a farti cambiare il biglietto. Parti per l'Italia appena possibile. Non ti voglio piú qui, stupida puttana ingrata.

Il biglietto fu cambiato secondo le direttive della contessa, tramutando il posto di prima classe in popolare.

Si dovette aspettare quasi un mese per un imbarco, e solo ai primi di ottobre Giulia risalí sul *Fulda*. Fino ad allora rimase quasi sempre nella sua stanza d'albergo di New York, pagandola con quella che avrebbe dovuto essere la spettanza per il lavoro svolto.

Il viaggio di ritorno verso Genova fu ben diverso da quello dell'andata.

Nel ponte dei disperati e dei plebei, in uno stretto letto a castello fra altre centinaia di giacigli simili, in locali umidi, bassi e puzzolenti, gremiti di gente che a Ellis Island era stata ritenuta non idonea a entrare negli Stati Uniti, e per questo veniva rispedita in patria, Giulia affrontò disperazione e nausee, affogata in pensieri sempre piú cupi.

Tra lamenti di donne, pianti di bambini, bestemmie di uomini delusi e frustrati, in un girone infernale dei perdenti e degli esclusi, anche se la nave era la stessa dell'andata ebbe la sensazione di trovarsi non piú sul transatlantico superbo di qualche mese prima, ma su uno sgangherato battello di Caronte diretto verso la dannazione, o sul bastimento di Lazzaro carico di ogni male della carne e dell'anima.

Dopo una decina di giorni di viaggio si ammalò, come molti altri. Al chiuso di quel ponte dei reietti, prigioniera di una coabitazione insana, fitta e forzata che faceva pensare a una stalla o a un pollaio, a una tradotta del fallimento e del dolore diretta verso la fine di ogni sogno e di ogni speranza, cadde preda di una tosse squassante e di febbri che la stremavano in bagni di sudore e in deliri da incubo.

Talvolta sentiva che qualcuno le metteva una pezza bagnata sulla fronte o le faceva sorbire qualche cucchiaiata di acqua o di brodo, e accettava quel generoso soccorso a occhi chiusi, con una sorta di rassegnazione, ormai incapace di qualsiasi volontà e persino di ogni parola di gratitudine.

Se all'inizio la gravidanza le era parsa un atto, pure non voluto, di libertà e di sfida, ora assumeva le parvenze di un errore fatale, di una condanna irrimediabile.

Non si rese conto di quando la sbarcarono, quasi priva di conoscenza, né dei tre giorni passati in un centro di assistenza medica del porto, lazzaretto terribile quanto un ospedale da campo nel pieno di una guerra, né di quando la condussero in un convento di monache, unico rifugio possibile per una peccatrice sola e malata.

Lí si ristabilí e col lavoro ricompensò le suore di vitto, alloggio e assistenza; lí il 2 marzo del 1897 nacque suo figlio, che chiamò Amerigo perché concepito in quel Paese, l'America, oggetto di un'avventura malamente finita. Lí, dalle finestre di quel convento abbarbicato ai fianchi di una collina sovrastante la città, il suo piccolo vide il mare.

Il mese dopo, grazie ad alcune lettere inviate al parroco di San Sebastiano in Alpe, al convento giunse il denaro che bastava per il viaggio in treno verso casa.

Un ritorno al punto di partenza, portando con sé un bambino sano, biondo e bellissimo, il peso cocente di una sconfitta e l'esito aspro di una rivalsa o di una ribellione.

7.
Amerigo diventa «Bill»

Dopo lo spettacolo all'ippodromo di Ravenna, con ciò che in quell'occasione era successo e venuto a galla, tutto il paese aveva saputo chi fosse il padre di quel bambino biondo e dagli occhi di un colore tra l'azzurro e il grigio, perché le voci corrono e Giulia non aveva fatto niente per fermarle o smentirle. Era anzi un macigno che si era tolta volentieri di dosso perché i segreti, soprattutto se grandi, pesano assai e alla lunga stremano e intralciano. Che tutti sapessero, sí: del resto non la riteneva cosa di cui vergognarsi. Aveva commesso, poco piú che ragazzina, una leggerezza o un errore e ne aveva pagato il conto. Da quando era tornata dall'America e a Genova aveva dato alla luce un figlio, i suoi progetti erano svaniti, le sue ali si erano spezzate, i suoi orizzonti erano tornati a farsi piccoli e sempre uguali. Non piú viaggi, non piú sogni di indipendenza e libertà, non piú teatri, alberghi e bei vestiti: di nuovo al paese, con una bocca in piú da sfamare e quella che poteva apparire un'onta da sopportare. Ma c'era Amerigo, e se si ha un bambino da accudire e da amare tutto il resto perde pian piano importanza, cambiano le ottiche e le aspettative, mutano i valori e i bisogni.

A suo padre Luigi, che l'aveva accolta senza smancerie perché quelle non le aveva conosciute e praticate mai, ma allo stesso tempo senza rimproveri o troppe domande, e che subito si era innamorato del nipotino, Giulia aveva raccontato la vicenda pur omettendo parecchi particolari. Non gli aveva detto che Amerigo era figlio dell'incontro di una sola notte, ma gli aveva fatto credere che fosse il frutto di una tenera, forte e inevitabile storia d'amore. Né gli aveva confidato quanto fosse importante e noto l'uomo che l'aveva reso nonno.

Che differenza avrebbe fatto? Luigi in fondo non aveva la piú pallida idea dell'esistenza di un tizio chiamato Buffalo Bill e della sua fama in America e oltre. Anzi lui, che a scuola non c'era andato ed essendo analfabeta non leggeva libri o giornali, e mai si era allontanato troppo dai luoghi in cui era nato, probabilmente non riusciva neppure a immaginarla, l'America, a capire quanto fosse vasta, straordinaria e capace di evocare nuove prospettive, nuovi pensieri e desideri.

Non poteva sapere, Luigi, quanto vario fosse il mondo, pieno di posti incredibili e di monti e boschi piú imponenti di quelli a lui noti metro per metro, di fiumi davanti ai quali il Falcione appariva un misero rigagnolo, di città smisurate in cui Faenza e persino Ravenna non avrebbero avuto neppure la dignità di quartiere.

Giulia divideva il proprio tempo tra la cura del piccolo e il lavoro, perché c'era bisogno di portare a casa qualche soldo. Si era data da fare come lavandaia al torrente, portando con sé il figlio in lunghe giornate da cui tornava con le mani raggrinzite e arrossate, la schiena dolorante e le ginocchia scorticate e gonfie. Mentre lei strizzava e sbatteva panni e lenzuola, il bambino un po' dormicchiava, un po' guardava a occhi spalancati il correre dell'acqua nel greto e quello delle nuvole in cielo; quando seppe camminare, prese a esplorare intorno a sé, affascinato dai sassi lucenti, dalle felci, dalle lucertole, dalle bisce, dagli uccelli e da tutto ciò che vedeva, curioso e instancabile.

Poi Amerigo aveva cominciato a passare sempre piú tempo col nonno, ad accompagnarlo sui passi e nelle selve. Un folletto dei boschi a proprio agio in un ambiente che a Giulia era risultato cosí ostico da farla fuggire lontano. E Luigi ebbe finalmente il figlio maschio che forse aveva desiderato, un ometto che imparava a maneggiare il coltello ancor prima del cucchiaio.

A San Sebastiano in Alpe, da quando si era saputo chi fosse suo padre, Amerigo si era visto cambiare nome: avevano preso a chiamarlo Bill, anche se non tutti prestavano fede a una storia cosí incredibile da sembrare inventata, da suonare non tanto come il frutto di un insolito destino quanto di uno scherzo che Giulia volesse giocare ai compaesani.

In ogni caso, iniziarono a guardare quel bambino con occhi diversi.

In primo luogo con una curiosità che spingeva a osservare e a commentare immancabilmente tutto ciò che faceva o diceva, e a misurarne la portata attraverso un confronto. «Proprio come suo padre», «Mica come suo padre» e altre frasi del genere si sprecavano, riempiendo i discorsi di persone che alle novità non erano avvezze e che trovavano in quella storia un varco attraverso cui uscire, per una volta, da un universo circoscritto, un modo per proiettare i pensieri lontano e colorarli di una certa esotica grandezza.

Amerigo diventò Bill, dunque, non solo in virtú dell'accadimento narrato da sua madre e divenuto di pubblico dominio, ma anche di aspettative quotidiane e di attenzioni quasi indiscrete che lo trasformarono da ragazzino qualsiasi, uno dei tanti, in elemento speciale, qualcuno che per discendenza non solo si distingueva, ma poteva distinguere il paese intero e attribuirgli particolarità e importanza.

A lui la cosa non piaceva affatto. L'improvvisa premura nei suoi confronti, che comportava anche l'avere gli occhi degli altri sempre addosso, gli pesava. Essere al centro di chiacchiere e paragoni lo imbarazzava. Sapere che tutti parlavano della faccenda di quella paternità a dir poco inusuale, faccenda di cui lui stesso non aveva saputo niente fino a pochi giorni prima, lo confondeva e lo faceva sentire nudo.

Anche il fatto che lo chiamassero Bill lo disturbava. Perché doveva sentirsi appiccicato addosso il nome ingombrante di quell'uomo? Anche se era suo padre, non lo conosceva né desiderava conoscerlo. Gli era bastato vederlo durante lo spettacolo a Ravenna, tronfio e altezzoso, bramoso di sguardi e di applausi, vestito da burattino con tutte quelle frange e quei lustrini e con una capigliatura lunga e ridicola. Un uomo in là con gli anni che facendo pagare il biglietto giocava alla guerra, fingeva di inseguire poveri bisonti arruffati e annoiati e di sconfiggere nemici immaginari, figuranti rassegnati e all'apparenza ancora piú annoiati dei bisonti. Un uomo, insomma, che aveva trasformato in commedia il ricordo di tempi gloriosi che chissà se l'avevano visto davvero protagonista, e che vendeva a una o due lire la rappresentazione di sé stesso, vera o fasulla che fosse.

Non gli era piaciuto, e soprattutto non poteva dimenticare che Buffalo Bill non aveva voluto conoscerlo e che aveva liquidato lui e sua madre con un'elemosina, una moneta che era sí d'oro, ma che sul mercato dell'onore e dei sentimenti valeva meno del gruzzolo di Giuda.

Gli indiani, invece... oh, gli indiani gli erano parsi tutt'altra cosa! Fieri nel loro silenzio quanto nelle urla di battaglia, stretti nel ruolo di comparse e di vittime ma, a ben guardare, con una luce negli occhi foriera di rivalsa, solidi nel celare e allo stesso tempo nel mostrare la forza di un'essenza misteriosa, antica e grande, la stessa delle rocce abbrunite dai licheni o degli alberi secolari capaci di resistere al fulmine e al vento, quegli uomini dalla pelle scura e dai lineamenti spigolosi gli erano entrati nei pensieri e nel cuore.

Avevano lanciato insieme a lui le lame contro il legno tra sguardi di ammirazione reciproca, e con la preziosa semplicità che appartiene alla grandezza gli avevano messo una penna tra i capelli e gli avevano dipinto sul viso segni che parlavano una lingua arcana e vecchia quanto il mondo: per questo sentiva quei guerrieri vicini, parenti nell'anima.

All'immedesimarsi con i pellerossa forse non era estraneo l'intento di prendere le distanze da una presunta discendenza che stava diventando un fardello e che lo legava a chi dei pellerossa, almeno a quanto si narrava, era stato in molte occasioni implacabile nemico. Un modo insomma, conscio o inconscio che fosse, di negare o rinnegare un'eredità di sangue che non sentiva e che invece gli altri parevano ritenere tanto importante.

Prese a portarla sempre e con orgoglio, quella penna che veniva da un posto lontano e da una storia fiera, cosí come, in ogni occasione in cui dovesse armarsi di forza, intraprendenza e coraggio, cominciò a rinnovare sul proprio viso le righe colorate.

Si fece prestare da Mariano i giornali e i libri che parlavano delle tribú degli indiani e li lesse con avidità. Si costruí, con un lavoro lungo e paziente e l'aiuto del nonno, un arco e le frecce, imparando a usarli con sempre maggiore maestria. Coinvolse il suo migliore amico, sempre pronto ad assecondarlo e a seguirlo in tutto, in quello che gli appariva ben piú serio di un gioco: quando scorrazzavano nei boschi e sui dirupi che costituivano il loro universo selvaggio, lanciavano le stesse grida di furore e di guerra che avevano sentito durante il *Wild West Show*. Grida che, non addomesticate e costrette sotto il tendone di un circo, squillavano libere e vere.

– Come gli indiani? – chiedeva Amerigo quando stavano per buttarsi in qualche scorribanda o avventura.

– Come gli indiani! – confermava Mariano, e col fango, l'erba, la ruggine delle pietre o il sugo di qualche bacca si dipingevano le guance e la fronte, un'unzione che aveva il valore di un sacramento barbaro e profano.

A volte, risalita la Valbuia, aspettavano il transito giú a basso del treno fischiante e si atteggiavano a un attacco immaginario al convoglio lontano; altre volte si appostavano ad attendere il passaggio di Ercole in groppa a Cristofora, stravagante locomotiva di carne e muscoli su cui un uomo dal corpo di bambino stava al gioco fingendo fuga e spavento.

Ma Amerigo si sentiva indiano e guerriero soprattutto quando era nella foresta, dove insieme al nonno abbatteva alberi o cacciava animali, metteva trappole o divorava miglia su sentieri appena accennati e oscuri, o semplicemente stava immobile ad ascoltare un apparente silenzio pieno di voci misteriose e sottili, lontano da tutto e da tutti.

All'inizio dell'estate, anzi, quelle diventarono le sue attività principali. Basta con le lezioni e il maestro, basta con i quaderni e i calamai: non ci sarebbe stato, decise, un altro anno scolastico. Nonno Luigi non commentò la scelta, Giulia se ne rammaricò ma convenne che due braccia in piú che si dedicassero al sostentamento familiare potevano servire.

Amerigo non avrebbe piú trascorso ore e ore nel banco accanto a Rachele: questo era l'aspetto della faccenda che piú gli dispiaceva. Ma il nonno e la mamma, lo sapeva, gli avrebbero sempre lasciato tempo e modo di stare con gli amici e di indulgere ancora, a volte, in sogni e giochi. Si smetteva presto, lassú, di essere bambini; presto ma se possibile non di colpo, non con un taglio netto e doloroso, a meno che il destino non lo imponesse con un'urgenza crudele.

Cosí, almeno per un po', fu contemporaneamente uomo e bambino come, in virtú del nome Bill che gli avevano assegnato, del sangue che aveva nelle vene e di ciò che invece aveva in testa e nel cuore, fu cowboy e indiano allo stesso tempo.

Niente di strano, in questo. Nessuno che sia vivo, in fondo, è una cosa sola.

8.
Uno sguardo di ghiaccio e di fuoco
(primavera 1909)

Seduta a un grande tavolo di legno massiccio, in una delle stanze della sua villa sulle pendici della Valleluce, la contessa Elisabetta Fulvia Barnini si passò una mano sul viso sciupato. Le pareva quasi di sentirle al tatto, le rughe che si formano sempre piú profonde e numerose sulla fronte, sul collo, agli angoli degli occhi e della bocca; le sembrava di poter avvertire, sotto i polpastrelli, il deteriorarsi di una pelle che stava perdendo lucentezza e colore.

Una stanchezza uggiosa l'attanagliava, silente e severa padrona, da quando si era ritirata lassú dopo aver lasciato la carriera e i viaggi, il bel mondo e i concerti a causa di un problema alle corde vocali che forse, come diceva il suo amico Fausto, si era originato nell'anima per poi attaccare il corpo. Un'anima inquieta che col passare del tempo non si era piú accontentata del successo e aveva probabilmente cominciato ad avvertire piú il vuoto di ciò che le mancava – un marito e dei figli, in primo luogo – che la soddisfazione e l'appagamento per ciò che aveva.

Insieme a quel tormento, a pesare erano altre preoccupazioni.

Niente andava per il verso giusto, niente. La sua vita si era sfaldata, sgretolata come ogni tanto accadeva alle pendici erbose che dopo una pioggia intensa o al disgelo franavano, arrendendosi rassegnate, sulle rive e nelle acque del Falcione.

Innanzitutto, sua nipote Adele non stava bene. Non stava *mai* bene.

Viveva con lei, che aveva dovuto e voluto prenderla con sé quando era rimasta orfana all'età di tre anni, e non aveva mai avuto un giorno buono, come se un destino crudele la perseguitasse. Suo padre Angelo, il fratello minore della contessa, era morto a Adua; sua madre, Chiara, si era spenta due anni dopo, lasciandosi sopraffare da una malattia ai polmoni e forse dal dolore della vedovanza.

In dieci anni, la contessa non aveva mai potuto essere per Adele una madre, perlomeno non nel modo gioioso che aveva immaginato, ma solo un'infermiera.

Niente passeggiate, feste, visite ai negozi delle città dei dintorni; solo lunghe ore al capezzale di una piccola sofferente che collezionava malanni e febbri e che da qualche mese si era piegata a un'irrimediabile condizione di cronicità, come se quel corpicino, invece di avere tredici anni, fosse decrepito.

Sembrava, a Elisabetta Barnini, di vivere in una delle opere liriche che aveva cantato in giro per il mondo, spesso tragiche e disperate, o di ritrovarsi dentro uno dei romanzi d'appendice che a volte leggeva, dove la vita si risolveva sempre in lacrime, sospiri e drammi. E non c'era, in quello, niente di eroico o di romantico, niente che sembrasse degno di essere cantato o raccontato: c'erano solo una spossatezza rabbiosa e una frustrazione cupa che facevano incattivire.

Non generava amore, quella pena del vivere, ma solo cieco risentimento, solo malanimo pronto a scatenarsi contro tutto e tutti.

All'altro lato del tavolo, un uomo ben vestito aveva davanti a sé fogli e registri ed elencava una serie di conti e introiti. - L'affitto delle vigne nel Forlivese ha fruttato come al solito, – disse. – Il raccolto del grano, però, l'anno scorso è stato molto scarso: è piovuto in giugno e una parte è andata in malora. Nel podere Rivalone, quello dove c'è il mezzadro Righi, c'è stata una malattia nella stalla e sono morte due vacche e un bue. Il bue bisognerà rimpiazzarlo, altrimenti come arano?

La contessa sbuffò ed esclamò: – Che se lo comprino da soli, il bue! O che tirino l'aratro a forza di braccia! – Si alzò, mosse qualche passo nella stanza e fissando il suo fattore sospirò: – Mi dà solo cattive notizie!

Scostando una tenda, guardò dalla finestra. Oltre al parco alberato della villa, al di là del torrente, i declivi della valle erano in fiore e abbagliati da un sole che, come per dispetto, spandeva il calore e la luce della primavera ovunque ma non in quelle stanze, che parevano condannate da un maleficio a un inverno doloroso e perpetuo.

Il fattore, paziente, ricominciò: – L'uva nei poderi del piano è stata piuttosto abbondante. Il trebbiano...

In quel momento si sentí una voce, un gemito. La contessa si irrigidí e mormorò: – Adele!

Lasciando il fattore da solo con i suoi fogli in mano, raggiunse una stanza da letto dove la ragazzina giaceva in un groviglio di coperte e lenzuola sfatte.

– Ho sete, – si lamentò l'ammalata.

La contessa le toccò la fronte, cercò inutilmente di mettere a posto le lenzuola, poi agitò con forza il campanello che era sul comodino.

Il viso di Adele, a quel suono acuto, si contrasse in un'espressione di sofferenza.

Arrivò una domestica e la contessa la redarguí perché nella caraffa non c'era piú acqua, poi le chiese di rimanere con la nipote. – Io faccio un salto in farmacia, – disse.

Tornò dal fattore e lo liquidò: – Senta, Galli, mi faccia

un resoconto scritto dei bilanci, perché ora non ho tempo né voglia di stare qui ad ascoltare numeri e guai. Me lo porti appena pronto, poi ne riparliamo. Adesso mi scusi, ma ho da fare... l'accompagno alla porta.
— Non si disturbi, signora contessa, conosco la strada.
— Devo uscire anch'io, mi servono cose dalla farmacia.
Premuroso, il fattore propose: — Ci vado io, se vuole.
— No, Galli, grazie; ho bisogno di uscire.

Non ne poteva piú di quella penombra, dell'odore di frutta troppo matura che c'era nella stanza dell'ammalata, della servitú incapace, della reclusione fra quelle mura o nel giardino muto e deserto.

Non conosceva quasi nessuno in paese e non le piaceva incontrare quei montanari rozzi che mai le riservavano un sorriso, ma se il sole non entrava nella villa sarebbe stata lei ad andarlo a cercare, come avrebbe cercato un po' d'aria fina e aperta. Di solito delegava la spesa e ogni altra incombenza ai domestici, però doveva assolutamente lasciare, almeno per un po', quel castello maledetto in cui regnava sovrana, dal suo letto di dolore, una giovanissima principessa dell'infelicità.

Varcò il cancello insieme al fattore, che le chiese: — Vuole che l'accompagni?

La contessa sorrise storto. — So che non mi amano, i miei compaesani, ma ancora non ho bisogno di una guardia del corpo.

— Perché dice cosí? La ammirano e la rispettano.

— Non è vero. Lo vede quel punto sul muro di cinta ripassato di intonaco fresco?

— Sí.

— Lo sa cosa ci avevano scritto, una notte di qualche settimana fa?

Il fattore scosse la testa.

– Ci avevano scritto «Abbasso i Barnini, viva Feletti».
– Chi è Feletti?
– È il macellaio del posto, un energumeno violento che sparge zizzania e che predica contro i possidenti e i proprietari terrieri. È anarchico, o socialista, non so... Fa il capopopolo e, se potesse, credo che mi metterebbe sul suo ceppo e mi farebbe a pezzi come un capretto da cucinare arrosto.
– Ma no...
– Lasci stare, so quel che dico. In ogni caso non mi importa piú di tanto, non mi fanno mica paura. Ho ben altri problemi e incombenze, io.
– Salga sul calesse, la porto giú. C'è quasi un chilometro.

La contessa guardò la strada assolata davanti a sé e accettò. – Va bene, – disse. Non era una grande camminatrice, e l'aspettava comunque il ritorno in salita

Giunti alle prime case, non avevano visto ancora anima viva. – Ma dove sono finiti tutti? – chiese la donna.

– C'è un funerale, – rispose Galli. – Sa come sono fatti qui: un ultimo saluto non lo negano a nessuno, fosse anche il peggiore dei nemici. Seguono piú volentieri un carro da morto che la banda.

– Vuole dire che parteciperebbero di buon grado anche al mio, di ultimo viaggio?

Sorrisero entrambi, poi il fattore fece scendere la contessa in quella che i paesani chiamavano piazza, la salutò e diede voce al cavallo perché cominciasse a trottare verso il piano, mentre la campana della chiesa invitava al rito funebre.

La donna si guardò intorno. Le strade erano semivuote, ma era pur sempre un luogo abitato, libero dall'atmosfera di solitudine e di malattia che gravava nella villa.

La farmacia e Adele potevano aspettare qualche minuto.

Andò a sedersi a un tavolo all'esterno della locanda e ordinò un vermut. Una triste e povera parodia dei bei tempi, quando sorseggiava champagne sui piroscafi che attraversavano l'Atlantico o nei lussuosi alberghi e ristoranti delle piú grandi città del mondo, ma era sempre meglio che languire al chiuso nell'attesa che sua nipote la reclamasse al proprio capezzale.

– Ecco, babbo, – disse Piombo, – hanno cominciato a scampanare... è il momento buono.

Piuma annuí, lo raggiunse e l'aiutò a darsi un'ultima sistemata.

Erano sulla costa del monte, all'imbocco della Valbuia, sopra l'ultima fattoria del paese prima della fenditura selvatica e deserta. Avevano visto i Belletti, tutti, lasciarla per andare al funerale. Nell'aia rimanevano solo due cose, che non perdevano di vista: un cane grosso e fulvo legato alla catena e un'asse affissa in orizzontale a una parete della cantina, su cui erano allineati una decina di grossi formaggi fatti da poco e messi ad asciugare.

Quelli erano il loro obiettivo.

– Sei pronto? – chiese Piuma sistemando l'imbracatura.

– Pronto, – disse Piombo. – Sento che andrà tutto bene.

L'altro fece una smorfia e sussurrò un dubbioso: – Speriamo.

Il piano l'aveva architettato Piombo, che alternava giorni di apatia totale ad altri in cui la sua mente mulinava inarrestabile e partoriva discorsi poco sensati o propositi ancor piú sconclusionati. L'avevano studiato a lungo ma non risultava convincente, anzi sembrava quasi folle, e Piuma tremava di preoccupazione e di sensi di colpa, scoprendosi ancora una volta incapace di gestire gli intenti e i comportamenti dell'altro e ritenendosi per questo, non a torto, un padre inadeguato e imbelle. Del resto non aveva mai avuto e non aveva un compito facile: quando quel suo figlio ormai quarantenne si metteva in testa una cosa, non restava che assecondarlo e assisterlo, nel tentativo di limitare i danni. Perché era grande e grosso quasi come Caganído, Antonio detto Piombo, e al pari dell'indefesso scavatore di buche era sprovveduto come un bambino, e di un bambino capriccioso aveva la condotta e i pensieri, resi ancora piú pericolosi e imprevedibili dal fatto che possedesse la forza di un toro.

Forse Dio, pensava Tino detto Piuma, cerca di essere equo dando a qualcuno salute e muscoli ma scarso cervello, a un altro un corpo gracile ma la mente un po' piú sveglia, o perlomeno non completamente bacata. Oppure tutto succede a caso, e sarebbe meglio che chi è irrimediabilmente stupido fosse anche molto debole, cosí da avere meno energie da usare per combinare guai.

Lui, sessantacinquenne claudicante e piegato dall'artrite, aveva avuto dal destino un corpo piccolo e asciutto, una mente sognante e curiosa, ma non aveva ricevuto i doni di un carattere forte e del coraggio. Anzi, tutto lo preoccupava sempre oltre misura, tutto lo spaventava, ma per via di un'indole assai remissiva non sapeva fuggirle o scansarle, le cose che gli procuravano angustia, cosí viveva in un perenne stato di ansia a cui trovava rimedio solo quando raccontava, cambiandole e arricchendole a modo suo, le storie e le fiabe apprese nel tempo dalla voce dei piú anziani.

Piombo arretrò di qualche passo preparandosi alla rincorsa. Indossava un paio di grandi ali fatte con penne di pollo e di tacchino, assicurate alle braccia e alle spalle con corde e cinghie, e il piano prevedeva che si lanciasse da almeno cinque metri di altezza nel vuoto, planando in discesa fino all'asse dei formaggi, ne prendesse uno al volo e atterrasse fuori dalla portata del cane.

Erano poveri in canna, quei due. Coltivavano un orto, allevavano qualche gallina e si adattavano a fare ogni tipo di lavoro, ma erano anni che non andavano a letto con la pancia piena: un formaggio rappresentava una refurtiva preziosa e ambita, che valeva il rischio.

Piuma disse col tono rassegnato di chi non vede l'ora che tutto finisca: – Non c'è nessuno in giro. O adesso o mai piú: se ne sei ancora convinto, vai!

In realtà qualcuno c'era e li stava osservando. Tra gli alberi, di ritorno da una scorribanda nei boschi, Bill, Rachele e Mariano stavano osservando la scena, divertiti.

– Lo fanno davvero! – ridacchiò la ragazzina mettendosi una mano davanti alla bocca.

Mariano scosse la testa, incredulo, mentre Bill mormorava: – Ma si può essere piú scemi di cosí?

In quel momento Piombo corse, spiccò il salto, e per un secondo si ebbe l'illusione che le ali funzionassero, aperte, lucenti, enormi come quelle di un'aquila gigantesca. Per un attimo solo, come fissato in una fotografia, il suo librarsi parve sicuro e reale.

Poi successe l'inevitabile e l'uomo, senza un grido, cadde di peso su alcuni arbusti.

Subito il cane gli fu addosso latrando all'impazzata, e cominciò ad addentargli fianchi e natiche e a fare a brandelli le ali in un vorticare di penne e polvere.

A Bill parve una scena di quelle che aveva visto durante lo spettacolo di Buffalo Bill, tre anni prima, una lotta furibonda che non mancava di avere qualcosa di teatrale e persino di buffo.

Poi, siccome il cane stava avendo la meglio, fece un gesto a Mariano, lanciò un urlo di battaglia e corse verso quel groviglio feroce e rumoroso, armando la fionda. Un sasso volò dritto e potente colpendo l'animale, che uggiolò stupito prima di essere preso in pieno anche dalla pietra scagliata da Mariano e di rinculare verso la cuccia.

I ragazzini aiutarono Piombo, pesto e sanguinante, a rialzarsi e lo spinsero fuori dal raggio d'azione della bestia, che aveva ripreso ad abbaiare e poteva tornare all'attacco.

– Non mi sono fatto niente, – sorrise Piombo, poi cadde in ginocchio, la testa ciondolante. Ci volle tutta la forza di Bill e di Mariano per trascinarlo via, piú o meno sotto il punto da cui aveva tentato di spiccare il volo.

Piuma li raggiunse zoppicando e ansimando. – Lo sapevo che sarebbe finita cosí, lo sapevo! – piagnucolava.

– E allora perché l'ha lasciato fare? – gli chiese dura Rachele. Con quell'uomo minuto e timido, uno che pareva sempre scusarsi di essere al mondo, i bambini dialogavano alla pari, senza una forzata reverenza, senza dover mostrare una sudditanza remissiva, a differenza di quanto era previsto accadesse con gli altri adulti.

– Perché... perché non riesco a impedirglielo. È testardo.

Riuscirono finalmente a rimettere in piedi il ferito, lo sorressero e lo trascinarono fino alla casupola in cui i due vivevano, lontana un centinaio di metri. Lí le sue gambe persero di nuovo forza, cosí lo adagiarono a letto dopo avere cacciato dal giaciglio due galline, una che zampettava sulle coperte e l'altra che stava sul cuscino in posizione di cova.

– Che ore sono? È già mattina? – chiese Piombo provando a rialzarsi.

Bill non poté trattenere e nascondere una risata.

– Siate buoni, ragazzi, su! – implorò Piuma. – Datemi una mano.

– A fare cosa? – chiese Mariano.

– A trovare il medico. Mio figlio si è fatto male davvero.
– Vado io, – si offrí Bill, perché Piombo sanguinava, delirava, faticava a respirare e c'era poco da scherzare, poteva essere veramente grave. Uscí dalla casa correndo per dirigersi all'ambulatorio, anche se il dottore non aveva orari e spesso preferiva la caccia o altre occupazioni alla sua professione.
In effetti lo incontrò per strada dopo poche decine di metri. Era in bicicletta, il cane al guinzaglio e, a tracolla, la vanghetta per scavare i tartufi.
– Ehi! Ehi, dottore, si fermi! – gridò Bill.
– Che c'è?
– Piombo ha cercato... insomma, è caduto... si è fatto male e ha bisogno di lei, ecco.
– Arrivo, – borbottò il dottor Serafini. Non era ligio agli orari e faceva i comodi suoi, ma alla bisogna non negava il proprio intervento, anzi mostrava sempre una disponibilità generosa.
Seguí il ragazzino fino alla casa e con la vanghetta a tracolla, gli stivali infangati e il cane al seguito andò al capezzale del ferito, che aprí gli occhi e vedendo l'animale che lo fissava a una spanna di distanza urlò: – Oddio! Tirategli i sassi, ché mi morde!
– Non morde nessuno, la Lara è la cagna piú buona che esista, – lo tranquillizzò il medico. – Però devi avere incontrato una bestia meno buona di lei, vero?
– Già, – rispose per lui Piuma.
– È conciato maluccio, – sospirò il dottore alla fine della visita e delle medicazioni. – Deve stare fermo a letto perché ha perlomeno qualche costola rotta, e le ferite vanno ripulite e curate ogni giorno. Piuma, hai bende e disinfettanti, in casa?
– No.

– E ti pareva! Sono necessari, e voglio che assuma anche un farmaco.
– Mi faccia la ricetta, vado a prenderli.
– Non ho con me né il ricettario né la penna, sono stato a tartufi. Dammi un pezzo di carta e un lapis, ti scrivo cosa devi comprare.
Piuma fece una smorfia, aprí qualche cassetto e scosse la testa. – Non siamo gente che legge e scrive, – biascicò.
– Cioè? – chiese il dottor Serafini.
– Cioè non abbiamo carta e neppure un lapis, mi spiace.
– Ah, be'... e io su cosa scrivo?
– Non saprei. Mi dica le cose a voce, me le ricorderò.
– Sí, figurati se ti ricordi! Scommetto che non sai neppure cos'avete mangiato a mezzogiorno.
– Non abbiamo mangiato niente, Piombo voleva stare leggero per... insomma...
Il medico sbuffò, spazientito, diede un'occhiata in giro e andò a staccare lo scuro di una finestra. – Un chiodo ce l'hai? – chiese.
– Quello sí.
– Portamelo, allora.
Avuto lo strumento, il dottore incise alcune parole sullo scuro di legno. – Ecco fatto.
– Ci andiamo noi, – propose Bill.
– Grazie, – annuí Piuma, – in effetti è meglio che io resti qui ad assisterlo. Di' al farmacista che segni, passerò a pagare appena posso.
Bill con lo scurone in spalla, Mariano e Rachele si avviarono verso la farmacia di buon passo. La ragazzina aprí le braccia mimando un volo e lanciò il verso del tacchino, Mariano prese ad abbaiarle contro e Bill imitò i versi lamentosi di Piombo. Arrivarono nella piazzetta del paese che ridevano come pazzi, poi, prima di entrare, cercarono di ricomporsi.

– Basta, dài, non sta mica bene prendere in giro chi ha appena avuto una disgrazia, – disse Rachele sentendosi in colpa.
– Come si fa a non ridere di una scena come quella?
– E comunque voi due, – continuò la bambina, – non siete un po' troppo grandi, adesso, per fare i pellerossa?
– In che senso? – chiese Mariano.
Lei indicò le penne che si erano messi tra i capelli, le righe che si scolorivano sul loro viso sudato. – Le urla, i segni sulla faccia, e quella roba che vi portate sempre appresso: fionde, coltelli. Avete dodici anni e ancora continuate con quei giochi.
– Giochi? – si stupí Bill. – Non sono giochi, ma cose serie. Secondo te gli indiani sono indiani solo da piccoli e per scherzo? No, lo sono per tutta la vita. E anche noi lo saremo per sempre, vero Mariano?
L'altro annuí, come sempre faceva davanti a un'affermazione dell'amico.
Rachele scosse la testa, e insieme entrarono nel negozio.
Il farmacista stava servendo, ossequioso, una donna ben vestita che i bambini vedevano molto di rado, anche se sapevano chi era.
Soprattutto Bill, a cui sua madre aveva raccontato ciò che era successo in America e di come quella signora fosse stata sbrigativa e dura nel cacciarla via. Non si era mai trovato cosí vicino alla contessa da sentirne il profumo invadente. Era stato per la decisione impietosa di quella donna che sua madre aveva sofferto tanto e lui era dovuto nascere lontano, ma non provava per lei un vero rancore: solo una forte curiosità, che lo spinse a fissarla.
La Barnini se ne accorse e lo apostrofò in modo interrogativo: – Be'?
Bill resse per un po' il suo sguardo, poi lasciò perdere e si girò da un'altra parte.

– Le serve altro, signora? – chiese il farmacista.
– Per il momento no, ma ho l'impressione che presto dovrò mandare qualcuno a prendere altre cose. Come sempre. Almeno facessero effetto!
– Non migliorano le condizioni della sua Adele?
– No. Peggiorano, casomai.
– Lei non sa quanto mi dispiaccia: una cosí bella bambina! È da tanto tempo che non ho il piacere di vederla: sarà una ragazza, ormai.
– Non esce piú, in effetti.

La cosa andava per le lunghe. Mariano si mise a guardare boccette e scatole allineate su uno scaffale e, muovendosi per raggiungerlo, Bill urtò un fianco della donna con la persiana che teneva sulla spalla.

– Oh, mi scusi, – biascicò.

Lei, giratasi di scatto, squadrò di nuovo con una smorfia di stupore e di disgusto quel ragazzino sporco in faccia. – Mi scusi un accidente! – lo redarguí. – Che modi sono questi?

– Non l'ho mica fatto apposta...
– Su questo non ci giurerei, villano!
– Chiedi scusa alla signora contessa, giovanotto! – ordinò il farmacista.
– L'ho appena fatto.
– Lo sente? Lo sente? – alzò la voce la donna. – Vuole pure l'ultima parola! Che roba! Ecco un altro candidato alla delinquenza, come se da queste parti non ce ne fossero abbastanza!

Sempre bofonchiando la signora pagò e si avviò all'uscita, e in quel momento i suoi occhi cercarono quelli di Bill per fulminarli con un ultimo rimprovero, con un'affermazione di autorità e di superiorità.

Ma ciò che vide in quello sguardo la gelò, facendole passare ogni baldanza.

Perché vi lesse forza, coraggio folle, rabbia, sfida. Vi colse un qualcosa di selvaggio che la intimorí, tanto da spingerla a tenere un passo svelto nel tornare a capo chino verso la villa.

Era certa che quel ragazzino l'avrebbe rivisto, l'avrebbe di nuovo incontrato, e che non sarebbe stato un incontro piacevole.

Non l'aveva riconosciuto come il figlio della giovane donna che aveva licenziato su due piedi a Chicago diversi anni prima, anzi era la prima volta che lo notava; e dire che era diverso dagli altri del posto, con quei capelli biondissimi e quegli occhi intensi color del ghiaccio.

Non smise di pensarci neppure quando rientrò nella propria dimora.

Lo ritroverò sulla mia strada, si disse di nuovo, ed era una certezza che, chissà perché, non le piaceva per niente.

9.
Storia di Piuma e di Piombo

Nelle campagne della Bassa c'era ancora odore di fumo, e qua e là si vedevano i segni anneriti dei falò che avevano rischiarato la notte di San Giuseppe, quella tra il 18 e il 19 marzo. Le fiamme si erano alzate a colorare il buio e a richiamare, con le loro lingue alte e roventi, il calore e la luce della primavera che doveva tornare a inverdire i campi, a far germogliare i rami, a stemperare i rigori di un inverno che nel 1882 era stato, come sempre, madido di nebbie, rigido di ghiacci e copioso di neve.

Ma spenti i fuochi, finiti il rito e l'invocazione ai patroni della natura, la mattina aveva portato con sé, come ogni anno, la devozione che si rivolgeva ad altri numi, quelli della lotta. Perché nelle terre del piano covavano sotto la cenere non solo le braci dei roghi propiziatori, ma anche quelle della passione politica, dello scontro che non di rado aveva nutrito i solchi di rabbia e di sangue. Era gente tosta e indomita, quella, che attendeva il 19 marzo come una simbolica promessa di resa dei conti, una possibilità di affermazione e rivendicazione.

Piú che san Giuseppe, insomma, i braccianti – e non solo loro – delle terre di quell'angolo di Romagna celebravano in quel giorno Mazzini e Garibaldi, che col santo condividevano il nome. Ne facevano bandiera, li cantavano, li invocavano come condottieri ispiratori. Dedicavano al loro esempio gesti e impegno che cominciavano già di prima mattina, quando la gente imbandierava di rosso e di nero le strade e le case di Lancimago e faceva o ripristinava, ripassandole con la vernice, scritte sui muri che inneggiavano alla repubblica, alla sollevazione, alla riscossa.

C'era gente bellicosa, a Lancimago, ancor piú che nei dintorni, come se in quel villaggio di duemila abitanti avesse attecchito con piú forza che altrove il seme della rivolta.

Ecco perché, anche se era il centro piú grande nel giro di una decina di chilometri, lí una caserma dei carabinieri non l'avevano aperta mai. Troppo pericoloso, riteneva lo Stato. Forse inutile. Cosí l'Arma si era insediata a Basiago, un paese vicino di appena trecento anime, e i militi sapevano che il loro raggio d'intervento finiva sull'argine del fiume Montone. Oltre, era territorio di Lancimago. Oltre, era come se non fosse piú Regno d'Italia. Oltre era terra di repubblicani, anarchici e sovversivi, quasi una piccola nazione autonoma che nei decenni passati aveva dato ricetto e protezione a ricercati e agitatori, briganti e fuggitivi, accolti di buon grado da chi non riconosceva imposizioni e autorità.

I carabinieri qui non ce li vogliamo, né con una caserma né di passaggio, dicevano a Lancimago. Che nessuno si azzardi a tentare il contrario, se ci tiene alla vita. E, come per un tacito accordo, in quel posto che a ogni occasione s'imbandierava e risuonava di canti e grida, di divise in effetti non se n'erano mai viste.

Quell'anno, però, qualcosa era cambiato. A Basiago era arrivato un nuovo maresciallo, a cui l'esistenza di una zona franca proprio non andava giú. L'ufficiale, anche se i suoi sottoposti l'avevano vivamente sconsigliato, verso mezzogiorno del 19 marzo aveva deciso di oltrepassare il Montone e di andare a vedere cosa succedeva in quel paese dimenticato da Dio e dal re. Se vi si fosse praticato davvero il vi-

lipendio della bandiera nazionale e dell'autorità costituita, come aveva sentito dire, avrebbe riportato l'ordine. Lo pagavano apposta e a quell'ordine credeva, lui che veniva da terre meno selvatiche, piú fedeli allo Stato e piú pie.
Cosí, cinque militi erano arrivati a Lancimago. Vessilli dai colori proibiti ovunque, scritte oltraggiose e ribelli sui muri, ma neppure un'anima viva. Il villaggio era incredibilmente muto e vuoto come se, ubriachi di senso di rivalsa, i suoi abitanti fossero partiti per marciare in armi verso i palazzi del potere.
Il maresciallo fece togliere i drappi e camminò, le mani sui fianchi, per le strade deserte. Era tutta lí, la temibile Lancimago? Un pugno di case silenziose e qualche cane che abbaiava nei cortili o vagava in cerca di cibo? Tutta lí, la rivoluzione?
– Sono alla Torre, – gli disse il brigadiere. – Lo fanno ogni anno, in questo giorno. Festeggiano, mangiano, cantano, poi ci sarà un comizio.
– Non ci è stato chiesto il permesso per feste o riunioni, e tantomeno per un comizio, – disse il maresciallo.
– Lo so, – annuí il brigadiere, – succede sempre cosí. Dall'alto ci hanno detto piú volte di soprassedere. Quando arriverà sera, tutto sarà finito.
– Dall'alto? Qui sono io, «l'alto», – ribadí il maresciallo. – La Torre, ha detto? Non mi risulta ci siano torri, nei dintorni.
– È il nome di un fondo agricolo. O meglio, di una casa e di una famiglia padronali... una casa adesso vuota: quei possidenti se ne sono andati decenni fa e le terre se le sono prese i braccianti.
– E voi avete lasciato che se le prendessero? Non c'è dunque alcun rispetto della proprietà privata, da queste parti? Ma dove siamo?

– Quando è successo, nessuno di noi era ancora qui. Credo anzi che la cosa risalga a prima dell'unità del Regno.
– Andiamo là a vedere.
– Signor maresciallo, non credo sia una buona idea.
– Lei non deve credere in nient'altro che nella difesa dell'ordine e della legge, brigadiere.

I carabinieri erano andati alla Torre. Ed era stato un tragico errore.

Qualcuno stava ripulendo le enormi griglie su cui avevano cucinato braciole e salsicce, un banchetto per il quale erano stati sacrificati in nome della repubblica diversi maiali e pecore. Le damigiane e le botti di vino portate nella spianata erbosa erano quasi vuote, e altre ne stavano arrivando a sollecitare i canti e l'euforia.

Erano tutti lí, gli abitanti di Lancimago, a condividere quel rito di festa e gli ideali che l'animavano. Tutti lí, uomini, donne, vecchi e bambini.

Molti di questi ultimi, dopo avere mangiato, ruzzato, corso, si erano riuniti intorno a una quercia che spiccava, possente e solitaria, in un angolo del prato. Sotto i suoi rami, con la schiena appoggiata al tronco, un uomo piccolo e secco dalla voce soave raccontava per loro storie e fiabe. Quel bracciante, che chiamavano Piuma per via della corporatura gracile, conosceva infatti favole e leggende a non finire, come se fosse un libro pieno di pagine ricche e meravigliose.

– E all'improvviso, – narrava, – ecco che dalla terra sbucarono i folletti...

L'oratore, che aveva appena iniziato il suo discorso su un palco improvvisato, tacque di colpo e alcune grida si alzarono. E, come se fossero sbucati dalla terra al pari dei folletti della fiaba di Piuma, i cinque carabinieri compar-

vero nel prato. Il maresciallo, in testa, avanzava con passo sicuro mentre gli altri, dietro, apparivano piú incerti e timorosi.
– Che cosa volete? Che ci fate qui? – tuonò una voce d'uomo. Era quella di Manona, il maniscalco, un riconosciuto e iracondo capopopolo.
– Che ci fate voi, qui! – disse ad alta voce il maresciallo. – Non avete il permesso per questo assembramento!

Gli abitanti di Lancimago si guardarono l'un l'altro; chi era seduto sull'erba si alzò in piedi, chi stava bevendo o finendo di mangiare posò senza fretta il bicchiere o le posate. Quasi ubbidendo a un ordine o a un piano da tempo pronto e congegnato, tutti, con calma e in silenzio, si armarono senza darlo troppo a vedere di bastoni e coltelli e circondarono i militari.

Piuma, rivolto ai bambini che lo attorniavano sotto la quercia, fece con la mano segno di non muoversi.

Fra loro c'era anche suo figlio, un tredicenne dalla stazza da adulto che per questo veniva chiamato Piombo. Non era particolarmente sveglio: gli piaceva nutrirsi, oltre che di grandi quantità di cibo che parevano non dargli mai il sollievo della sazietà, dei racconti del padre e di fantasie e manie bislacche, come se la sua mente non riuscisse a concentrarsi sulla realtà delle cose e potesse solo vagare qua e là senza una meta. Soprattutto da quando, tre anni prima, la madre era morta consumata dalla malaria, era diventato per Piuma fonte di continue e serie preoccupazioni, perché risultava imprevedibile e suggestionabile, pronto a seguire qualsiasi impulso incongruo e ogni esempio sbagliato. A volte si imbambolava in lunghi silenzi imbronciati, in altre occasioni si fissava su cose assurde e idee insensate oppure si abbandonava con una leggerezza e una naturalezza disarmanti a gesti di crudeltà sul primo animale che gli capitasse a tiro, e a nulla valevano rimproveri, consigli, punizioni.

Anche in quel caso, invece di ubbidire al comando di suo padre, seguí alcuni ragazzini che si alzavano e correvano a raggiungere i grandi, eccitati dal sentore di ciò che si preparava.

Poi la scintilla scoccò, e fu impossibile dire chi l'avesse provocata, se i carabinieri che tentarono di sparare o gli abitanti di Lancimago decisi ad attaccare per primi.

Quello che è certo è che cominciò una festa di sangue.

Lavorarono implacabili i bastoni e i coltelli, e chi aveva sferrato il colpo si tirava da parte per lasciar posto ad altri, come a condividere la partecipazione a un sacrificio cruento e necessario.

Nel dolce pomeriggio di primavera, sull'erba fiorita, tra il profumo della carne alla brace e del vino rosso, davanti a donne e bambini vestiti a festa, i cinque carabinieri, il maresciallo per primo, vennero massacrati e i loro corpi furono trascinati in un fosso.

Poi Manona, asciugandosi il sudore e gettando nella polvere la lunga lama che aveva usato fino ad allora per uccidere, fece cenno all'oratore che poteva ricominciare.

L'uomo sul palco, che veniva dalla città e non si era mai trovato in una situazione simile, sbigottito e in preda alla paura balbettò e si guardò intorno. Ma molte voci gli chiesero, gli intimarono di riprendere il comizio, cosí lui, tremante, riattaccò, e assieme alle sue parole ripresero il vociare e le bevute, come se nulla fosse successo, come se a essere smembrati e gettati in una scolina fossero stati non uomini in divisa, ma fantocci usati in un gioioso rito campestre.

Fu a quel punto che Piuma, rimasto immobile perché attanagliato da uno sgomento paralizzante, si alzò e cominciò a cercare il figlio.

Se lo trovò davanti all'improvviso. Impugnava ancora un bastone e aveva le mani, le braccia e il viso sporchi di sangue, e negli occhi un'eccitazione idiota e ferina.

Gli strappò l'arma e lo trascinò ai margini del prato, ansimando.

– Che fai? – gli chiese il ragazzo.
– Tu, piuttosto, che hai fatto? Cos'hai fatto, per l'amor del cielo?
– Chi, io? Io? – prese a chiedere Piombo, come se non si fosse reso conto di ciò che era successo, o l'avesse già dimenticato.
– Vieni, dobbiamo filarcela subito!
– Perché? La festa sta ricominciando.
– Altro che festa, qui si mette male! Non so quanto tempo ci vorrà, ma arriveranno altri carabinieri, forse manderanno anche l'esercito ed è meglio non farsi trovare nei paraggi!
– Ma sono ancora tutti qui!
– Sí, lo vedo, ma noi ce ne andiamo.
– E dove?
– Ancora non lo so.

Passarono da casa. Appena entrato, con gli occhi fuori dalle orbite e muovendosi freneticamente, Piuma cominciò ad aprire cassetti e a rovistare ovunque, come un ladro. Raccattò alcuni abiti e qualche fiasco e pagnotta che ripose in un sacco, poi uscí spingendo davanti a sé il figlio e insieme si avviarono lungo le strade deserte del paese e delle campagne, procedendo a passo spedito verso la linea piatta dell'orizzonte, in direzione del groviglio di paludi che si estendevano per distanze enormi a nordest dell'abitato.

Raggiunte le propaggini dei canneti, in un territorio selvaggio che conosceva bene per averci lavorato piú volte alla raccolta delle erbe palustri, Piuma si addentrò negli acquitrini fino ad arrivare a un capanno che serviva da occasionale ricovero per operai, pescatori e cacciatori. E lí rimase per una decina di giorni insieme a Piombo, che continuava a chiedergli il perché di quella fuga e di quell'esilio.

La pagnotte e il vino finirono in fretta. Mangiarono germogli di canne, lombrichi e rane, bevvero acqua stagnante soffrendo di spasmi terribili alle viscere, fremettero a ogni rumore, mentre a Lancimago, poco dopo l'eccidio, come Piuma aveva previsto, era arrivato addirittura l'esercito ed erano iniziati arresti e rastrellamenti, inseguimenti e furiosi scontri, e scattavano manette e tintinnavano catene, esplodevano spari e si alzavano grida di furore.

Manona il maniscalco e parecchi altri vennero condotti alle patrie galere e là finirono poi i loro giorni, numerosi uomini e donne vennero condannati al confino in terre lontane. Il processo si tenne nelle Marche perché si temeva che, se si fosse svolto in Romagna, ci sarebbero stati disordini e persino assalti ai tribunali da parte di rivoltosi e facinorosi. Un processo nel quale, alla domanda «Vi proclamate colpevoli o innocenti?», tutti risposero: «Innocenti, perché glielo avevamo detto, ai carabinieri, che se fossero venuti a Lancimago non ne sarebbero usciti vivi».

La popolazione del paese fu piú che dimezzata e non ci fu famiglia che non venisse mutilata, coppia che non venisse smembrata, bambino che non perdesse, almeno per lunghissimo tempo, un genitore.

E non si seppe mai chi avesse avvertito le autorità subito dopo l'eccidio nei prati della Torre.

Ma prima dei processi e delle condanne, quando Piuma e Piombo, cessati gli arresti e le battaglie casa per casa, tornarono a Lancimago, i paesani rimasti li sospettarono di delazione e di tradimento. Erano stati loro ad andarsene in gran fretta mentre ancora i cadaveri dei carabinieri erano caldi, loro a sparire per giorni e a rifarsi vivi solo a cose finite. Nessuno poteva dirlo con certezza, ma il dubbio che l'immediata denuncia dei fatti l'avessero fatta quell'uomo gracile e il suo figliolo grosso e strano si fece strada e non sparí mai.

Piuma rimase senza occupazione e senza reddito, perché quando i braccianti si organizzavano per un lavoro non lo chiamavano piú. E non ritrovò l'uditorio di bambini pronto ad ascoltarlo quando, sedendosi sotto un albero, cominciava a narrare storie e favole, cosí da dover parlare malinconicamente al vuoto. Anche Piombo venne emarginato ed evitato, e una notte qualcuno tirò pietre rompendo i vetri della loro casa.

Fu a quel punto che, poco piú di un mese dopo i fatti della Torre, i due si videro costretti a lasciare per sempre Lancimago, il posto dov'erano nati e dov'erano rimasti fino ad allora.

Piuma aveva come unica parente una vecchia zia che viveva sulle montagne, a San Sebastiano in Alpe, un villaggio dove ancora si parlava romagnolo ma che per la burocrazia e le carte apparteneva alla provincia di Firenze. Un posto lontano dove era stato solo un paio di volte e dove sperava che nessuno li avrebbe cercati. Un luogo in cui riparare, in cui sfuggire agli occhi ingiustamente sospettosi dei suoi compaesani, in cui consentire anche a Piombo di vivere senza la macchia di quel sospetto e, sperava, senza il ricordo di ciò che era accaduto il giorno in cui si era macchiato le mani di sangue.

Cosí padre e figlio, di soppiatto come rei latitanti e senza portarsi nulla se non qualche indumento gualcito, una notte di fine aprile lasciarono la loro casa e si avviarono verso le colline.

Vi giunsero la notte seguente, affamati, assetati e distrutti dalla fatica, l'uno che continuava a chiedere il perché di quella nuova fuga, l'altro spaventato a morte dall'avvenire. La vecchia zia li accolse di buon grado, nessuno fece mai domande, e quando l'anziana morí lasciò ai due nipoti la casupola e l'orto che la circondava.

Piuma non parlò mai di ciò che era successo giú nel piano quel 19 di marzo del 1882.

Piombo ogni tanto vi faceva un vago accenno, ma lui era solo un ragazzone dal cervello di bambino, e inoltre era il figlio di un narratore di leggende e fiabe – perché sui monti Piuma aveva pian piano ritrovato la voglia di raccontare, e un pubblico – e chi lo ascoltava pensava si trattasse di una storia di fantasia, macabra e cruda come solo certe fiabe sanno esserlo.

Parte seconda
Bill il selvaggio

10.
Notte bianca e figure nere
(giugno 1909)

Erano come i bachi da seta che senza fermarsi mai, nel continuo rosicchiare che sembra volere tutto il loro impegno e costituire tutta la loro vita, addentano e consumano una dopo l'altra le foglie dei gelsi. O come i tarli che con pazienza e dedizione non fanno altro che masticare e sbriciolare il legno fino a spolparlo.

Uomini e donne sudati e piegati intaccavano piano piano, a forza di braccia e di falci, gli appezzamenti di grano che avevano trasformato le colline in una coperta a quadrettoni distesa ad ammantare i rilievi e i declivi, una scacchiera gigantesca in cui si alternavano, netti, il giallo carico delle spighe e il verde polveroso di boschetti e prati che bevevano il sole.

Erano in molti a lavorare nel podere condotto dai mezzadri Righi, e anche i bambini facevano la loro parte. Bill e Rachele avevano il compito di portare ai mietitori fiaschi di vino allungato e orci d'acqua, in una gara contro la sete che dall'alba sarebbe continuata finché ci fosse stata luce. Una volta tanto Mariano, che non aveva bisogno di faticare per pochi spiccioli o un sacchetto di farina e a cui forse i genitori non permettevano di prestarsi come gregario dei braccianti, non era con loro.

Un'altra gara si stava svolgendo tra gli uomini piú robusti e giovani, che sfidando le punture degli insetti e l'insidia delle ortiche si erano liberati delle camicie e mostravano il torso nudo e luccicante. Avrebbe vinto chi per primo fosse giunto in fondo al campo, là dove il giallo si spegneva nel verde, chi si fosse aperto una via piú in fretta a forza di muscoli che facevano un tutt'uno con le lame.

Ogni tanto una voce dava il via a un canto, a scandire il ritmo dei colpi e ad asciugare ancora di piú le gole, come se quei cori che riempivano le valli potessero avere l'effetto di un incitamento o di una preghiera.

Anche Alma impugnava la falce, cantava e muoveva il braccio, instancabile quanto un uomo. Era l'unica femmina che non portasse in testa un fazzoletto per difendersi dal sole a picco e dalla polvere, l'unica che mostrasse tra i capelli un ornamento di spighe mature e papaveri, come se, al pari di Bill, avesse preso a giocare agli indiani sfoggiando nella chioma una maestà fiera.

Un giovane le lavorava accanto, e spesso i loro sguardi si incontravano, eloquenti. A quarantadue anni era ancora molto bella, Alma; per lei il tempo pareva fosse passato piú benevolo e lento, e nel pomeriggio di giugno la sua pelle abbronzata e i suoi occhi scuri riflettevano e diffondevano intorno la luce dell'estate appena nata, in un'aura calda, seducente e grondante lusinghe.

Poi la donna si fermò, annusò l'aria e guardò in alto. C'erano solo alcune nuvole che dalle gole della Valbuia e della Valleluce si erano alzate poco sopra la linea delle cime, pigre e gonfie.

– Temporale! – gridò.

Tutti si fermarono, scrutando il cielo.

Non c'erano avvisaglie di maltempo; neppure i piú anziani ed esperti, capaci di interpretare ogni refolo e ogni ombra, coglievano segni di pericolo. Ma a lanciare il grido di allerta non era stato uno chiunque: era stata Alma, e questo bastava a far prestare fede all'avvertimento.

Si fermarono e la fissarono, in attesa di altre parole. Ma lei, con calma, strappò alcune spighe e le intrecciò con fili d'erba, poi legò il mazzo con un cordoncino rosso che aveva estratto da una tasca della blusa.

Intanto le nuvole, da pesanti e svogliate quali erano apparse prima, nutrite da un vento gravido di umidità che rinforzava e forse da una volontà maligna o indifferente ai bisogni degli uomini, erano cresciute in un ribollire prima torpido, poi via via piú rapido e potente, che conferí loro la tinta allarmante del piombo.

Quel lucore metallico e tetro offuscò sulla terra i colori, li spense, tanto che il grano e l'erba assunsero il medesimo tono cinerino e malato.

Dopo la gara degli operai nel campo, un'altra competizione riempí il cielo. Un cozzare e un accavallarsi di nembi, un ingravidarsi nefasto dell'aria, fino al pulsare sordo e poi allo scoppiare violento dei tuoni, rimbombanti minacce che rotolavano sui monti.

Ferma, col viso assorto, Alma tenne alto l'intreccio di spighe ed erba che aveva preparato, piccola figura salda e incurante dello scatenarsi degli elementi. Restò cosí per lunghi minuti, mentre tutti aspettavano deglutendo preoccupazione e timore.

Un candore nebbioso sui pendii e sulle cime dalla parte della Valbuia segnalò che là grandinava, e pareva quasi di sentire il crepitare e lo sferzare del ghiaccio che colpiva le pietre e gli alberi. Qualche chicco bianco, spinto da folate gelide, arrivò dove i mietitori attendevano immobili.

Alma raccolse una di quelle palline di ghiaccio e l'infilò tra la veste e la pelle della schiena di sua figlia. Rachele si irrigidí e rabbrividí chiudendo gli occhi, e lo stesso fremito ebbero tutti gli altri, davanti a quel vecchio gesto da sempre conosciuto e perpetuato.

Infine le nubi scivolarono in ritirata oltre i rilievi, la sferza della tempesta sulle cime scomparve, i tuoni si allontanarono e si fecero piú radi, la luce dei lampi lasciò di nuovo spazio a quella del sole e i braccianti poterono riprendere la loro opera con un sospiro di sollievo.

Il giovane che aveva a lungo guardato Alma approfittò della ripresa del lavoro per rubarle un bacio sulla bocca, al che lei rise forte, senza sottrarsi.

Bill e Rachele, che erano tornati a distribuire da bere, videro la scena. Si fermarono, prima in imbarazzo, poi con un sorriso complice. Fu allora che il ragazzino mise una mano dietro la nuca dell'amica, attirandola a sé e baciandola sulle labbra per la prima volta.

Neppure lei, come aveva fatto la madre, si sottrasse. Solo arrossí e abbassò gli occhi continuando a sorridere, poi con un fiasco in mano corse veloce verso Piuma, che si asciugava la fronte e chiedeva un sorso per ristorarsi.

Bill si lasciò cadere supino a braccia aperte e lanciò un lungo grido. Forse di vittoria, di soddisfazione, non sapeva. L'unica cosa che sentiva era che dalla sua gola, dal suo corpo e da ogni fibra del suo essere prorompeva un'energia barbara e allo stesso tempo languida che lo stordiva di vita.

Altre grida si aggiunsero all'improvviso: il ragazzo che aveva baciato Alma, con un ultimo sforzo, aveva vinto la gara arrivando per primo in fondo al campo.

Lo festeggiarono, lo acclamarono e da lontano Alma gli lanciò uno sguardo luminoso e intenso, mentre riprendevano i canti e gli odori del grano, della polvere risparmiata dalla pioggia, del sudore e dei fiori di campo si fondevano in un sentore vigoroso e primordiale, in un aroma selvatico e dolce.

Erano di nuovo tutti e tre insieme, Bill, Rachele e Mariano, e camminavano nel buio punteggiato di lucciole e di stelle.

La notte era tiepida e viva. Viva come nessun'altra dell'anno, perché vi si festeggiavano il raccolto e il solstizio d'estate. Quella di San Giovanni portava con sé misteri e gioia, segreti oscuri e la luce dei falò. Erano ore da passare non al chiuso delle abitazioni, ma scalzi sull'erba, come animali della selva eccitati da odori mai sentiti prima.

Mariano portava con sé un forcone a tre rebbi. Non si poteva, in quella ricorrenza, arrischiarsi nelle cavedagne e nei pascoli, tra le siepi e nei boschi senza la protezione dell'unico oggetto in grado di difendere dalle streghe che in quelle ore, al pari di tutti gli altri, si aggiravano smaniose sulle strade, nei campi e nella foresta, o si scatenavano in un ballo tondo e forsennato là dove il grano era stato da poco reciso.

Oltre a loro, tutte le donne e le ragazze si davano da fare a raccogliere erbe rese portentose dalla rugiada, prima di ritrovarsi nella festa collettiva, nella veglia gioiosa e febbrile che sarebbe durata fino all'alba, e gli uomini le cercavano e le invitavano al ballo o ad appartarsi per sancire patti e scambiarsi promesse che in quelle ore assumevano il valore di un giuramento.

I tre ragazzini giunsero ai margini del podere dei Belletti, dove sterpaglie e alberi contorti si erano ricavati un posto tra i massi franati dalle chine della Valbuia. Davanti a loro, un prato contornava un ruscello che piú avanti andava a gettarsi nel Falcione.

Si fermarono, piantarono la forca e si misero ad aspettare con trepidazione mista a incredulità, come si attendono i prodigi della notte di Natale.

Un pipistrello volò basso rasentando le loro teste e Rachele, sentendoselo passare cosí vicino da toccarle i capelli, lanciò un grido.
– Che c'è? – chiese allarmato Bill.
– Niente, – rispose lei.
– Hai paura?
– No. Non succederà proprio nulla, non vedremo né streghe né altro. Andiamo subito in paese, nella spianata della curva del fiume: voglio esserci, quando accenderanno i fuochi.
– Insomma, un po' di paura ce l'hai, – concluse Bill ridacchiando e prendendole la mano.
Lei gliela strinse e non seppe se tenerla o lasciarla. C'era Mariano con loro, e non voleva che si accorgesse di quel gesto di intimità.
Ma proprio Mariano, che stava scrutando il buio, interruppe i suoi pensieri sussurrando: – Ehi, guardate là!
Seguirono la direzione che indicava col dito e videro aloni di fiamma, tremuli e in movimento. Quando abituarono gli occhi a quel tono vago di luce, si accorsero che a reggere le fiaccole erano alcune figure nere che avanzavano in fila indiana, almeno cinque o sei.
– Le streghe! – gemette Rachele.
Bill rise piano di nuovo. – Sí, eccole! Uuuh! Adesso arrivano e ci portano via!
Concentrati sulle sagome che si allontanavano non si accorsero di quella che, silenziosa e leggera come una bestia da preda, era arrivata alle loro spalle dicendo: – E se vi prendo io?
Fecero tutti e tre un salto per la sorpresa, col cuore in gola. Quando ritrovarono la parola, Rachele esclamò: – Mamma! Ci hai fatto prendere un colpo!
Alma si sedette accanto a loro posando in terra un

sacco. Aveva un fazzoletto scuro che le nascondeva il viso nell'ombra. – Che ci fate qui? – chiese, mentre Belva la raggiungeva e le si accucciava accanto.
– Volevamo vedere le streghe, – rispose Mariano.
– E le avete viste?
– Forse.
La donna annuí e chiese ai due maschietti: – Lo sanno le vostre madri che siete in giro a quest'ora?
– Tutti sono in giro, stanotte. E non siamo mica piú bambini, – disse Bill.
Alma annuí di nuovo. – Sí, tutti in giro. Anche qualcuno o qualcosa di cattivo che sarebbe meglio non incontrare.
– Chi? – fece Rachele.
– Ancora non lo so, ma il Mazzapegolo mi ha avvertita. Mi ha detto di stare in guardia.
Bill e Mariano si scambiarono uno sguardo e un cenno d'intesa, certi che, come faceva spesso, quella donna volesse burlarli. – Non attacca, Alma, – disse il primo. – Non ce la farai a spaventarci. Come ho detto, non siamo piú bambini.
– Ah no? E cosa siete? In ogni caso non fa differenza: quello di cui parlo è pericoloso per piccoli e grandi. Molto pericoloso.
– È una persona? – chiese Rachele.
– Credo di sí, o perlomeno di una persona ha l'aspetto –. Detto questo si alzò nascondendo un sorriso, chiamò il cane e si avviò verso l'abitato suggerendo senza voltarsi: – È meglio se venite anche voi.
Solo Rachele parve preoccupata di ciò che aveva detto sua madre; gli altri due continuarono a darsi di gomito e a sogghignare.
Ma non appena la donna sparí nel buio, presero la forca che avevano piantato nella terra e tenendola ben

salda in mano corsero anche loro verso i profili rassicuranti delle case.

Nel prato contornato dalla curva del Falcione, dove ardeva un falò alto e ruggente che arroventava la pelle e riempiva gli occhi, la notte era ancora giovane e fitta di parole e di silenzi eloquenti, di sguardi, risate e sussurri. L'energia del solstizio, il trionfo della luce celebrato nel buio, vinceva sulla fatica di chi in quei giorni s'era schiantato braccia e schiena a mietere e ora si ritrovava lí, smanioso di festa e di incontri.

Bill raccolse alcuni fiori selvatici dal lungo stelo e ne intrecciò gambi e corolle per farne una ghirlanda, che pose in capo a Rachele. Erano tante, lí intorno, le donne di ogni età che erano state incoronate a quel modo, elette regine e principesse plebee di ore magiche.

I tre bambini si stesero sull'erba, perdendo lo sguardo in alto. Era difficile vedere le stelle, nel riverbero del falò, cosí com'era impossibile distinguere bene le parole nel brusio di voci che si alzava da quel luogo trasformato in un'arena gioiosa.

Le streghe, se pure, prima, avevano mosso passi segreti e infidi nel buio, ora erano sparite, e in ogni modo nulla avrebbero potuto contro il presidio del fuoco che proteggeva il prato, oasi lucente tra monti enormi e boschi di tenebra.

Alma, seduta su un sasso, vide venire verso di lei il giovane che l'aveva corteggiata nei campi quando raccoglievano il grano.

Lo sapeva che sarebbe successo, e gli sorrise scuotendo la testa quando lui l'invitò a seguirlo, ad appartarsi. Lo avrebbe desiderato anche lei, ma non poteva. C'erano in giro sua figlia e troppe altre persone e, nonostante disdegnasse convenzioni e pudori, non le parve il caso.

Inoltre si scoprí all'improvviso inquieta. Prima con i ragazzini aveva solo scherzato nel pronosticare e paventare presenze oscure, divertendosi a solleticare i loro timori, ma adesso provava uno strano senso d'attesa e d'allarme e sentiva che c'era davvero, nell'ombra, qualcosa da cui guardarsi.

Scrutò intorno a sé, attenta e pensierosa.

Rachele riposava tranquilla tra i suoi due migliori amici, la gente di San Sebastiano era quasi tutta lí sull'erba a bere, parlare e godere del momento tanto atteso in cui il miracolo del grano maturava nei campi e quello dell'estate si manifestava nell'aria, nelle terre e ovunque.

Tutto come ogni anno, come ogni volta, ma forse qualcosa di nuovo e di diverso stava per accadere.

Sentí un alito freddo ed ebbe un brivido, poi se lo trovò di fronte. Uno sconosciuto alto giunto da chissà dove, il viso lungo e pallido, vestito di scuro, le chiese fissandola: – Lei è Alma?

Belva, che prima pareva sonnecchiare, a quella voce si scosse, si tirò su, allungò il muso e prese a ringhiare.

– Buono! – gli intimò lei accarezzandogli un fianco.

L'uomo chiese di nuovo, con lo stesso tono: – Lei è Alma?

La donna cercò di sorridere. – Sono Alma, sí.

– Vengo da parte della contessa Barnini.

– In piena notte?

– Tanto mi pare che siamo tutti svegli, no?

– Già. Lei chi è?

– Mi chiamo Fausto, sono un caro amico della contessa.

– Non credevo avesse amici.

– E perché mai non dovrebbe averne?

Alma scosse la testa. – Mi perdoni, – rispose. – Cosa vuole la signora da me?

– È per la bambina, la figlia del suo povero fratello. È molto malata.
– Lo so.
– Saprà anche che nessun medico riesce a farla migliorare. È per questo che abbiamo deciso... che la contessa ha deciso di rivolgersi a lei.
– Non sono un medico né faccio miracoli, io.
– Però in tanti la chiamano per ogni tipo di malanno o di problema. È il suo lavoro, no?
Sulla difensiva, Alma sussurrò: – No, non lo definirei un lavoro.
L'uomo ebbe un vago gesto di insofferenza e arrivò al dunque. – Lei dovrebbe, domani nel primo pomeriggio, venire a vedere l'ammalata. Ovviamente riceverà un'adeguata ricompensa.
Alma abbassò lo sguardo.
Sentiva, con improvvisa e dolorosa chiarezza, che in quella richiesta era nascosto un pericolo. Ma sapeva altre tre cose: che ai rischi era abituata, perché la sua attività la conduceva sempre in zone d'ombra da cui gli altri potevano invece tenersi lontani; che la ricompensa a cui l'uomo aveva accennato sarebbe stata probabilmente buona, e di qualche soldo aveva bisogno sul serio; infine che al destino non si sfugge, e se era scritto che ci fossero, per lei, una prova e un'incognita da affrontare, non avrebbe potuto né dovuto evitarle. Da sempre il suo dono e la sua condanna prevedevano compiti, duri come obblighi, che la chiamavano a camminare su sentieri difficili scelti dalla sorte, e con la sorte non si può discutere.
– Alle due di pomeriggio va bene? – chiese.
– Va benissimo, – confermò l'uomo.
– A quell'ora sarò alla villa, – concluse Alma con un sospiro.

L'uomo ringraziò e se ne andò, sparendo oltre le fiamme del rogo che ancora brillava in mezzo al prato. Solo allora Belva smise di brontolare a denti scoperti e si rilassò.

Alma si alzò in piedi, raccattò il sacco in cui c'erano le erbe che aveva raccolto, si sistemò la sottana e raggiunse Rachele. Stavano davvero dormendo, lei e i suoi amici. Scosse la ragazzina dicendo: – Andiamo a casa, su.

Rachele si stropicciò gli occhi e svegliò a sua volta Bill e Mariano.

Senza una parola tutti e quattro, seguiti dal cane, si incamminarono verso l'abitato, mentre oltre i monti si intuiva già il chiarore perlaceo dell'alba.

11.
L'odore della morte

I monti e le vallate erano affogati in una calura che ristagnava sotto un'alta nuvolaglia striata e immobile. A parte il concerto ipnotico delle cicale, rumore di fondo senza spessore, senza variazioni e senza fine, tutto era avvolto dal silenzio stuporoso di un'afa estiva piú consona alle pianure basse che ai rilievi dell'Appennino.

Alma si fermò e anche Belva, la lingua penzoloni, arrestò il passo senza alcuna voglia di gironzolare e annusare ovunque come faceva di solito. Pure lui sentiva il peso del sole a picco, e forse quello degli anni. A quanto affermava la sua inseparabile padrona ne aveva almeno settanta, ma secondo lei esistevano tante cose impossibili o strane, e chissà se c'era da crederci davvero.

La villa della contessa Barnini, un gigante bianco tra il verde stinto degli alberi e dei cespugli del parco che la circondava, in quella luce pesante e in quell'aria ruvida da fornace pareva stremata, prigioniera della propria mole come un masso squadrato e gigantesco rotolato giú dalle pendici.

Non aveva alcuna voglia di entrarci, Alma. Non voleva dover incontrare gente. *Quella* gente, soprattutto. Provava per la contessa Barnini e per chi le stava intorno una sorta di soggezione che non era reverenza, ma solo imbarazzata distanza.

Inoltre, mentre camminava fin lí in preda a una sensazione molto simile alla nostalgia, aveva guardato i faggi e i castagni, i prati e i ruscelli, le cime e i calanchi con occhi e cuore ammalati di struggimento, come se quelle cose fossero appartenute non alla quotidianità, alla fotografia del momento, ma al passato, a un tempo perduto e da rimpiangere. Una sensazione dolorosa che non sapeva spiegarsi, quasi un rassegnato presagio.

Deglutí e tirò un sospiro profondo. Il Mazzapegolo era sparito da giorni, anzi da settimane. Quella presenza, certa o immaginaria, che l'accompagnava fin da quando era bambina, pareva essersi arresa alla dura concretezza del reale o magari, anch'essa, al trascorrere del tempo e ai mutamenti che ciò portava con sé. Si era dissolta come fa il sogno al risveglio, nel chiarore di un giorno nuovo da affrontare.

All'improvviso si sentiva stanca e preoccupata. Anzi, quasi disperata. Qualcosa stava cambiando, qualcosa stava forse finendo. Non poteva descrivere meglio ciò che provava, ma sapeva che assomigliava a una privazione, a un abbandono. Di chi o di cosa, non riusciva ancora a capirlo.

Udí suonare le campane della chiesa che scandivano le ore, due rintocchi che nel torpore greve e soffocante del primo pomeriggio d'estate non squillarono, non vibrarono, ma rintronarono brevi e sordi, pesanti bolle sonore che s'afflosciarono subito nel nulla.

Riprese il passo con una fatica mai provata prima, giunse alla villa e trovò il cancello aperto. Percorse il vialetto del parco e dovette chiamare piú di una volta Belva, che pareva restio ad accompagnarla in quel luogo per lui nuovo, inconsueto, dove le piante, i fiori, gli alberi e i cespugli non attecchivano liberi ma stavano inquadrati e prigionieri di geometrie forzate, di disegni innaturali.

Sulla ghiaia che copriva, ben spianata e rastrellata, uno spazio aperto e largo davanti alla costruzione, luccicava un'automobile. Aveva sentito dire che la contessa ne aveva comprata una, ma non l'aveva ancora vista. Chissà se apparteneva davvero a lei, come si vociferava, o se era del signore alto, quello che, se non ricordava male, le aveva detto di chiamarsi Fausto.

La porta si aprí e proprio quell'uomo, come evocato dal suo pensiero, comparve sulla soglia.

– Il cane no, non entra, – disse reciso.

Lei esitò, mormorando: – Sta sempre con me.

– In casa non lo vogliamo. Lo leghi a un tronco.

«In casa non lo vogliamo». Aveva parlato come se fosse della famiglia, se quella dimora signorile appartenesse anche a lui. Alma si chiese che rapporto avesse veramente con la Barnini.

– Non ho corda o guinzaglio con cui legarlo, non vede? – disse. – Belva è sempre stato libero.

– Belva?

– Si chiama cosí.

– Lo rispedisca a casa.

– Non può restare qui ad aspettarmi?

– Basta che non abbai, ché disturberebbe la signora e soprattutto l'ammalata.

La donna si chinò ad accarezzare il cane, gli parlò, gli indicò un angolo del giardino dove il sole non infieriva, ma Belva rimase fermo, lo sguardo fisso sull'uomo contro il quale la notte precedente aveva ringhiato a lungo.

Di malavoglia, Alma raggiunse Fausto ed entrò con lui.

La costruzione dalle spesse mura era fresca, dentro. Quasi troppo. Le ombre di un arredamento antico e severo e delle tappezzerie alle pareti vincevano sulla poca luce che entrava dalle finestre paludate di tende. Sul pavimento, tappeti senza colore rendevano silenziosi i passi.

Camminarono in un dedalo di atrii e corridoi fino a una porta socchiusa.

L'uomo bussò e la voce di Elisabetta Fulvia Barnini disse: – Avanti.
Era un ambiente ampio, immerso nella semioscurità. In un letto a due piazze, sotto un lenzuolo candido, giaceva una ragazzina ancor piú bianca del lenzuolo, i capelli sparsi sul cuscino, le braccia distese lungo i fianchi, gli occhi serrati. L'aria sapeva di chiuso, di urina, di lunga malattia, come se quella fosse la camera di una persona anziana costretta da molto tempo a un'indecorosa agonia, prigioniera di una condizione irrimediabile capace di manifestarsi in un sentore di disfacimento.
La contessa, con un gesto, invitò Alma ad avvicinarsi al letto della nipote.
Ma la donna scosse la testa. Non aveva bisogno di vedere piú da vicino, di cogliere altri segni o particolari. Tutto, lí dentro, era per lei fin troppo chiaro. – Non vivrà, – disse, – mi dispiace. Le resta poco.
Elisabetta Barnini si irrigidí. – Cosa significa? Io l'ho fatta chiamare per guarirla, non per portare il malaugurio!
– Se potessi, signora, lo farei... Dio solo sa se vorrei aiutarla. Ma è tardi.
– Questo è davvero malaugurio! – ripeté la contessa.
– E non citi Dio invano, ché sulla sua bocca è una parola che stona, è un sacrilegio!
Alma fece un passo indietro, sconcertata. – Perché dice cosí?
– Perché lei non s'è neppure degnata di avvicinarsi a Adele. Se ne sta impalata a pronosticare il peggio come una strega, e basta. Del resto, cosa dovevo aspettarmi? Siete tutti uguali, voi di questo paese!
A quel punto Alma fece con le braccia un gesto di resa, si accostò piano alla ragazzina, anche se quella vicinanza le procurava un oscuro malessere, come sempre accadeva

quando si trovava al cospetto dei segni piú nefasti del destino, le scrutò il viso, le toccò la mano, ne ascoltò e ne annusò il respiro leggero.
Sentiva e vedeva la morte, ebbra di vittoria, danzare intorno al corpo dell'ammalata. – Mi dispiace, – disse ancora. – Non posso fare nulla. Credo che nessuno potrebbe, ormai.
– Esca di qui, se ne vada! – sibilò la Barnini.
– Signora, io...
– Via! Lo so che ci godete di questo strazio, lei e tutti gli altri!
– Sapesse invece quanto sto male nel vedere una giovane che soffre!
– Se ne vada, ho detto! Via da casa mia!
Alma si girò, uscí dalla stanza, ripercorse atrii e corridoi. L'uomo alto la seguí senza una parola. Solo quando sbucarono nella luce accecante del parco disse: – Poteva almeno provarci.
– Provare cosa? So quando non c'è piú niente da fare.
– Doveva mostrare maggior tatto, piú disponibilità.
– Avrei potuto stendere le carte e leggerle, far bere alla bambina una pozione dalla bottiglietta che tengo in tasca, recitare formule, segnare con le mani. Ma sarebbe stata una commedia, una menzogna. Non ho armi contro ciò che sta consumando Adele, e ho sempre preferito dire le cose come stanno.
– Peggio per lei. Adesso porti via il suo cagnaccio e non si faccia piú vedere, – replicò l'uomo, liquidandola. – Non le dobbiamo ovviamente alcuna ricompensa.
– Non l'ho chiesta.
Alma cercò Belva con lo sguardo e gli fece un cenno. Insieme uscirono dal parco, tornarono sulla strada e in discesa si avviarono verso il paese.

L'ODORE DELLA MORTE 127

La sensazione di morte che aveva avvertito in quella stanza pareva gravare sui suoi pensieri e sul mondo intero, e il sole che continuava a scottare non poteva sciogliere il gelo che, come un parassita, le si insinuava fino nelle ossa. E ciò che di oscuro aveva avvertito nella casa e nelle parole della contessa e dell'uomo alto, lo sapeva con certezza, non sarebbe svanito, non l'avrebbe abbandonata solo perché lei si allontanava dalla villa.

Adele morí tre giorni dopo. Consunzione, febbre, cachessia: i medici chiamati da fuori nelle sue ultime ore non seppero trovare parole e cause piú precise.

Alma non aveva bisogno di dare un nome all'ombra che aveva visto gravare sulla piccola quando era stata al suo capezzale. La morte ha molte facce, spesso velate, e a togliere quel velo capita che si trovi solo il buio indistinto del mistero, dell'ineluttabile destino muto che tanti incontrano senza un vero perché.

Il funerale non si svolse a San Sebastiano in Alpe. Il corpo di Adele venne portato a Firenze su un furgone che partí dalla villa seguito solo dall'automobile guidata dall'uomo alto, al cui fianco sedeva la contessa Barnini vestita a lutto.

I due tornarono nella dimora sulle pendici della Valleluce dopo un paio di settimane, quando nei campi dei dintorni, tagliati gli strami e le stoppie del frumento ed eretti i pagliai, si cominciavano a rivoltare una prima volta le zolle cotte dal sole, si zappava tra le viti, ci si preparava al taglio dell'avena e si scrutava con speranza il formarsi delle castagne.

C'erano anche le fave da sgranare e Alma, verso il tramonto di un giorno di luglio che era stato lungo e caldo, lo stava facendo davanti a casa, sotto il suo cerro, mentre i rondoni saettavano strillando in cielo. I mezzadri che continuavano a ospitarla nel loro fondo gliene avevano dato un cesto e lei, mentre Belva sonnecchiava a pochi metri di distanza, con gesti veloci e ripetitivi delle mani apriva i grandi baccelli verdi e carnosi.

Rachele l'aiutava, anche lei svelta e sicura nei movimenti, senza smettere di parlare con Bill e Mariano che si erano fermati a farle ammirare alcuni grossi cavedani appena pescati in una pozza dove l'acqua del Falcione era piú lenta e profonda.

– Belli, vero? – chiedeva Bill. Gli ridevano gli occhi, che brillavano nel viso abbronzato, sotto capelli diventati ancora piú chiari, come sempre in estate. In quel periodo il nonno e la mamma gli concedevano un paio di settimane di riposo e di vacanza, come quando ancora andava a scuola: niente lavoro nei campi, niente giornate lunghe e faticose nei boschi a tagliare e ad ammassare legna. Anche Mariano, che aveva cominciato a dare una mano al padre nel negozio di sementi e attrezzi agricoli che gestivano in paese, aveva avuto una licenza da trascorrere con gli amici, in un'appendice preziosa di infanzia.

– Belli, sí, – disse Alma, – e il sapore non è male, anche se sono tutte spine. Non c'è nessun altro pesce pieno di spine come quelli.

– Ne vuoi uno? – chiese Bill a Rachele porgendole il piú grosso. – Tanto, domani noi torneremo al torrente e ne prenderemo sicuramente altri.

Lei sorrise e lo accettò ringraziando.

A quel punto anche Mariano gliene diede uno. – Tieni pure questo, – disse. – Ve li potete cucinare per cena –. Come spesso succedeva, il suo amico l'aveva anticipato in un gesto di gentilezza verso la ragazzina, ma lui aveva avuto la prontezza di rimediare.

Mentre Rachele portava in casa i due pesci, sentirono il rombo di un'automobile. Un ruggito estraneo alla quiete della valle, intrusivo e sgradevole.

Belva si alzò puntando il muso e fremendo, alcuni uccelli volarono via dal cerro.

Alma intuí chi stava arrivando, e seppe che sarebbe stata una visita tutt'altro che piacevole. Chiamò la figlia accanto a sé e le disse: – Ci penso io a pulire i cavedani. Tu accompagna i tuoi amici fino in paese, ti va? Cosí ti svaghi, sei stata qui tutto il giorno.

Lei guardò la madre con gratitudine. In effetti, tra una cosa e l'altra, non si era ancora fermata e neppure per un momento si era potuta allontanare dalla casa e dal cortile.
– Grazie, mamma, – disse. – Fra un'oretta sarò di ritorno.

Poi si avviò con i due ragazzi, parlando e ridendo. Incrociarono l'auto che prima avevano sentito in lontananza.

La vettura svoltò nell'aia e si fermò a pochi metri di distanza da Alma. Ne scesero la contessa Barnini, il suo fattore e l'uomo alto. Senza degnarli di uno sguardo, si diressero verso l'abitazione dei mezzadri e vi entrarono.

– Che succede? – gridò dalla strada Rachele, stupita. – Cosa vogliono, quelli?

– Non lo so, – rispose sua madre.

– Tu sai sempre tutto...

– Non preoccuparti, vai!

La bambina rimase per un po' ferma, incerta se tornare a casa, ma Bill e Mariano la invitarono a proseguire con loro, iniziando a correre.

Alma li salutò con la mano, posò le fave e aspettò a testa bassa.

Dopo una decina di minuti, il terzetto che era giunto in automobile uscí dalla casa colonica, seguito dal reggitore della famiglia che l'abitava. Si avvicinarono alla ri-

messa che fungeva da abitazione per la donna e, ancora senza degnarla della minima considerazione, la contessa disse forte: – Questa catapecchia la buttiamo giú, e anche l'albero. In quest'angolo dell'aia ci costruiamo un fienile nuovo; che ne dice, Galli?
Il fattore si strinse nelle spalle. – Qui è bello piano e si potrebbe erigerlo facilmente; ma non credo ci sia bisogno di un nuovo fienile, l'altro è ancora in buono stato.
– Be', siccome è roba mia, decido io, – disse la Barnini.
– E prima cominciamo i lavori, meglio è.
Alma si alzò in piedi, col cuore in gola. – Scusate, ma da quando in qua è roba sua? – chiese.
– Da un paio di giorni, – rispose il fattore. – La signora ha regolarmente acquistato questo podere sul quale, a quanto ci risulta, lei vive da anni senza averne alcun titolo o diritto.
– E che quindi, – continuò l'uomo alto, – deve lasciare. Le diamo un mese di tempo.
– Una settimana, – corresse la contessa. – Fra sette giorni voglio che si inizi a spianare quest'area. Via questa costruzione, via quell'albero, via ogni cianfrusaglia. Anzi, per facilitare le operazioni, l'albero lo togliamo subito. Domattina. Siamo intesi?
Il mezzadro annuí, impotente.
Alma, sgomenta, cercò il suo sguardo, ma il vecchio contadino si fissava i piedi in silenzio. Il cambio di proprietà dei terreni che lavorava era stata una sorpresa anche per lui, e non aveva alcuna possibilità di opporsi agli ordini della sua nuova padrona.
– Una settimana, – ribadí l'uomo alto assecondando il volere della contessa. – E non provate a crearci problemi.
Poi i tre raggiunsero l'auto e se ne andarono in una nuvola di polvere.

– Alma, mi dispiace, – sussurrò il reggitore. – Sai che non dipende da me.
– Lo so, certo. Tu sei stato fin troppo gentile con noi.
– Che farai adesso?
La donna raccolse le fave e guardò a lungo in alto, verso le fronde del suo cerro maestoso. – Niente, – rispose con un'espressione che le invecchiava il viso. – Non posso fare proprio niente.
L'uomo la fissò. – Tu... tu sai sempre trovare un rimedio.
– Non stavolta. Ogni cosa finisce, quando scocca l'ora, – disse. Poi si incamminò lenta verso la porta di casa, con Belva che la seguiva passo a passo.
Dentro, si sedette sul letto a occhi chiusi.
Non l'aveva detto per vittimismo: davvero sentiva di non avere piú risorse né forze. E probabilmente se n'erano accorti, chissà come, anche quelli che la stavano cacciando e condannando. Nessuno le aveva mai mancato di rispetto, prima, nessuno aveva mai ardito farle del male, ma la contessa, o piú probabilmente quell'uomo ombroso che da qualche tempo stava sempre con lei, avevano intuito la sua improvvisa e fatale fragilità, come animali che annusino la malattia o la debolezza della loro preda.
Ogni cosa finisce, disse ancora tra sé. Ma era presto e non era ancora pronta; avrebbe voluto altro tempo. Però di tempo non ce n'era.

12.
Ogni cosa finisce
(luglio 1909)

Alma si era alzata ancor prima dell'alba, si era seduta sotto il suo albero, ne aveva accarezzato la corteccia, aveva visto la prima luce rosata districare i contorni dei rami e delle foglie. Aveva ascoltato il risvegliarsi degli uccelli, il loro frullare nei nidi. La vita scorreva dentro le vene del cerro, brulicava tra le sue fronde. E lei la sentiva scorrere anche dentro di sé, ancora animata da un anelito irragionevole di perpetuità.

Quando il sole occhieggiò dietro le cime, rientrò in casa e andò accanto a Rachele addormentata. Respirava piano, un braccio ripiegato sopra la testa, i piedi sfuggiti al lenzuolo, il viso disteso nella pace del buon sonno del primo mattino, quello che in estate si nutriva delle ore piú fresche.

La sera precedente, quand'era tornata, le aveva detto che avrebbe potuto accompagnare i suoi amici al torrente. «Prenderete qualche altro cavedano, sono ottimi in questa stagione».

«Posso davvero, mamma? Non hai bisogno, qui?»

«No, non ho bisogno, va' a divertirti con Bill e Mariano. L'estate sembra lunga, quando ci sei dentro, ma sai che non è cosí: i mesi del ghiaccio e della neve arriveranno tanto in fretta che sembrerà non se ne fossero andati mai».

«Che volevano poi la contessa e quei due uomini, prima?»

«Hanno comprato questo podere».

«Quindi?»
«Quindi niente, non ti preoccupare».
«Sei sicura?»
La donna aveva sospirato e cambiato discorso.
Toccò un piede di Rachele e la vide muoversi in bilico tra sonno e veglia, e biascicare qualcosa. Uno struggimento feroce, una preoccupazione pesante le impedirono per qualche secondo di trovare la voce, poi disse: – Su, fa giorno e i tuoi amici non tarderanno.
La ragazzina annuí, girò il capo, aprí leggermente la bocca e riprese a respirare col ritmo lento e regolare di chi non sa smettere di dormire.
Alma la toccò ancora, le accarezzò i capelli. – Alzati, dài –. Poi andò a prepararle la colazione, un bicchiere di latte e una fetta di pane su cui spalmò confettura di ciliegie.
Quando sua figlia la raggiunse, rimase a fissarla mentre mangiava.
– Che c'è, mamma? Perché mi guardi cosí?
– Niente.
– Ho chiesto ai ragazzi di portare una canna da pesca anche per me.
– La porteranno senza scordarsene. Sono sempre molto gentili e ti vogliono bene.
– Già.
Si sentirono voci, fuori, e dopo poco i due erano sulla porta. – Buongiorno. Sei pronta? – chiese Bill.
– Sí, arrivo, – rispose Rachele alzandosi da tavola.
All'improvviso Alma la prese per mano, la tirò a sé e l'abbracciò stretta.
– Che fai, mamma? Guarda che non vado mica via per sempre, all'ora di pranzo sarò qui.
– Lo so, bambina mia.
– Sei un po' strana, oggi.

- Io sono strana sempre, te lo sei dimenticato?
- Certo che no. Bene, ci vediamo piú tardi -. Uscí con i suoi amici e insieme si avviarono chiacchierando fitto fitto verso il torrente.

Alma cacciò indietro un singhiozzo e cominciò a rassettare il letto, cercando di cogliere nel cuscino e nel lenzuolo l'odore di sua figlia.

Poi si spogliò e prese da un baule gli abiti migliori che avesse: la sottana larga che assumeva una forma a campana perché sostenuta da cerchi di legno, il corpetto e la blusa con i ricami. Vestiti non adatti alla giornata calda che si preannunciava, ma gli unici che non fossero poveri stracci lisi dal tempo e dall'uso. Non li aveva indossati quasi mai, quei capi eleganti.

Una volta pronta, si affacciò alla porta e chiamò Belva. Il cane arrivò subito e lei si chinò ad accarezzarlo e a parlargli a lungo, stringendolo infine a sé. Belva non si sottrasse e le leccò il volto.

Alma andò a togliere dal tavolo le stoviglie della colazione, le lavò e le ripose, pulí via le briciole, spazzò il pavimento. Aprí uno stipetto e ne prese una busta di carta marrone e spessa. Dentro c'erano alcune banconote stropicciate, l'unico denaro che possedesse. Sistemò la busta in bella vista su un ripiano.

Fu in quel momento che sentí sbattere la porta dell'abitazione dei mezzadri, e voci, e lo spostarsi di un carro.

Uscí e incontrò lo sguardo del vecchio contadino.

- Dobbiamo cominciare ad abbattere il cerro, - le disse lui balbettando come se non gli uscissero le parole.

- Lo so.

- Fra un po' arriverà l'uomo che sta sempre con la contessa, e probabilmente anche il fattore. Forse è meglio se non rimani.

– Me ne starò in casa, invece.
– Non è sicuro, lí dentro. Quando si butta giú un albero cosí grande, qualcosa può sempre andare storto.
– Qualcosa è già andato storto, non credi?
– Direi di sí, e non sai quanto mi dispiaccia.
– Non pensarci. Come dicevo ieri, ogni cosa ha il proprio tempo e quel tempo ha una durata e una fine. Non ci si può fare nulla.

La donna rientrò nella rimessa che le faceva da abitazione mentre due giovani robusti, armati di asce, seghe e corde, raggiungevano il loro anziano padre e studiavano l'albero per scegliere il modo migliore per tagliarlo.

– Non si sa chi sia, – disse Rachele mentre, in riva al Falcione, preparavano le esche da mettere negli ami. – Secondo mia madre si chiama Fausto, e forse è l'amante della contessa.

Mariano sogghignò. – Bella coppia! Lei è ormai piú larga che lunga e diventa sempre piú antipatica; lui invece è alto e secco, con quella faccia bianca che non ride mai.

La ragazzina mormorò: – Non dovremmo dire queste cose, in fondo la signora Barnini ha da poco avuto un lutto.

Bill, chinato e concentrato, si muoveva avanti e indietro sulla riva; cercava con attenzione i sassi piú rotondi, quelli che parevano fatti apposta per essere usati come proiettili per la fionda.

Ancora, come quando era piccolo, si meravigliava al pensiero che bastasse guardarsi intorno per trovare tutto ciò che serviva, apparecchiato sulla mensa della natura: cibo nei campi e sugli alberi, cacciagione e legname nei boschi, acqua nei rivi, e persino lombrichi da usare come esche, e sassi, e rami dritti con cui costruire frecce. Spesso pensava che, proprio come facevano o avevano fatto gli indiani, si potesse campare solo di ciò che era già lí, sotto gli occhi di tutti. Si mise in tasca i sassi che aveva scelto e scrutò tra i salici e i sambuchi che crescevano sulle sponde, e piú oltre tra le roverelle, gli aceri, i ginepri, i carpini. Il vociare fitto degli uccelli era invitante, ma in quel momento non sentiva per niente l'attrazione nervosa della caccia. Aveva solo voglia di godersi il sole, la compagnia degli amici, la lentezza di quelle ore.

Rachele lo guardò e sussurrò a Mariano: – Ve' lí, è armato di tutto punto! Piú che a pescare, sembra stia andando in battaglia.

Bill, che in effetti aveva il coltello in tasca, l'arco a tracolla e sulla schiena la faretra per le frecce che si era confezionato da sé tagliando e sistemando un vecchio stivale spaiato di suo nonno, grugní: – Ti ho sentito, sai!

– Be', non ho forse ragione?

Rise. – Prima o poi dovrò insegnarti a usarle, queste cose.

– Perché? Io non ho mica bisogno di lanciare frecce e menare coltellate. E la fionda la so adoperare già.

– Adesso la guerra la facciamo ai pesci, d'accordo? – intervenne Mariano.

– Guerra, sí, – concordò Bill, abbandonando a malincuore la sensazione di requie oziosa e mansueta di cui aveva goduto poco prima e che solo raramente arrivava a cullarlo. Intinse le mani nella terra bagnata della sponda e si disegnò due righe brune su ogni guancia, dicendo: – Come gli indiani?

– Come gli indiani! – confermò l'altro, dipingendosi a sua volta i segni sul viso.

Rachele scosse la testa, ma i due amici le si avvicinarono e insieme la sottoposero al rito che da tempo li accomunava. – Ferma! – le ordinarono, e imbrattarono anche la sua faccia.

– Bene, – sbuffò lei. – Siete piú contenti, adesso?
– Sí. Ma cosa stavamo dicendo, prima?
– Parlavamo dell'uomo che sta dalla contessa, – rispose Bill.
– Ah, sí! Chissà chi è davvero. Mi fa quasi paura, o perlomeno mi mette soggezione.
– Dicono che l'hanno visto, di notte, scendere dalla Valbuia. C'è chi giura che vada spesso nelle case abbandonate che sono lassú, – informò Mariano.
– A fare che?
– Chi lo sa! Forse qualcosa di proibito, magari chiama gli spiriti, – disse Bill. – Secondo me ce n'è tanti, di fantasmi, lassú tra quei ruderi.
Mariano si sedette in terra. – So altre cose, io, – disse.
– Quali?
– Ho sentito mio padre che parlava con suo cugino, ieri...
– Chi, il parroco, don Paolo?
– Sí. Che a sua volta aveva discusso della cosa con uno zio che è sacerdote pure lui e sta in curia a Faenza, a tu per tu col vescovo.
Bill rise. – Che parenti hai! Mi meraviglio che sei ancora qua e che non ti hanno mandato in un convento di frati.
Mariano guardò Rachele a bocca aperta. – Ma lo senti? – le chiese. – È il figlio di Buffalo Bill e dice che ho parenti strani io!
– Non cambiare discorso e lascia stare di chi sono figlio. Che dicevano quei preti a proposito dell'amico della contessa?
– Non ho capito proprio tutto, perché hanno usato anche parole difficili. Comunque pare venga da Bologna e che la signora Barnini, che lo conosce da tanto tempo, l'abbia chiamato alla villa proprio perché vedesse la sua figlioccia malata.

– È un medico?
– No, non credo. È uno che si occupa di *mesmerismo*, cosí diceva il cugino di mio padre. Non sapevo cosa fosse e non lo sapeva neppure il babbo, ma don Paolo gli ha spiegato che è una roba che... boh, che ha a che fare con il magnetismo, con scienze nuove con le quali c'è chi pensa di poter anche curare le malattie.
– Cos'è il magnetismo? – chiese Rachele.
– Credo c'entri con le calamite.
– Oh, dev'essere una scienza molto speciale, – ridacchiò Bill. – Cosí speciale che quella ragazzina, Adele, c'è rimasta secca.
Rachele fece una smorfia. – Amerigo, non mi piace quando parli cosí! A volte pare che non hai rispetto per nessuno.
Lui fece spallucce. – Che ho detto mai? Solo la verità, in fondo.
– Se è morta, – disse Rachele, – non è colpa di nessuno. L'hanno visitata un sacco di dottori e avevano chiamato pure mia madre, ma lei ha visto subito che non c'era piú niente da fare, nessuno avrebbe potuto guarirla.
Mariano tornò al suo racconto: – Insomma, da quanto ho capito, quel signore è uno che bazzica con cose strane che alla Chiesa non piacciono ma che alla contessa devono sembrare molto interessanti, tanto che adesso lo fa vivere da lei.
– E intanto che ci sono, – sogghignò Bill, – magari vanno pure a letto insieme. Bella roba! Secondo me, quel tipo è un farabutto che vuole incantare la signora mirando ai suoi soldi. Comunque, se queste cose le ha raccontate un prete, fatico a crederci: non mi fido di loro. E adesso peschiamo, ché si fa tardi. Questo è un buon posto e prenderemo di certo qualcosa di grosso.

Dobbiamo tornarci anche d'inverno, qui: c'è una pozza d'acqua profonda che sarà coperta di ghiaccio, e io so come ci si pesca sotto.
– Io non ci sarò, in inverno, – disse Mariano.
Bill si bloccò. – Che significa?
– Significa che riprenderò la scuola, i miei genitori vogliono cosí. E pure a me piace l'idea, anche se per continuare gli studi mi dovrò spostare a Faenza. Grazie allo zio di mio padre, quello che lavora in curia, potrò alloggiare in un convitto. Insomma, verrò a casa solo nei periodi delle vacanze e magari qualche domenica.
Bill posò la canna da pesca e fissò a lungo il suo amico.
– Perché non ce l'avevi detto?
– Ve lo sto dicendo.
– Ci mancherai tanto, – balbettò Rachele, allibita. – Non sarà la stessa cosa senza di te... senza noi tre insieme. Non posso neppure pensarci!
– Non ci andrà, – soffiò reciso Bill.
Gli pareva incredibile che fosse Mariano a lasciare il paese mentre lui sarebbe restato lí. Aveva sempre pensato il contrario. La cosa non solo lo coglieva impreparato, ma l'addolorava, perché da quando erano nati si erano visti ogni giorno, avevano condiviso tutto e un distacco non poteva immaginarlo. Si scopriva insomma, lui che si riteneva l'anello forte nella catena indissolubile della loro amicizia, molto piú fragile del previsto.
– Ci andrò, invece, – sospirò l'altro. – Da una parte la cosa non mi dispiace, ve l'ho detto, perché voglio studiare e imparare. Dall'altra anche voi mi mancherete da morire, ma Faenza non è mica in capo al mondo. Ci si vedrà piú spesso di quanto pensiate.
Bill non replicò, scuro in volto. Girò le spalle, si spostò di una decina di metri e gettò la lenza in acqua.

Fu in quel momento che Rachele si irrigidí, spalancò gli occhi, si portò le mani al viso e gridò: – Mamma!
– Che c'è? – gli chiese Mariano.
– Sta succedendo qualcosa a mia madre, – disse lei, disorientata.
Bill, che aveva sentito le sue parole, la raggiunse svelto e le cinse le spalle con un braccio. – Cosa vuoi che le stia succedendo? Sarà sotto il suo albero a sgranare le fave. Sta' tranquilla.
– No. Io devo andare, – e detto questo la ragazzina prese a correre.
I suoi amici raccattarono in fretta le canne e tutto il resto e la seguirono, correndo anche loro.

Fausto e il fattore guardavano le seghe mordere il legno, le asce ferirlo.
Il mezzadro e i suoi figli sudavano intenti al lavoro, come se volessero finire al piú presto quel compito ingrato a cui si sarebbero sottratti volentieri, lanciando ogni tanto un'occhiata alla casupola in cui Alma si era rinchiusa. La immaginavano là dentro ad ascoltare, angosciata e impotente, i colpi mortali inflitti al suo albero.
Quando nel tronco fu incisa una fessura tale da consentire l'uso delle corde per l'abbattimento, il fattore fece cenno di procedere. Gli uomini afferrarono la fune e uno dietro l'altro cominciarono a tirare, piantando i piedi nella polvere e nell'erba.
Il cerro scricchiolò, si inclinò appena, si mosse gemendo.
– Non viene giú dalla parte giusta, – disse il vecchio mezzadro. – Bisogna dare qualche altro colpo di accetta e mettere dei cunei, o rischiamo che finisca sulla rimessa.
– Fa niente, – osservò Fausto accendendosi un sigaro sottile, – tanto dobbiamo demolire anche quella.

- C'è Alma, dentro.
- Sa cosa stiamo facendo, non è mica una bambina -.
Poi, sbuffando: - E va bene, mettete questi cunei, fate quel che c'è da fare, ma sbrigatevi.

Il contadino parlottò con i suoi figli, insieme allargarono su un lato il taglio nel tronco, vi inserirono alcune zeppe di metallo, infine spostarono la linea di tiro della fune, cercando per quanto possibile di evitare che i rami, cadendo, andassero a schiantarsi sulla costruzione.

Poi, tutto successe in un attimo. Il tronco emise una specie di lungo urlo stridulo mentre si spezzava e crollava, gigante sconfitto o sacrificato, e un grido di donna gli rispose altissimo dalla casa.

I figli del contadino lasciarono la fune e corsero all'interno. In penombra, nell'unica stanza pulita e ordinata come se attendesse visite, videro Alma distesa sul letto. Indossava i vestiti buoni e aveva la bocca aperta e gli occhi spalancati e fissi. La chiamarono, la toccarono, le auscultarono il petto e le cercarono il battito del polso. Belva li lasciò fare; in un angolo uggiolava piano, immobile.

La donna era priva di vita come l'albero che, fuori, si allungava nell'aia sembrando ancora piú grande di quando era in piedi. Una spoglia smisurata, un groviglio di frasche e foglie che aveva riempito ogni spazio a terra e sgombrato il cielo da cui, dopo anni d'ombra e frescura, picchiavano sulle tegole della casupola, e ovunque, i raggi cocenti del sole di luglio.

I due giovani uscirono, stravolti, e dissero al padre: - Alma... Alma è morta.

Lui annuí, per nulla stupito.

Fausto chiese a voce alta: - Morta? Morta di che? Che storia è questa?

- Quando arriva l'ora si muore, non lo sapeva? A volte il

momento arriva da sé, altre volte c'è chi forza l'orologio, – gli disse il contadino con uno sguardo severo.
– Cosa vuol dire? A chi si riferisce?
– Niente, lasci perdere.
Fausto stava per replicare quando Bill, Mariano e Rachele arrivarono correndo. La ragazzina si guardò intorno, si portò le mani sul viso, mugolò e si diresse verso la porta. Il mezzadro la bloccò. – Non entrare, piccola, – le disse.
– Mamma! Mamma! – chiamava lei.
– Tenete indietro la bambina, – ordinò il fattore ai figli del mezzadro, – e la donna che è là dentro, viva o morta che sia, portatela per adesso in casa vostra.
I due giovani non si mossero.
Rachele si afflosciò fino a sedersi a terra. Mariano la raggiunse e cercò di confortarla mentre Bill, silenzioso e svelto, nascosto dalla chioma gigantesca del cerro che si spandeva sul terreno, girò intorno alla casa dei contadini giungendovi sul retro.
Il cuore gli martellava nel petto e una furia cieca e urgente lo spingeva.
Non capiva bene cosa fosse successo, ma gli era bastato vedere la faccia dei mezzadri, quella dell'uomo alto e del fattore e ascoltare alcune parole per farsene un'idea. Il cerro era stato abbattuto, Alma era morta, Rachele era rimasta sola e presto avrebbe dovuto abbandonare la casa in cui era nata e vissuta fino ad allora. Tutto il mondo della ragazzina che considerava piú di un'amica era crollato lí, insieme a quell'albero, in un attimo.
Cercò di rallentare il respiro, di ritrovare lucidità. Sentiva la collera montare e si sforzò di guidarla.
Entrò nella stalla, cercò tra i cumuli di paglia, scovò il torsolo secco di una pannocchia di granturco, lo infilzò con una freccia dalla punta di ferro che aveva preso dalla

faretra. Poi, afferrata una lucerna che stava su una mensola avvolta di ragnatele, ne svitò il beccuccio, annusò il contenuto e sul torsolo della pannocchia versò il liquido infiammabile, si mise in tasca una scatola di zolfanelli che aveva rinvenuto accanto alla lampada e uscí, muovendosi chino rasente ai muri.

Nell'aia intanto era arrivata gente, attratta dalla caduta dell'albero e dal trambusto. C'erano i vicini, c'erano Ercole e Cristofora, che passando da quelle parti avevano visto un insolito movimento e si erano fermati per capire di cosa si trattasse, c'erano Piuma e Piombo che, trovandosi al lavoro in un campo vicino, avevano abbandonato i rastrelli con cui stavano ammassando stoppie ed erano accorsi, immaginando una qualche disgrazia.

Al sopraggiungere dei paesani il fattore era entrato nella casa dei contadini e Fausto, invece, era andato a sedersi nell'automobile, come se non volesse mischiarsi a quella gente.

Bill, dal suo nascondiglio, aveva la visuale in gran parte impedita dall'albero caduto. Sentiva voci e intuiva scompiglio, ma non riusciva a vedere chi ci fosse e cosa succedesse. Si ricordava bene, però, in che posizione si trovasse l'automobile, quella della contessa con cui doveva essere arrivato l'uomo alto.

Accese un fiammifero, incendiò la freccia e calcolò il tiro. Era bravo a farlo, quell'arco lo usava ogni giorno e riusciva a dosarne bene la forza e l'inclinazione.

Sentiva il respiro suonargli nel petto e nelle narici come il sibilo di un serpente. Bloccò i muscoli, fermò i polmoni, si irrigidí. Poi tese e scoccò.

La freccia volò fischiando, meteora fiammeggiante e repentina. Sorvolò l'aia, la carcassa del cerro, la siepe e piombò precisa sull'automobile, colpendo su un lato il viso di Fausto in modo da trafiggergli la guancia, spezzargli un paio di denti, uscirgli dal collo e inchiodargli la testa al sedile. L'uomo agitò le braccia, afferrò il dardo e si ustionò le dita. Annaspò, gorgogliò, roteò gli occhi. Il fuoco della freccia gli divorava la faccia e la gola, e quello che cominciava ad avvolgere il sedile gli arroventava e gli mordeva la schiena.

I mezzadri e Piuma lo raggiunsero di corsa, soffocando alla meglio le fiamme e staccandolo dalla macchina prima che questa si trasformasse in un rogo. Lo portarono di peso nell'aia, adagiandolo accanto alla chioma del cerro e gridando a Ercole di partire in groppa a sua moglie per andare a chiamare il dottore.

Bill, sempre tenendosi al riparo dell'angolo della casa, sentí le urla e lo scompiglio e udí che si invocava l'intervento del medico.

Forse, pensò terrorizzato, ho colpito qualcuno, magari uno dei miei amici o dei miei compaesani. Si spostò di un paio di metri, sempre restando chinato. Vide l'auto in fiamme e Fausto a terra, e capí. Aveva fatto centro e trovato una vendetta maggiore di quella che avrebbe voluto. L'obiettivo era stato l'automobile; se c'era andato di mezzo anche l'uomo, provò a dire a sé stesso, tanto meglio. Ma nella sua mente si agitavano e combattevano sentimenti contrastanti.

Realizzò che non avrebbero tardato a scovarlo. Già qualcuno si stava muovendo dall'aia, cercando. A quel punto riguadagnò l'ingresso della stalla, gettò l'arco, la faretra, la lanterna e la scatola dei fiammiferi in un angolo, poi uscí e si infilò tra le vigne, e correndo si dileguò.

In testa gli mulinavano insieme, confusi e impetuosi, paura, senso di trionfo e senso di colpa. Pensò per un attimo a sua madre, al nonno, a Rachele, a Mariano, a ciò che avrebbero pensato e detto di lui; poi non pensò piú a niente e accelerò, volando verso il bosco che iniziava al di là dei coltivi.

Nell'aia era arrivata altra gente ancora, e già il nome di Amerigo cominciava a circolare. Qualcuno l'aveva visto giungere e poi sparire, e sapevano che era lui, solo lui che usava arco e frecce. Tutti a bisbigliare, a scuotere la testa, a chiedersi che fare. Volevano bene a quel ragazzino coraggioso, forte e vitale, ma forse l'aveva combinata davvero troppo grossa.

Tuttavia, ciò che era occorso all'amico della contessa turbava molto meno della morte di Alma. La donna che tutti conoscevano, che tutti aveva aiutato e di cui tutti avevano sempre ascoltato con riguardo, quasi con reverenza, ogni parola, se n'era andata. Lei che aveva conosciuto i poteri delle erbe e gli umori della luna, i segreti del bosco e quelli dei corpi, che aveva saputo essere custode della soglia che permette l'ingresso nel mondo di un neonato e l'uscita di un trapassato, lei che parlava con chi non ha voce e vedeva laddove per gli altri non c'è luce, avrebbe lasciato un vuoto enorme.

In molti si affacciarono alla porta della casupola in cui giaceva sul letto, e ancora di piú furono quelli che staccarono una frasca o qualche foglia dal cerro caduto per portarle via con sé, conoscendo bene quanto stretto fosse stato il legame tra la donna e l'albero, nati e morti insieme. Una silenziosa processione simile a quella che nella domenica delle Palme si recava in chiesa a prendere un ramo di ulivo benedetto, un rito deferente, toccante e muto.

All'improvviso, gridando con la faccia alzata al cielo come un lupo che ululi alla luna, Piombo, con la bocca distorta da una risata folle e selvatica, comparve nell'aia. Impugnava l'arco di Bill e la faretra che aveva raccattato dalla stalla, incoccava frecce nella corda e le scagliava qua e là, dardi impazziti che sibilavano accanto alle persone spaventate.

Si muoveva saltellando, roteava lo sguardo carico di euforia e di minacce. Pareva danzare come un satiro in un baccanale campestre o un demone pingue al sabba, ebbro di violenza come altre volte gli era capitato, com'era successo anni prima a Lancimago e in altre occasioni che suo padre aveva taciuto a tutti.

Il primo a raggiungerlo e a fronteggiarlo fu proprio Piuma, poi arrivarono altri. Lo fermarono a fatica perché il colosso sbraitava, si scuoteva come un indemoniato e urlava in preda al delirio. Ciò che stava succedendo lo eccitava fino al parossismo, e ci vollero molte braccia a disarmarlo e a bloccarlo supino sulla polvere.

Quando giunsero quasi contemporaneamente il parroco, i carabinieri e il medico, condotto da Ercole e Cristofora, intorno a quell'uomo fuori di senno e a Fausto, che ancora giaceva ferito e ustionato e tremava quasi fosse in preda a una febbre altissima, si strinsero capannelli di persone agitate, mentre alcune donne si prendevano cura di Rachele, che continuava a piangere e che nel frattempo era stata raggiunta da Belva. Il cane si mise al fianco della bambina, appoggiò la testa alla sua e lei lo abbracciò stretto.

Da piú di un'ora Bill stava rintanato lassú. Aveva aggirato il paese e risalito i pendii scoscesi della Valbuia fino a un punto in cui gli alberi erano fitti e alti e il sentiero cosí malridotto da sembrare solo la pista evanescente che lasciano gli animali nei loro percorsi sempre uguali. Chissà perché, si chiese, lupi e volpi, caprioli e tassi, pur capaci di infilarsi tra i rovi piú impenetrabili, di affrontare ogni pendenza, di trovare l'orientamento col fiuto e con sensi di cui gli uomini neppure conoscono l'esistenza, scelgano spesso di seguire itinerari fissi, quasi tracciando strade.

Si abbandonava a pensieri simili per provare ad allontanare dalla sua mente ciò che aveva fatto e le conseguenze che ne sarebbero derivate. Forse aveva ucciso un uomo. Forse l'avrebbero arrestato e chiuso in una prigione, strappandolo per chissà quanti anni alla sua famiglia, agli amici, al paese.

Trovò un piccolo avvallamento e vi si coricò con un braccio sugli occhi. In quella cunetta molle di muschi e di umidità nessuno l'avrebbe visto, neppure passandogli a pochi metri di distanza. Probabilmente avrebbe dovuto trascorrere lí la notte. E nel frattempo pensare al da farsi.

Aveva fame e sete, e la luce cominciava a declinare. Sapeva che se si fosse aggirato nel bosco avrebbe trovato perlomeno acqua da bere, ma voleva aspettare il buio.

Poi sentí un rumore venire da basso. Qualcuno saliva per la labile e impervia mulattiera della Valbuia, e intuí chi era. Aveva imparato a riconoscere quel passo veloce e allo stesso tempo potente come il galoppo di un cavallo.

Alzò la testa, si sporse dal rifugio. Ercole guardava nella sua direzione dall'alto delle spalle di Cristofora, che nel frattempo aveva rallentato l'incedere.

– Ehi, sono qui! – gridò Bill. Non li temeva, gli erano da sempre amici e non l'avrebbero tradito.

– Ti vedo, – gli rispose Ercole. – Mia moglie aveva ragione come sempre, e mi ha portato quassú a colpo sicuro.

Il ragazzino fece cenno alla coppia di raggiungerlo tra gli alberi. – Come fai, Cristofora? – chiese alla donna, riuscendo a sorridere. – Sei meglio di un cane da tartufi.

– Ci sono nata e cresciuta, nella selva.

– Ma io non lascio tracce...
Lei fece spallucce, scaricò il marito dal groppone e lo fece sedere sull'erba. Ercole si schiarí la voce per dire qualcosa, ma Bill l'anticipò. – È morto? – chiese.
– Chi?
– Quell'uomo. Quello che devo aver colpito con la freccia.
– L'hai colpito sí, eccome se l'hai colpito, però è vivo. Non posso dire che stia bene, gli hai aperto un buco in faccia che adesso può mangiare anche a bocca chiusa, però se la caverà.
– Mi staranno cercando. Cosa devo fare?
– Non ti cerca nessuno e devi tornare a casa subito, intanto perché i tuoi sono in pensiero, e poi perché tutti devono vederti in giro, tranquillo come se nulla fosse.
– Non mi cercano? Ma scherzi? O vuoi solo che scenda in paese perché mi arrestino?
Ercole lo guardò con un'espressione seria e amareggiata. – Amerigo, pensavo che ti fidassi di me.
– Sí... sí che mi fido.
– E allora, credi a ciò che ti dico. Per il ferimento del signor Fausto hanno arrestato Piombo, e l'hanno già portato via.
– Piombo? E perché mai?
– Perché dopo che sei scappato ha trovato il tuo arco e le frecce e si è messo a fare il matto. Anzi, quello, matto lo è sul serio, e a volte combina cose che...
– Lo so, ma in questo caso non ha fatto niente. Sono stato io.
– La colpa l'hanno data a lui, quindi è tutto a posto.
Bill guardò l'ometto a bocca aperta, poi scosse la testa, si passò una mano sul viso e disse: – Non è a posto per niente. Sai che non è giusto e che non posso permetterlo.

– Giusto non è, ma stavolta è andata cosí. E sta per arrivare qualcuno che te lo dirà meglio di me. Ci seguiva, ma è piú lento.

Dovettero attendere solo qualche minuto, poi sul sentiero comparve Piuma, che saliva arrancando, piegato e ansimante.

– Siamo qui! – gli gridò Ercole dal fitto degli alberi.

L'uomo li raggiunse e si sedette su un ceppo a riprendere fiato. Quando ci riuscí, si rivolse a Bill: – Dài, torna giú con noi. Nessuno ti incolperà.

– Me l'hanno detto, ma non va bene. Non posso lasciare che suo figlio, che è innocente, paghi per una cosa che ho fatto io.

– Se non è colpevole stavolta, lo è stato in altre occasioni. Io ho sempre cercato di difenderlo, di coprirlo, di proteggerlo, ma ha qualcosa che non va, l'ha sempre avuto. Non so cos'è, ma ogni tanto è piú forte di lui. Sono vecchio, sono stanco e non posso piú occuparmene. Non ci riesco piú. Mio figlio è un pericolo per sé e per gli altri, e che l'abbiano portato via è meglio per tutti.

– In galera? – chiese Bill.

– Lo metteranno in manicomio a Imola, mi hanno detto. Forse là potranno anche curarlo, chissà, o perlomeno sorvegliarlo.

– Non è giusto, – ripeté Bill.

Piuma sospirò. – Lascia stare. Ammiro la tua lealtà ma, giusto o non giusto, non devi rovinarti la vita anche tu.

– In paese lo sapranno o l'immagineranno tutti, che sono stato io.

Ercole fece cenno a Cristofora di prenderlo in groppa e disse: – La gente del paese, di tutti i paesi, sa tante cose, quelle che si possono e quelle che non si possono dire, quelle giuste e quelle no, quelle belle e quelle brutte. E

conosce verità da raccontare sempre e comunque, bugie costruite per malignità oppure a fin di bene e anche segreti da mantenere a ogni costo.
– Cioè? – chiese Bill, sconcertato.
– Cioè è cosí che va, e basta. E adesso scendiamo, ché si fa buio.

13.
Solo
(autunno 1909)

All'arrivo dell'autunno, quando i monti si colorarono di ruggine con macchie accese in cui il giallo e l'arancione si spandevano a illuminare i toni del marrone e del verde, Bill si ritrovò solo.

Mariano, come aveva annunciato, si era spostato in convitto, mentre per Rachele, che non aveva piú una famiglia, era stata trovata una sistemazione in un orfanotrofio femminile gestito dalle suore, dove, essendo già grandicella e capace di badare a sé stessa, dava piú che altro una mano nell'accudimento delle piú piccole.

L'uno e l'altra vivevano giú a Faenza, in edifici distanti tra loro solo un centinaio di metri, e probabilmente si potevano vedere e frequentare. E questo pensiero, se da una parte era confortante, dall'altra causava a Bill tristezza e rimpianto. Si sentiva escluso da qualcosa che gli apparteneva, privato di un calore di cui aveva sempre goduto.

Nelle lunghe ore in cui non doveva lavorare si aggirava per il paese e i dintorni scoprendo che ogni luogo gli riportava alla mente ricordi di momenti vissuti con i suoi amici, e faceva risuonare parole che si erano detti, e risate, e intese che delle parole neppure avevano bisogno. I declivi erti della Valbuia, la strada che risaliva dolce la Valleluce, la forra che come una bocca nera si apriva accanto al torrente, le radure, le fonti: non c'era angolo che non ne fosse pieno, che nel rievocare quelle presenze non facesse risaltare e dolere le assenze.

Il giorno in cui Rachele era partita aveva potuto stare da solo con lei per poco, pochissimo tempo. Una passeggiata fino alla riva del Falcione, qualche frase smozzicata, un abbraccio stretto e doloroso, un bacio. Un bacio da dodicenni, impacciato e incerto, con lei che era arrossita e poi aveva chinato il capo, incapace di dire o fare qualsiasi cosa, persino di trovare le parole per una promessa.

«Andrai ogni tanto a vedere Belva? – gli aveva chiesto lei prima di separarsi. – Si sentirà solo, il mio cane».

«Non lo porti con te?»

«Non si può, mi hanno detto. Lo terranno i Righi, per fortuna; Belva è abituato a quel posto, ma sono sicura che sarà difficile per lui: era molto affezionato a mia madre e a me. Poi quando torno me lo riprendo».

«Quando torni?»

«Non lo so... quando sarò un po' piú grande e me lo consentiranno. Ma se tardano a permettermelo, scappo».

«Ti vengo a prendere io, e voglio proprio vedere chi ci ferma», aveva detto Bill.

La ragazzina aveva sorriso e ripetuto: «Andrai qualche volta dal mio cane?»

«Sí, ci andrò».

E l'aveva fatto, anche se gli costava parecchio tornare in quell'aia dove erano successe tante cose brutte, dove non c'erano piú la casa di Alma e l'ombra del suo cerro, dove aveva lanciato la freccia rovente e dove temeva di incontrare i nuovi proprietari del podere, cioè la Barnini e l'uomo alto. Non ne aveva paura e in realtà non si pentiva neppure di quel che aveva fatto, ma a trovarsi faccia a faccia con loro non ci teneva. Però non poteva disattendere una promessa fatta a Rachele, cosí piú volte si era fatto forza ed era andato a prendere Belva, l'aveva portato con sé in lunghe camminate, gli aveva parlato come se potesse capirlo.

E chissà, magari lo capiva davvero, perché quel cane senza età esisteva forse da quando era nato il mondo, e aveva visto tutto e tutto comprendeva e sapeva, pur non potendo raccontarlo. Era come una delle querce del Prato Basso, a sinistra della strada che, provenendo dalla Valleluce, attraversava il paese e scendeva lunga e tortuosa verso il piano. Quegli alberi enormi, dal tronco cosí massiccio che non bastavano dieci persone ad abbracciarlo, forse erano anch'essi là da prima che venissero erette le case o coltivati i campi, quando tutto intorno erano solo foreste e silenzio. Bill non avrebbe mai tirato il coltello o una freccia contro uno di quei giganti anche se, grossi e possenti com'erano, non se ne sarebbero neppure accorti. Gli sarebbe sembrato un sacrilegio, come avvelenare una sorgente, come buttare via il pane, come maledire la vita.

Senza i suoi due migliori amici, per Bill tutto era cambiato, tutto si era fatto piú lento e difficile, piú vuoto e pesante.

Dopo la vicenda di luglio nessuno l'aveva accusato, nessuno aveva mutato atteggiamento nei suoi confronti, almeno in apparenza, ma lui sentiva che qualcosa si era rotto, che si era insinuata una distanza, una differenza nuova tra sé e gli altri. Qualcuno forse lo condannava, qualcun altro magari approvava e applaudiva ciò che aveva fatto, ma in entrambi i casi senza dirglielo e senza dirlo ad alcuno. A ogni modo quel segreto, che non era tale perché tutti sapevano, aveva mutato le cose, i pensieri, i rapporti.

A Bill il paese non sembrava piú cosí familiare. Le viuzze, le case, i muri parevano stringere e costringere, e sussurrare o guardarlo muti e severi. L'uomo che aveva ferito si era ristabilito, anche se portava sul viso i segni indelebili della freccia e del fuoco, la contessa non si era piú vista in giro, i carabinieri non l'avevano né interrogato né cercato, ma l'ombra di quel che era successo non svaniva col trascorrere del tempo.

Cominciò a stare sempre di piú nei boschi, al seguito di nonno Luigi. Siccome le sue braccia si erano fatte piú robuste e il suo carattere piú cupo e duro, i colpi d'ascia che sferrava ai tronchi diventarono piú violenti di quelli che sapeva tirare il vecchio, i suoi silenzi piú lunghi.

Il nonno non gli aveva mai detto niente a proposito del ferimento dell'uomo nell'aia dei Righi, come se non riuscisse a decidere se condannarlo o assolverlo o se temesse, a parlarne, di riaprire una ferita infettata di colpa.

La mamma invece, proprio lei che non poteva di certo amare la Barnini e chi le girava intorno, non aveva taciuto. Era stata l'unica, una sera che si erano appena messi a tavola per la cena, a sollevare la questione, a dirgli che ciò che era accaduto non doveva ripetersi piú, che non l'aveva cresciuto ed educato per scoprirlo capace, poco piú che bambino, di comportarsi da folle violento, quasi di uccidere.

«Sei figlio mio, – gli aveva detto, – e io non ho mai fatto del male a nessuno, né ho mai serbato rancore. Sei figlio mio e di un grand'uomo, non dimenticarlo, un uomo che tutto il mondo conosce e ammira. Sei di razza buona e devi esserne degno».

A quelle parole Bill, scansando il piatto e alzandosi in piedi, aveva gridato: «Quale grand'uomo, quale razza buona? Sono di razza selvaggia, io!», e cosí dicendo aveva tirato con forza rabbiosa il coltello verso una trave del soffitto della cucina, quella piú bassa perché incurvata dal peso del solaio e da quello del tempo.

L'aveva fatto girandosi, sbilanciato dalla sedia che, muovendosi, aveva fatto cadere, cosí che il tiro era risultato sbagliato e sghembo. Il coltello, invece della trave, aveva colpito il quadro raffigurante san Sebastiano, appeso alla parete come in tutte le case del paese che di quel santo portava il nome. Era diventato una delle frecce che trafiggevano il corpo del martire, una ferita in piú in quelle carni venerate e giovani.

Il nonno, che aveva seguito la discussione senza fiatare, era rimasto immobile. Giulia si era portata una mano sulla bocca, pure lei ferma. Il coltello piantato nell'immagine sacra le aveva fatto male, l'aveva tramortita, e in quel momento, con una premonizione tormentosa, aveva sentito che tutto sarebbe andato storto, che sarebbero arrivati tempi bui, che il malaugurio, come un corvo nero che entri di sorpresa e strillando da una finestra aperta, aveva violato l'intimità e la sicurezza della casa.

La sera Bill non era rientrato. Dopo avere camminato sul margine del bosco che dai dirupi scendeva fino ai campi e al paese, si era diretto verso l'abitazione che era stata di Piuma e di Piombo. Il primo se n'era andato chissà dove, il secondo era rinchiuso in manicomio, e la catapecchia era vuota. Era un buco cosí miserando e inospitale, decrepito e umido, che nessuno lo usava neppure come ripostiglio o come ricovero per gli animali.

Aveva aperto la porta con un calcio ed era entrato nell'ambiente buio e impregnato da un odore greve di chiuso, di muffa, di abbandono. Raggiunto un letto sconnesso, si era gettato sopra quel che restava di un materasso imbottito di foglie di pannocchie, ormai trasformato in un sacco informe di polvere fradicia.

Si era coperto gli occhi con un braccio e aveva ascoltato i cigolii di quel posto in cui il legno dei mobili sgangherati e degli infissi cadenti, e le stesse pietre dei muri, corrose e fragili come vecchie ossa, gemevano piano e scricchiolavano, mentre ticchettii continui segnalavano il lavoro dei tarli, e fruscii leggeri tradivano il muoversi di topi, di ghiri o di chissà cos'altro.

Prima di cadere in un sonno tormentato da sogni inquieti, Bill aveva pensato ai due uomini, padre e figlio, che erano vissuti lí, in quella casupola fatiscente, da prima che lui nascesse. Avevano formato quasi un'entità unica, come Ercole e Cristofora, non li si era mai visti l'uno senza l'altro e ora erano stati divisi per sempre, e scomparsi. Non ci sarebbero piú state le fiabe e i racconti di Piuma, né le stramberie di suo figlio. Era sparita Alma, che del paese era stata l'anima misteriosa e soccorrevole. Erano ormai lontani Mariano e Rachele. Si era sentito mutilato, Bill, come se al suo corpo fossero state amputate membra vitali.

Sul tardi, non vedendolo rientrare, Giulia aveva chiesto al padre di uscire a cercarlo, ma il vecchio aveva scosso la testa. «Lasciamolo stare, – aveva detto. – Domani tornerà».

E la mattina dopo Bill era tornato, aveva preparato in fretta la sacca e detto al nonno di essere pronto per andare su, al lavoro. Gli alberi aspettavano di essere abbattuti, le radure di ospitare le carbonaie fumanti. Nello scenario ampio e aperto dei monti, dove le foreste si allungavano e allargavano senza fine, sovrane silenti del mondo, voleva trovare il modo di diluire il veleno che si sentiva dentro e la costrizione che gli opprimeva il petto e i pensieri.

– Il tempo si sta mettendo male, sarà brutto per parecchi giorni, – gli aveva risposto il vecchio. – Siamo in là con la stagione e forse è meglio fermarsi.

– Io no.

– No cosa?

– Non mi fermo e non mi fa paura un po' di pioggia.

– Non è il caso, Amerigo, te l'ho detto. Si rischia di ritrovarsi con la legna bagnata, con i sentieri che diventano ruscelli, e...

– Fa' come vuoi. Io vado su nello spiazzo dove siamo stati l'ultima volta e comincio a tagliare qualche albero. Poi, se il tempo si sistema, mi raggiungi.

– Hai dodici anni e non ti lascio andare su da solo, lo sai.

– Quindi?

Luigi aveva sospirato. – Quindi vengo anch'io. Male che vada, torniamo a casa.

Giulia non aveva commentato, non era intervenuta. Aveva consegnato ai suoi due uomini gli involti delle provviste e aveva detto solo: – State attenti.

Restarono nei boschi per tre settimane finché la prima neve, una mattina, imbiancò le cime e decorò gli alberi di pizzi bianchi.

Al momento di lasciare la selva e di tornare giú, Bill pensò a Rachele e a Mariano. Non li avrebbe trovati in paese, non si sarebbe scaldato con la loro compagnia. Il mondo si era fatto freddo e piú duro del ghiaccio.

14.
Il morso della lontananza
(estate 1910)

Lei non venne mai in paese, neppure una volta. D'altronde non aveva piú un parente da cui andare, una casa in cui alloggiare.

Nelle poche lettere che mandava a Bill lo informava che i regolamenti dell'orfanotrofio non le consentivano di allontanarsi, che il lavoro da fare con le bambine piú piccole, le cucine e tutto il resto era molto, che la strada per San Sebastiano era troppo lunga. Anche scrivergli non era facile: non aveva i soldi per la carta e i francobolli, perché le banconote che sua madre le aveva lasciato non erano bastate neppure per un funerale dei piú poveri e semplici, tanto che si era dovuta fare una colletta.

Per fortuna andava a trovarla Ercole, che a Faenza ci capitava spesso per affari. Arrivava in groppa a Cristofora, e le prime volte che le suore avevano visto quella stranezza, quella specie di animale mitologico con due teste e quattro braccia, si erano addirittura fatte il segno della croce. Poi si erano abituate di buon grado alla sua vista, anche perché Ercole, smentendo chi lo voleva avaro, aveva donato una discreta somma all'istituto, e non avevano avuto nulla da ridire sul fatto che Rachele gli consegnasse missive da recapitare.

Mariano invece sí, qualche domenica tornava. Era cresciuto, stava diventando alto, i lineamenti del viso non erano piú quelli di un bambino. In meno di un anno era cambiato molto, come spesso accade nell'adolescenza. Anche il suo modo di parlare era mutato, insieme alla voce, che si era fatta piú profonda: usava parole che prima neppure conosceva, in un italiano ricco e forbito.

Per la scuola leggeva parecchi libri, raccontava a Bill, e in convitto c'era pure una biblioteca. Quei volumi gli facevano compagnia, riempivano le sue serate, davano risposte e facevano nascere domande in una rincorsa che lo entusiasmava, in una continua ed eccitante scoperta di cose nuove.

– Ma saranno libri di chiesa, – obiettava Bill, – preghiere, litanie e storielle inventate di sana pianta. Davvero ti piace quella roba?

– Guarda che c'è un po' di tutto. Testi di storia, ad esempio. La storia mi piace un sacco.

– Diventerai un prete, o un professore.

– Ma figurati. Facciamo un giro in Valbuia? Mi manca, quel posto.

– A dire la verità, ti faceva paura.

– No, semplicemente mi emozionava, e credo che sia ancora cosí.

– Andiamo!

E allora correvano su per le pendici boscose, saltavano i rivi d'acqua, scandagliavano il fitto degli alberi con lo sguardo in cerca del muoversi timido di un capriolo o di quello furtivo di una volpe.

Mariano, che per l'occasione smetteva gli abiti ben confezionati e quasi eleganti che aveva cominciato a portare, tornava allora il ragazzino nato e cresciuto tra le montagne e le selve, e ciò che aveva imparato a scuola e che leggeva pareva non riuscisse a dargli nuova autorità nei confronti del suo amico di sempre. Lassú Bill era ancora il capo, quello che guidava le spedizioni, che decideva i percorsi, che vedeva per primo l'ombra scura di un cinghiale, che per primo sentiva l'alto richiamo delle poiane roteanti in cielo, che dal colore del muschio capiva se sarebbe piovuto e dall'odore dell'aria sapeva dire se sarebbe cambiato il vento.

E che pronunciava la frase di rito: – Come gli indiani?

– Come gli indiani! – gli rispondeva l'altro, e si disegnavano sul viso le righe di una battaglia immaginaria ma non per questo meno seria.

– Ci sono libri sulle tribú dei pellerossa, in biblioteca, – disse una volta Mariano.

– La Chiesa si interessa a loro?

– Be', ci sono stati dei missionari che sono andati fin là per convertirli. Uno era romagnolo come noi, si chiamava don Pasquale Tosi; è stato con gli indiani delle Montagne Rocciose e con quelli dell'Alaska.

– I preti vanno davvero a mettere il naso dappertutto! Ma come gli parlava? Come sapeva quelle lingue?

– E che ne so? Stando là, le avrà imparate.

– Missionari tra gli indiani! Immagino che li abbiano catturati e scotennati, – ridacchiò Bill.

– Non credo proprio. Se vuoi, comunque, posso portarti qualche libro sull'argomento. Quelli di proprietà della curia e del seminario non posso portarli via, ma quelli della biblioteca comunale sí. Lí ho trovato anche un paio di volumi che raccontano di tuo padre.

– Non li voglio. A quelli sugli indiani, invece, mi piacerebbe dare un'occhiata.

Mariano scosse la testa. – Se io fossi figlio di Buffalo Bill non solo vorrei sapere tutto di lui, ma mi vanterei. Lo racconterei a chiunque.

– Allora siamo diversi, io e te.

E diversi, forse, lo stavano diventando davvero.

– Rachele la vedi? – Bill non mancava mai di fare al suo amico quella domanda.
– Qualche volta, ma di rado. Non è che possa uscire come e quando vuole. Vado io a trovarla, e con me le consentono di fare passeggiate in città.
– Perché?
– Perché le suore sanno chi sono: lo zio di mio padre, quello che sta a tu per tu col vescovo, ha parlato con loro.
– E dove andate? Che fate?
– Facciamo un giro fino alla piazza, te l'ho detto, oppure ci sediamo su una panchina nel viale a chiacchierare... cose del genere.
– È bella la città?
– Ci sei stato pure tu, no?
– Solo un paio di volte, e di sfuggita. Mica ci ho mai vissuto.
– Be', sí, è interessante. Ci sono tante cose da vedere, e negozi, caffè, osterie, gente in giro. Ci sono musei, teatri, gare sportive, e adesso c'è pure il cinematografo. Non ci si annoia mai, volendo.
– Neanche qui ci si annoia. C'è abbastanza spazio per fare ciò che vuoi. Anzi, per me qui è meglio, molto meglio, – ribatteva Bill, dimenticandosi che solo qualche anno prima era lui a sostenere che dal paese bisognava andarsene, col treno o con qualsiasi altro mezzo, era lui a desiderare nuove esperienze e piú larghi orizzonti. O forse non si era scordato di quei suoi propositi: semplicemente non aveva potuto o saputo realizzarli, perché il destino non sempre segue i percorsi dei sogni, ma ammetterlo non era facile e soprattutto non era da lui, abituato a ostentare sicurezza e a nascondere anche a sé stesso debolezze, rimpianti e crucci.
– Che novità ci sono a San Sebastiano? – aveva chiesto Mariano durante uno dei loro piú recenti incontri. Quel-

la volta non avevano avuto voglia di salire la Valbuia, di camminare lungo il Falcione o tra i campi; si erano seduti a un tavolo all'aperto dell'osteria, come due adulti, prendendosi una limonata.
– Piuma se n'è andato. Un giorno ci siamo accorti che la sua casa era vuota.
– Non è una novità, questa, me l'avevi detto già diversi mesi fa. Comunque, sai dov'è finito?
– Dalle parti di Imola, dicono, per essere piú vicino a suo figlio.
– Poveretto... è un buon uomo e andava d'accordo con tutti. E poi che altro è successo? Di veramente nuovo, voglio dire.

Bill aveva fatto correre i pensieri in ogni strada del paese, in entrambe le valli che dall'abitato salivano ai passi, in ogni podere, in ogni bosco, e si era accorto che non c'era niente che valesse la pena di essere raccontato. Niente.
– Rachele ti chiede mai di me? – aveva domandato cambiando discorso.
– Sempre.
– E che dice?
– Che le manchi, che era bello quando potevamo stare tutti e tre insieme. Dice che ha molta nostalgia di qui, del suo cane, e che sua madre le manca da morire.
– E io le manco?
– Te l'ho appena detto: certo che le manchi. Manchi anche a me, cosa credi? Ma è solo questione di tempo: fra qualche anno la lontananza finirà e ci riuniremo di nuovo.
– Chissà dove sarai, fra qualche anno. Forse a fare il missionario tra gli indiani come quel tipo, quel prete che hai nominato prima.
– Non sarebbe mica male.
– Ci verrei anch'io.

– Perché no? Magari andrà a finire proprio cosí, e diventeremo due capi tribú con in testa le penne e in mano l'arco e le frecce. A proposito, lo incontri mai l'uomo che hai infilzato?
– Quasi mai. Lui e la contessa rimangono piú che altro a Firenze, e quando vengono qui se ne stanno rintanati nella villa come soldati in un fortino. Chissà a fare cosa. Forse a contare soldi, ché di quelli devono averne a sacchi, o a gingillarsi con le loro calamite. Ci vorrebbe proprio una tribú selvaggia che attaccasse quel posto della malora e gli desse fuoco.
– Li odi proprio cosí tanto?
– Sí. Per quello che la Barnini ha fatto a mia madre, prima di tutto. E anche a me: c'ero anch'io, in fondo, anche se me ne stavo ancora nella sua pancia.
– È una storia vecchia, Bill.
– Lo so, ma certe cattiverie non si perdonano. E poi c'è quello che hanno fatto ad Alma e a Rachele.
– Già, hai ragione. Senti, andiamo a vedere Belva?
– Se vuoi.
– Non solo voglio, ma devo. Ho una cosa da portargli.
– Cosa?
– Una carezza della sua padroncina.

C'erano andati e Bill, mentre giocavano col cane della loro amica, aveva pensato che una carezza di Rachele l'avrebbe tanto voluta anche per sé.

Fu in una domenica d'agosto che, visto che lei non tornava mai, Bill decise di andare a trovarla. Se le consentivano di uscire con Mariano, perché le avrebbero dovuto impedire di farlo con lui? Avrebbe detto alle suore di essere anch'egli parente di qualche prelato, di dare del tu al vescovo, di fare il chierichetto a ogni messa. Avrebbe inventato qualunque cosa ma l'avrebbe incontrata, anche a costo di scavalcare muri di cinta, di arrampicarsi su per le grondaie, di forzare una porta o una finestra. Chi erano quelle monache per decidere chi Rachele dovesse o non dovesse vedere? Avevano in proposito forse piú diritti di lui, che le era amico fin da quando erano nati e che l'aveva pure baciata? Di lui che le voleva un bene dell'anima e che la pensava di continuo?

Mariano, l'ultima volta che si erano visti, gli aveva detto che per tutto agosto non sarebbe stato né a Faenza né in paese. La scuola era chiusa e avrebbe approfittato delle vacanze per andare a far visita ad alcuni suoi compagni di studi, che l'avrebbero ospitato a casa loro; fra quelli c'era persino chi abitava vicino al mare. Poi, gli aveva comunicato, la sua classe sarebbe andata in gita fino a un santuario, un posto bello in cui sarebbero rimasti una settimana, e il viaggio l'avrebbero fatto con un torpedone a motore.

Il suo amico insomma aveva allargato i propri orizzonti, aveva conosciuto tante nuove persone, aveva nuovi interessi e il paese, i giochi nei boschi, le camminate sui soliti sentieri percorsi migliaia di volte gli stavano probabilmente venendo a noia.

Si sta allontanando, aveva pensato con rammarico Bill, e col tempo forse lo perderò. Ma Rachele no, Rachele non la perderò mai. Pur essendo entrambi solo tredicenni, aveva cominciato a pensare a lei come alla «mia ragazza». A rivivere infinite volte il ricordo dei pochi baci che si erano dati, dei gesti d'affetto che si erano scambiati.

Aveva saputo che Lovatelli, l'allevatore, sarebbe andato a Faenza per incontrare alcuni mercanti che la mattina della domenica affollavano la piazza e tra un vermut e un caffè concludevano compravendite di bestiami. Aveva comunicato la sua intenzione a Giulia, che non aveva fatto obiezioni anche se aveva messo su quell'espressione tra il contrariato e il rassegnato che sempre usava quando di qualcosa non era contenta o convinta, e al nonno, che si era limitato ad annuire e a chiedergli, porgendogli una banconota, di comprargli a Faenza una scatola di sigari di una marca che in paese non vendevano, roba buona che si concedeva giusto ogni tanto.

Forte del permesso della famiglia, Bill aveva dunque chiesto un passaggio a Lovatelli, e l'uomo era stato ben contento di darglielo, anche perché a fare la strada da solo si annoiava.

Intorno alle otto del mattino, mentre il sole già abbagliava e faceva sudare, i due si avviarono. Il cavallo sgambava con voglia, il calesse filava tra colline stinte dall'arsura e preziose zone d'ombra dove boschi debordanti o file di tigli e ippocastani delimitavano la carreggiata; la discesa costante aiutava a mantenere una buona velocità.

Giunsero nel centro di Faenza in meno di un paio d'ore e lí si salutarono, senza prendere accordi per il ritorno. Bill non poteva fare altrimenti: non sapeva come sarebbero andate le cose, quanto Rachele sarebbe potuta rimanere fuori dall'istituto e stare con lui. Al ritorno ci avrebbe pensato poi; in quel momento l'unica cosa che riusciva a immaginare, sentendo che il cuore accelerava e la gola si chiudeva, era che stava per rivederla.

Si era fatto indicare la direzione per la piazza, poco lontana, e da lí all'orfanotrofio sapeva che c'erano solo cinque minuti di cammino.

Tenne un buon passo, impaziente, anche se le scarpe quasi nuove, quelle che la mamma gli aveva regalato per il suo compleanno, gli facevano male e si sentiva un po' impacciato, quasi impedito nei movimenti a causa degli abiti buoni che si era messo per l'occasione.

C'erano davvero molte osterie, gente in giro, cori invadenti di campane che annunciavano l'inizio o la fine di qualche messa, e chioschi, e qualche bancarella. C'era vita, anche se essendo domenica i negozi per la maggior parte erano chiusi. Ma anche se fossero stati tutti aperti e invitanti, anche se le strade fossero state un trionfo di meraviglie, un'esposizione, una festa, non avrebbe rallentato. Era diretto a un incontro che aspettava da tanto tempo. Un tempo che, ora che stava per compiersi, pareva dilatarsi e faceva sembrare di troppo ogni secondo di ritardo.

Raggiunse la piazza e non poté fare a meno di ammirarne la vastità. L'aveva vista un'altra volta ma non se la ricordava cosí ampia, cosí bianca di facciate di chiese e palazzi, cosí elegante di colonnati.

Si avvicinò a un'edicola per chiedere indicazioni circa l'orfanotrofio femminile, e in quel momento la vide. Rachele era seduta su una gradinata, poco piú avanti, i capelli sciolti, il bel viso radioso.

E non era sola. Accanto a lei c'era Mariano. Si tenevano per mano e parlavano fitto fitto. Poi lei gli appoggiò la testa su una spalla e lui le accarezzò i capelli.

Poteva correre da loro e abbracciarli, sollevato per il fatto che Rachele fosse già fuori dall'istituto, libera di trascorrere tempo con gli amici. Oppure poteva camminare sotto il portico e raggiungerli senza che se ne accorgessero, per fare loro una sorpresa.

Ma non si mosse. Restò a guardarli, incapace di fare altro.

Li vide scambiarsi altri sorrisi e carezze, in una confidenza nuova, un'intimità diversa da quella che tra loro c'era stata prima. O almeno cosí gli parve, cosí interpretò la scena che si svolgeva a poche decine di metri da lui, in quella piazza assolata in cui Mariano non avrebbe dovuto esserci.

Bill restò lí per qualche minuto, fermo. Se avessero alzato gli occhi e l'avessero scorto, di certo l'avrebbero chiamato e lui avrebbe rotto ogni indugio, raggiungendoli, e ogni pensiero fastidioso sarebbe forse svanito, ogni remora sarebbe stata superata e dimenticata, perché di certo il suo amico gli avrebbe spiegato il motivo per cui si trovava lí invece che in gita o a casa di qualche compagno di scuola.

Ma non lo videro. Parevano non vedere niente, presi com'erano da quella conversazione affettuosa.

E allora Bill si girò, passò dietro l'edicola, approfittò del riparo delle colonne e svelto riguadagnò la via dalla quale era giunto in piazza. Lí prese a camminare ancora piú in fretta, con le scarpe che gli facevano sempre piú male e gli abiti buoni che parevano volerlo rallentare con il loro impiccio inusuale e beffardo.

Si ricordava a malapena il percorso, ma in meno di venti minuti fu sulla strada che in salita portava verso i monti, verso il paese. Prese ad avanzare senza fermarsi, allontanandosi dalla città e dai suo scampanii, mentre il sudore colava sempre piú copioso a inzuppare i vestiti della festa.

E marciò, in alcuni tratti persino corse, incurante del caldo e della fatica, confuso dai pensieri che gli mulinavano in testa e chiedendosi: perché sono scappato via? Perché non sono andato da loro, da lei?

Non lo sapeva, in verità. L'unica cosa che sentiva, vischiosa e torbida, era una sensazione dolente. Un che di irrimediabile. Il bruciore di un'offesa ricevuta e immeritata, come quando la mamma o il nonno lo rimproveravano per qualcosa che non aveva commesso o di cui non aveva alcuna colpa. Un torto, una sconfitta, una delusione subiti.

Una resa. E insieme a tutto quello, il dubbio di essere stato stupido e ingiusto. Ma anche di essere stato ingannato, persino tradito.

E avanti, senza trovare le zone d'ombra che pure all'andata aveva visto, come se schiere di folletti dispettosi avessero spostato i boschi, abbattuto le file dei tigli, riarso le colline.

Gli ci volle molto tempo per giungere a un villaggio che si dipanava tutto sulla via, e che sapeva essere a metà strada sul percorso per il paese. Da una locanda arrivavano odori buoni di cibo, si alzavano vapori azzurrini che sapevano di carne alla griglia, e lui aveva fame, ma tirò dritto, anche se in tasca aveva soldi a sufficienza per permettersi un piatto di minestra.

Gli venne in mente di non avere comprato i sigari per il nonno. Come per espiare questa manchevolezza aumentò l'andatura, impegnandosi in una gara insensata che, lo sapeva, sarebbe stata vinta dalla fatica e dal dolore a ogni muscolo.

Quando verso sera arrivò, stremato e fradicio, in vista del paese, si fermò nel Prato Basso dove troneggiavano i grandi alberi secolari che tanto gli piacevano. C'era anche una fontana, in quel prato, e lui stava morendo di sete. Ascoltò il suono dell'acqua mentre il suo corpo tremava per il bisogno e il desiderio di bere, ma riprese a camminare.

Per un attimo gli balenò il pensiero di procedere fino a superare l'abitato, risalire la Valleluce e andare a dissetarsi alla Fonte del Diavolo. Piú di tre sorsi: dieci, venti, lasciando che l'oscura malia di quell'acqua infida facesse effetto, lo invecchiasse di cinquanta, cento anni, fino a renderlo decrepito e irriconoscibile, o fino a farlo morire.

Cacciò via quell'impulso, forzò le gambe a riprendere il loro moto e si trascinò fino a casa.

Dentro, per fortuna, non c'era nessuno. Bevve avidamente dall'orcio, si tolse le scarpe e andò a buttarsi sul letto senza spogliarsi, col desiderio di chiudere gli occhi e la speranza che quella domenica di sole finisse presto, cancellata dal silenzio della notte.

15.
Un lungo inverno
(1910-1911)

Quando le nevicate e il freddo resero quasi impossibile lavorare nei boschi, Bill cercò tutti i pretesti per ritardare ugualmente il ritorno in paese. Non faceva che sognare il caldo della sua casa, i piatti buoni di sua madre, il cammino sicuro nelle viuzze riparate dal vento, ma, come gli capitava ormai sempre piú spesso, rifuggiva da qualsiasi conforto come se dovesse punirsi di qualcosa o se volesse punire gli altri, che dovevano pensarlo lassú, nella foresta stritolata dal gelo. O forse quell'isolamento, quel rifiuto di ogni agio e di ogni incontro non erano che l'espressione ineluttabile di un carattere che tenero e facile non era stato mai, e che si stava indurendo ancora di piú, senza rimedio.

Non aveva voglia di rivedere Mariano, dopo che a Faenza l'aveva scoperto in atteggiamento affettuoso con Rachele. Lei non l'avrebbe incontrata comunque perché in paese non ci veniva mai, e a cercarla non ci avrebbe riprovato, non dopo la delusione patita ad agosto. Aveva persino smesso di scriverle e di rispondere alle sue lettere, se non per qualche rara riga di saluto che non diceva e non chiedeva nulla. Sua madre non gli mancava, e non sapeva dire perché il sentimento verso di lei si fosse cosí allentato, intiepidito. Magari era normale che crescendo succedesse.

Solo al nonno continuava a sentirsi legato, un po' perché si erano sempre voluti un gran bene, un po' perché il vecchio, sopportando la fatica e gli acciacchi dell'età, faceva il possibile per stare con lui, per lavorare insieme nella vastità scura delle selve. Ormai Bill non aveva piú molto da imparare, anzi era diventato bravo quasi come il suo maestro e anche piú forte, piú saldo di gambe e potente di braccia. Non aveva ancora quattordici anni ma la sua statura e prestanza fisica non avevano nulla da invidiare a quelle di un adulto.

Verso la metà di novembre, una notte udirono i lupi ululare non lontano dalla capanna eretta sul margine della radura che usavano come base, da una parte protetta dagli alberi e dall'altra affacciata su un piccolo prato rotondeggiante. Nonno Luigi prese il fucile e scosse Bill.

– Sono sveglio, – disse lui. – Sarà da mezz'ora che li sento. Si sono avvicinati parecchio.

– Già. Hai sepolto le ossa e gli avanzi della cena, come ti avevo detto?

– No.

– Devono aver sentito l'odore. Perché non l'hai fatto?

– Lascia che mangino anche loro.

– Da mangiare non troveranno molto, ma troveranno noi.

– E allora? Ti fanno forse paura? Hai mai sentito di qualcuno attaccato dai lupi, da queste parti?

Il nonno sorrise nel buio scuotendo la testa. – Hai smesso ieri di prendere il latte dalla mamma, ma pensi di sapere tutto, – disse.

– Cioè?

– Cioè non credere di conoscere i boschi e gli animali meglio di me. Sarai pure il figlio di quello là, quel tipo che uccideva intere mandrie di bestie piú grandi dei tori, sarai pure abituato a stare quassú, ma non ti illudere che questo basti a renderti uno che la sa lunga. Per saperla lunga ci vuole tempo. E se proprio vuoi che ti risponda, sí, ho sentito di qualcuno attaccato dai lupi. L'ho sentito piú di

una volta, e molto prima che tu nascessi. Adesso di quelle bestie ne sono rimaste poche, ma una volta...
– Se te l'hanno raccontato, ti hanno preso in giro.
– Dici? In ogni caso, io voglio dormire e quegli ululati me lo impediscono. Mi fanno anche venire piú freddo di quanto non ne senta già, come se mi soffiasse il vento di bora sulla schiena. Tieni, sai quello che devi fare, – gli disse porgendogli il fucile.
– Uffa... rimettiti a letto.
– Su, fallo e basta. Esci tu, che sei giovane e tanto in gamba.
– Non ci vuole mica un eroe...
– No, però non è giusto che tocchi a un vecchio in mutande e con i piedi gelati.
Sempre sbuffando, senza rivestirsi e scalzo, Bill si alzò, prese l'arma, aprí la porta e fece un paio di passi. Il buio era fitto, solo la neve emanava qualche tenue lucore biancastro, la temperatura era cosí bassa da togliere il respiro e la terra cosí gelata che temette che i piedi vi si incollassero. Le urla dei lupi erano davvero vicine, e tutta la foresta pareva rabbrividire a quel richiamo.
Puntò il fucile verso l'alto e sparò un colpo. Il boato secco e improvviso fece tacere le bestie e cadere da alcuni rami una cascata di neve, che gli finí sui capelli e sulle spalle facendolo sussultare. Rientrò imprecando e scrollandosela di dosso.
Il nonno a quella vista sghignazzò. – Mai sparare sopra di sé alla cieca, se si è sotto un albero, – disse.
– Grazie del consiglio.
– Li hai visti?
– Chi?
– I lupi.
– Sí, figurati... quando mai si fanno vedere, quelli?

– Esatto, non si fanno vedere. Quindi non sai neppure se siano reali, fatti di carne e ossa. E nella foresta, di cose che non si lasciano vedere né capire, ce ne sono molte altre. Cose che tu non conosci, anche se fai tanto lo spavaldo.
– Dormi, nonno.
Il vecchio ridacchiò ancora, si risistemò nel proprio giaciglio e mormorò: – Se passerai quassú tutto il tempo che ci ho trascorso io te ne accorgerai, e prima o poi vedrai e toccherai con mano. Capitano cose strane, qua. Te l'ho mai raccontata quella del gatto selvatico?
– No... non credo.
– Be', una volta ero in una capanna non lontana da qui, da solo. Una sera tornai dal lavoro stanco morto, e mi accorsi che dentro c'era un gatto selvatico enorme. Grosso quasi come un cinghiale...
– Come no! Era il Gatto Mammone, magari.
– Lasciami finire. Insomma, questa bestia aveva forzato non so come una finestra, era entrata e si era messa nel mio letto. Non appena mi vide, soffiò e mi si fece contro. Io impugnai la prima cosa che trovai, un bastone che stava appoggiato a una parete, e cercai di tenerlo lontano. Ma lui non mollò: attaccava e io lo respingevo, io lo respingevo e lui attaccava. La cosa andò avanti, e avanti. Per farla breve, continuammo cosí per tre giorni e tre notti, sempre piú stanchi e lenti, perché sia io che il gatto non ne potevamo piú dalla fame e dal sonno. Alla fine cedette lui: si addormentò di colpo, io lo presi e me lo cucinai. I gatti hanno un buon sapore di coniglio, sai, anche quelli selvatici.
– Dormi, – gli disse di nuovo Bill, e anche lui tornò a cercare il tepore delle coperte, con la sensazione che il nonno stesse diventando piano piano sempre piú bambino, e lui sempre piú adulto. E non sapeva se questa cosa gli piacesse. Era abituato a contare su quell'uomo forte

ed esperto, e adesso pareva che la situazione, checché ne pensasse il vecchio, cominciasse a ribaltarsi e che toccasse a lui assumersi il ruolo che era stato dell'altro.

O forse, chissà, Luigi non accettava che suo nipote diventasse grande e cercava di prolungare in qualche modo la sua età infantile, quella delle fiabe. Di storie come quella del gatto selvatico, ad esempio, non gliene aveva narrate piú da quando aveva sei o sette anni. Da quando lui, insomma, riusciva perfino a crederci.

La mattina dopo, il bosco era pietrificato nel gelo, e ogni dilazione non ebbe piú senso. Raccolsero le loro cose, spensero il fuoco nella stufa, sprangarono la porta e si incamminarono. Ci voleva tempo per scendere a valle e i sentieri erano insidiosi.

Girarono su un fianco del monte, puntarono a basso e a un certo punto si accorsero che le mulattiere erano piú agevoli, come se qualcuno le avesse ripulite.

– Mi chiedo sempre, – disse Bill, – chi è che sgombra le piste dalla neve. Qui si cammina piuttosto bene.

– Ecco, vedi, questa è un'altra cosa che non sai. Una domanda a cui non riesci a dare risposta, – sorrise il nonno.

– Dimmelo tu, allora.

– Non lo so neppure io. Non l'ho mai saputo. Però qua, dove si ha l'impressione di essere piú isolati che in ogni altro posto al mondo, a quanto pare c'è chi si prende la briga di fare questo lavoro.

– Sul serio, chi è?

Il vecchio scosse la testa. – Te l'ho detto, non lo so. So solo che nella foresta ci vive e ci passa piú gente di quanto sembri, anche se non la vedi. Come i lupi: non li vedi, ma ci sono. Cosa credi, che soltanto noi veniamo quassú?

Stavolta fu Bill a scuotere il capo. In fondo, di chi fosse transitato da lí prima di loro e avesse reso piú facile il cammino non gli interessava gran che. Pensava piuttosto a casa, alla mamma, al paese, e non sapeva se fossero pensieri belli, confortanti, di attesa gioiosa.

Dopo un'oretta imboccarono la Valleluce e cominciarono a discenderla. Ogni tanto il nonno, piegato dal peso dello zaino che aveva in spalla e del sacco che portava in mano, rallentava e si fermava a prendere respiro.

Lo fece anche quando furono all'altezza di Pian del Falco, dove si sentiva il pulsare della segheria. Guardando quella costruzione che pareva sospesa sul torrente, Bill chiese: – Nonno, conosci il padrone di quel posto?

– Della segheria?

– Sí.

– Certo, è Piero Santini. Conoscevo bene anche suo padre, che aveva la mia età. Perché?

– Niente... pensavo che magari cercano operai. Noi per tutto l'inverno saremo fermi, e non sarebbe male se io riuscissi a lavorare qui e a guadagnare qualcosa, in attesa che si possa tornare nei boschi.

Il vecchio si sedette su un masso e fissò a lungo il nipote. – Da cos'è che vuoi stare lontano, Amerigo?

– Che vuoi dire?

– Non sono mica stupido, sai? Una volta non vedevi l'ora di tornare in paese, e adesso cerchi tutte le scuse per non farlo. Chi è che non vuoi incontrare? L'uomo che hai ferito? Tua madre? O chi altri?

– No, non è questo. È che un po' di denaro ci serve.

– Va bene, lasciamo perdere, se non intendi dirmelo io non insisto. Vuoi davvero andare a parlare con Piero?

– Se non hai niente in contrario...

– Sei grande, ormai, e puoi decidere da te.

– Ieri sera dicevi che ho appena smesso di poppare.

– Sono vere tutte e due le cose, come è vero che sei testardo come un mulo. O forse come me. Andiamo, dunque.

Si diressero alla segheria ad acqua, entrarono in quel posto rumoroso in cui si respirava segatura e domandarono del proprietario. Un operaio li informò che era in casa, cioè nella parte dell'edifico che fungeva da abitazione.

Bill si chiese come si potesse vivere in locali che facevano tutt'uno con quell'opificio che rumoreggiava e si scuoteva come il vagone di un treno in corsa, e il nonno parve indovinarne il pensiero. – C'è un bel fracasso, qui, eh? Io non ci potrei mai stare, – disse.

Bill non replicò anche se, dopo il silenzio dei monti e della foresta, pareva davvero difficile poter resistere a quel fragore senza tregua.

Quando entrarono nelle stanze del proprietario, lo trovarono seduto a tavola con la moglie. Lei aveva fatto la crema dolce e qualche ciambellone perché, disse, festeggiavano il primo compleanno del loro figlio.

Il nonno si complimentò con Piero. – Come si chiama il piccolo? – gli chiese.

– Giovanni.
– Ah, come il tuo povero babbo!
– Sí, come lui.
– Gli somiglia?
– No.

Luigi si stupí di una risposta cosí sicura, recisa, finché la madre del bimbo non lo prese dal lettino in cui riposava e lo mostrò. – È nato cosí, – disse. – È albino.

Bill si incantò a guardarlo. Forse aveva ragione il nonno a dire che c'erano cose strane di cui lui non sospettava neppure l'esistenza. Non aveva mai visto niente di simile, prima: quel piccolo era bianco di pelle, di capelli, di sopracciglia, di tutto. Anche gli occhi erano diversi da quel-

li di chiunque altro, chiarissimi e con trasparenze rosate, quasi irreali.
– Mangiate qualcosa, – invitò Piero.
Non avevano fatto colazione, erano stanchi e affamati e non si fecero pregare. Poi il nonno chiese all'uomo se gli servissero un paio di braccia in piú, e lui, dopo avere squadrato Bill, annuí. – Sí, – disse, – le sue mi farebbero comodo. Però voi abitate lontano, giú a San Sebastiano...
– Sarebbe solo per l'inverno, – informò Luigi, – e mio nipote si accontenterebbe di un materasso e qualche coperta: è abituato a stare via da casa e alla mancanza di comodità.
– Oltre all'alloggio e al mangiare, – disse Piero, – non è che potrei dargli molto altro.
– Poco è meglio di niente, – lo rassicurò Bill.
Cosí si accordarono, e per il ragazzo fu preparato un giaciglio nell'angolo di un magazzino pieno di legna da tagliare, un posto in fondo non peggiore delle capanne nel bosco a cui era avvezzo.
Prima di andarsene, Luigi lo chiamò a sé e gli chiese:
– Non vuoi scendere in paese almeno a salutare tua madre? Hai le gambe buone, potresti tornare qua fra qualche giorno.
– Non ha senso fare questo su e giú, nonno.
– Come vuoi. Però a Natale ti aspettiamo a casa... o anche prima, se puoi.
– Certo, promesso.
– Sei un bravo ragazzo, Amerigo. Abbi cura di te –.
Poi Luigi se ne andò, mentre cominciava a nevicare piano.
Bill lo seguí con lo sguardo per un po', dopo di che si mise a sistemare le proprie cose.
Ripensò a quanto il nonno gli aveva detto: che era in un'età di passaggio, sospesa tra l'infanzia e quella adulta. E adesso si trovava in un luogo che stava tra i boschi

selvaggi e il paese, una specie di terra di mezzo. Questo si intonava con i suoi sentimenti, sospesi tra la voglia che tutto fosse come prima, trovarsi a casa e con i suoi amici, e quella di essere invece lontano da tutto e da tutti a prendere tempo, a riflettere, a considerare il da farsi, sempre che da fare ci fosse qualcosa, e sempre che quella che riteneva forza di carattere non fosse solo una debolezza, una rinuncia scontrosa, una fuga risentita.

Dopo un mesetto Bill si era ambientato nella sua nuova occupazione e nella sua nuova dimora. Il fragore degli ingranaggi, delle seghe e dell'acqua non lo infastidiva piú: si era trasformato in un sottofondo sonoro continuo a cui non faceva piú caso. Il lavoro poi era semplice e richiedeva solo forza di braccia e un po' di attenzione. Si trattava di portare i tronchi al taglio, avvalendosi di pulegge, piani scorrevoli e cinghie. E di buoni muscoli.

La moglie di Piero cucinava bene, e di certo lui mangiava meglio di quanto non avesse mai fatto nei boschi, dove si era sempre dovuto accontentare di formaggio, salumi, pane rinsecchito e ogni tanto della carne di qualche animale scovato e ucciso nel folto.

Poi c'era il bimbo. Non avrebbe mai pensato di potersi intenerire e divertire con quel piccolino che cominciava a balbettare qualche sillaba e provava a stare in piedi, se qualcuno lo aiutava tenendolo per le mani, o gattonava sulle assi polverose. Anche il fatto che fosse cosí strano, con quel candore della pelle e dei capelli, aveva smesso di stupirlo. Ogni sera, dopo che l'attività degli operai e delle macchine era cessata, che si era lavato e aveva cenato, Bill passava almeno un'oretta con Giovanni, se lo teneva sulle ginocchia, lo faceva ridere con le sue smorfie.

Piero no, non lo faceva mai, mai si lasciava andare a un

gesto di tenerezza verso il figlio. Forse era per via della sua indole chiusa e scontrosa, o forse aveva difficoltà ad accettare quel bambino cosí diverso dagli altri.

Quando Giovanni veniva messo a dormire, Bill raggiungeva l'angolo del magazzino dove c'era il suo materasso e, pur essendo stanco, tardava a prendere sonno e si lasciava trasportare da un turbine di pensieri. Quello di Rachele, innanzitutto, e quello di Mariano. La loro assenza mordeva e pesava, e in quella sofferenza si crogiolava, quasi appagandosene.

Il 13 dicembre, giorno di Santa Lucia, il cielo era di un grigio uniforme e scuro. Piero, prima di attivare le seghe e di regolare il flusso dell'acqua che doveva spingerne il moto, aveva guardato fuori e aveva concluso che sarebbe potuto nevicare. – Santa Lucia imbianca la via, – aveva detto recitando un vecchio proverbio.

Anche nonno Luigi, giú a San Sebastiano, aveva annusato l'aria e capito che il tempo non prometteva niente di buono, ma aveva continuato a preparare lo zaino. Era un giorno di festa, anche se il calendario non lo segnava di rosso; il piú corto dell'anno, come voleva il credo popolare. Sapeva che non era vero, che la luce avrebbe raggiunto il suo minimo solo dopo una settimana, ma le tradizioni, giuste o fallaci che siano, vanno accettate e osservate. Come quella che suggerisce che a Santa Lucia si preparino e si mangino cose buone, quasi a predisporre lo stomaco e l'anima a una ricorrenza piú importante e sentita, quella del Natale incipiente.

Cosí aveva chiesto a Giulia di cucinare dei biscotti e, appena sveglio, aveva fatto un giro in paese, dove era stata allestita qualche bancarella che esponeva dolci, frutta secca e agrumi. In quella meglio fornita aveva comprato un sacchetto di arance, e camminando verso casa le aveva soppesate, annusate, ne aveva accarezzato la buccia carnosa e coloratissima.

Ne aveva data una alla figlia, una l'aveva tenuta per sé, le altre le aveva infilate nello zaino insieme ai biscotti e a qualche noce, per Amerigo. Sapeva che gli piacevano molto, che le succhiava finché rimaneva una goccia di succo, che ne mordeva persino la scorza.

– Davvero vuoi andare su? – gli chiese Giulia. – C'è caso che nevichi.

– In dicembre c'è caso che nevichi ogni giorno, se è per quello.

– Sí, soprattutto se è nuvolo, se soffia la tramontana e se il fuoco nel camino fa quegli strani rumori e solleva pezzi di caligine che sembrano stracci bagnati. Me l'hai insegnato tu, ma forse te ne sei dimenticato.

Il vecchio sorrise, scosse la testa e non replicò.

– Quando sai di avere torto, te ne stai zitto e sorridi. Hai sempre fatto cosí.

– Quindi?

– Quindi faresti meglio a stare a casa.

– Voglio portare qualcosa ad Amerigo, è Santa Lucia anche per lui. E voglio vederlo, ché mi manca.

– A me non l'hai mai detto, che ti mancavo.

– Neanche a lui. Se una persona ti manca è perché non c'è, e a chi non c'è non si può dire niente.

– Dunque, quando non c'ero ti mancavo e lo dicevi a qualcuno, è cosí?

– Quando non c'eri, io ero qua da solo e non avevo nessuno a cui dirlo.

Giulia ci rinunciò. – Vuoi sempre l'ultima parola e rigiri sempre le cose a tuo vantaggio e piacimento, – sbuffò.

– In ogni caso, con la giornata che si prepara ti ci vor-

ranno almeno due ore per andare a Pian del Falco, e se nevica di brutto rischi di non poter tornare.
– Se non potrò tornare, resterò là finché sarà necessario.
– Fa' quello che vuoi, tanto è inutile provare a farti ragionare. Piú invecchi e piú diventi testardo.
– Lo so. Ciao, io vado.

Giulia annuí e gli girò le spalle, irritata e stanca della cocciutaggine di suo padre.

Lo vide uscire e incamminarsi. Allora si sedette vicino al fuoco e a occhi chiusi mangiò spicchio per spicchio la sua arancia, cercandone e gustandone la dolcezza asprigna.

Per il primo tratto, Luigi salí abbastanza bene. Qualche fiocco aveva cominciato a cadere, la temperatura scendeva, il fiato si condensava in grandi e bianchi sbuffi di vapore, ma tutto sommato la giornata non era delle peggiori. Aveva visto e affrontato ben altro.

Cercò di tenere un ritmo regolare e di sistemarsi meglio lo zaino addosso, perché le cinghie gli mordevano le spalle, e la schiena si irrigidiva e doleva.

Gli ci volle piú di un'ora e mezzo per arrivare al punto in cui la pendenza si faceva per un certo tratto piú forte e impegnativa, e fu proprio in quel momento che la nevicata prese vigore, con folate dense e sferzanti che colpivano il viso, riempivano la bocca, accecavano gli occhi.

Chinò il capo e cercò di accelerare il passo: non mancava molto, occorreva solo un ultimo sforzo, poi sarebbe stato in vista del rudere della chiesetta, delle poche case vuote che testimoniavano che Pian del Falco era stato una volta un piccolo paese vivo, e della segheria.

Prese a respirare a bocca aperta e avanzò calcando il passo in cerca di una spinta piú salda e veloce. Superò l'ultima salita ripida, vedendo alla propria sinistra il cimitero abbandonato.

E all'improvviso arrivò il dolore. Fu come ricevere una coltellata al petto. Una morsa feroce gli strinse il costato e una spalla, si irradiò lungo il braccio, gli tolse il fiato e le forze.

Scorgeva la segheria distante solo un centinaio di metri, ne sentiva già il rumore. Sapeva che avrebbe dovuto fermarsi, ma se si fosse bloccato lí, a pochi passi dalla meta, rischiava di non riuscire a riprendere il cammino. Di farsi ritrovare chissà quando sepolto sotto la neve che cadeva sempre piú forte e piú fitta.

Cosí, gemendo e tenendosi una mano sul petto, arrancò fino a quella costruzione che strideva e urlava. Cadde di peso a pochi passi dalla porta, urlando a sua volta.

Fu uno degli operai, che in quel momento era uscito a prendere una matassa di fil di ferro, a vederlo. Corse da lui, ne constatò le condizioni e andò svelto a chiamare gli altri.

Quando arrivarono Bill e Piero, il vecchio non si muoveva e non si lamentava piú. Gli sfilarono lo zaino, lo portarono dentro al caldo, lo adagiarono su un letto, ne cercarono il polso senza trovarne il battito. Luigi era morto.

Bill si buttò a sedere per terra con le mani sul viso. Rimase a lungo cosí, mentre intorno a lui gli altri cercavano di decidere il da farsi. Uno degli operai, un giovane agile e forte, si offrí di andare ad avvertire Giulia, ma fu subito chiaro che non sarebbe stato possibile: fuori era iniziata una vera tormenta.

Continuò a nevicare per quattro giorni, e questo rendeva impercorribili le mulattiere e i sentieri. Nessun carro, nessuna persona sarebbero potuti arrivare lassú. Un tempo cosí, diceva Piero, non si vedeva da decenni.

In attesa di poterlo trasportare a San Sebastiano, dovettero mettere Luigi in una piccola cappella vuota del cimitero abbandonato. Lí, con quelle temperature glaciali, il suo corpo si sarebbe conservato senza problemi.

Bill il primo giorno non lavorò, restò sempre vicino al cadavere del nonno, ma l'indomani tornò alle proprie occupazioni, perché gli impegni presi e il dovere non potevano essere trascurati e perché Piero, che sempre piú si rivelava duro e arido di cuore, aveva già mugugnato per le ore di attività perdute e per il disturbo arrecato da quel che era successo a Luigi. Però la sera, non appena la segheria sospendeva l'attività e le macchine finalmente tacevano, mangiava qualcosa in fretta e senza appetito, poi andava dal nonno.

Nel freddo terribile di quella cappella decrepita, nel buio e nel silenzio antico di una cittadella di morti ormai dimenticati, vegliava quel corpo rigido. Solo quando sentiva che le mani e i piedi perdevano sensibilità per il gelo, salutava il vecchio e andava a cercare un po' di sonno nel proprio giaciglio.

Giulia poté sapere della morte di suo padre solo sei giorni dopo che era avvenuta. Si era un po' preoccupata nel non vederlo tornare, ma si era detta che era normale che rimanesse lassú, dopotutto le condizioni del tempo e delle vie non avrebbero consentito altro.

Lo stesso giorno in cui Bill, lasciando a malincuore il nonno da solo, discese in paese ad avvertire, un carro si avviò verso Pian del Falco e dopo qualche ora riportò giú Luigi, già adagiato in una bara fornita da Piero, che ogni tanto si impegnava anche in opere di falegnameria. Una bara che Bill pagò con buona parte di ciò che gli sarebbe spettato per il suo lavoro.

Fecero il funerale di sabato, mentre il sole rendeva accecante il manto bianco che copriva il paese e le valli.

Tra tutta quella gente Bill si sentí frastornato, incapace di ogni gesto, di ogni reazione, privo com'era di lucidità e di energia. In molti vennero a salutarlo, a dargli la mano, a rivolgergli frasi di circostanza, ma lui non vedeva le loro facce, non capiva le loro parole. Tutto gli sembrava sfuocato, sfasato, lontano, come se il tempo e lo spazio avessero cambiato forma ed essenza. La mamma gli stava sempre accanto, ma riuscirono a dirsi ben poco.

C'era anche Mariano, che lo abbracciò. Bill ricambiò l'abbraccio, in fondo contento della presenza del suo amico, ma non poté comunicare davvero con lui. Si scosse un attimo solo quando gli consegnò una lettera dicendogli:
– È di Rachele. Non è potuta venire, ma è molto addolorata per te.

Se la mise in tasca e l'aprí la sera, quando tutto fu finito. La lesse sdraiato nel suo letto. Rachele diceva che era costernata e dispiaciuta per la morte di Luigi, che aveva fatto il diavolo a quattro perché la lasciassero venire in paese, ma non c'era stato modo. Aggiungeva che lui le mancava da morire, che lo pensava sempre, e lo rimproverava affettuosamente di non essere mai andato a trovarla.

Posò il foglio sul comodino e cercò di dormire.

Il giorno dopo salí a Pian del Falco e riprese il lavoro. Non tornò in paese neppure a Natale, perché una nevicata abbondante soffocò di nuovo le strade. Trascorse il giorno di festa con la famiglia di Piero, e giocando col piccolo Giovanni sorrise per la prima volta dopo la morte del nonno.

Rimase là fino ai primi di marzo, quando la segheria dovette temporaneamente chiudere perché poco piú su avevano iniziato a costruire un invaso per raccogliere e regolare l'acqua del torrente.

Allora scese a San Sebastiano, vi restò il tempo necessario a preparare ciò che gli serviva e ripartí, raggiungendo la capanna che lui e il nonno avevano lasciato a novembre. Era di nuovo nei boschi da solo, e sentí che in quel momento non avrebbe potuto e voluto essere da nessun'altra parte, che quella vastità e quel silenzio erano il meglio che potesse augurarsi, che il pensiero delle tante cose e persone che gli mancavano non sarebbe stato piú pesante ma, in quegli spazi sterminati, si sarebbe diluito fino a sbiadire. Lassú avrebbe risparmiato la fatica degli incontri e delle parole e sarebbe stato al sicuro dalle loro insidie. E pazienza se certi ricordi e pentimenti sarebbero comparsi, a volte, pesando come macigni da portare: era forte, poteva reggerli e, ne era convinto, poteva persino liberarsene, perché la foresta gli era amica fedele.

16.
Tutto in pochi giorni
(giugno 1914)

Fu un carrettiere, uno di quelli che si spingevano nei boschi per caricare i tronchi e il carbone preparati dai taglialegna, a raccontare a Bill ciò che stava succedendo nel piano. Un putiferio iniziato solo da un paio di giorni, ma che prometteva di essere come un incendio, una cosa che nasce all'improvviso e che altrettanto velocemente si spande, imprevedibile e inarrestabile.
Nel corso di un comizio e di uno sciopero ad Ancona, gli raccontò, i carabinieri avevano sparato sulla folla uccidendo alcuni dimostranti. Era stato come gettare un cerino acceso in un pagliaio: dalle Marche le fiamme erano presto divampate in Romagna, dove non si aspettava altro e dove, una volta tanto, socialisti, repubblicani e anarchici avevano fatto fronte comune contro il re, l'esercito, le autorità, gli agrari, il clero e chiunque rappresentasse il potere e il capitale.
Si diceva che fosse in corso l'assalto a stazioni ferroviarie, uffici pubblici, chiese. Che anzi queste ultime costituissero il bersaglio preferito degli insorti, i quali ne avevano saccheggiate e danneggiate parecchie. In qualche piazza era stato persino eretto l'albero della libertà, simbolo di lotta come negli anni giacobini di piú di un secolo prima. Insomma, era in atto una vera e propria rivoluzione.
A Bill, preti e padroni non erano mai stati simpatici. Per i primi nutriva un'avversione istintiva, i secondi li identifi-

cava principalmente con la contessa Barnini. Di entrambe le categorie conosceva comportamenti che gli sembravano arroganti, ingiusti e pieni di prepotenza, quindi bofonchiò:
– Ben gli sta, a quelli –. Poi chiese: – E a San Sebastiano cosa succede?
– Niente, per adesso. Però da stamattina, cioè da quando ci sono passato per venire quassú, il parroco risulta sparito. Almeno cosí mi hanno detto all'osteria, dove mi sono fermato a bere qualcosa e a mandare giú un boccone.
– L'hanno preso i dimostranti?
– No, macché. Si è nascosto, ha paura. Ha chiuso la porta della chiesa e si è rifugiato da qualche parte, in attesa che la bufera passi.

A Bill venne in mente che, se gli insorti puntavano agli edifici e agli enti religiosi, Rachele poteva essere in pericolo, e Mariano pure.
– Hai notizie da Faenza? – domandò.
– I disordini piú grandi sono a Ravenna, ad Alfonsine, a Fusignano, a Lugo...
– Ti ho chiesto di Faenza.
– Credo sia la città della provincia dove la situazione è meno agitata e confusa. Anche lí però hanno occupato la stazione, o almeno ci hanno provato; hanno tentato pure di incendiare il portone della cattedrale e di dare l'assalto alla chiesa di Sant'Ippolito, a quella del Paradiso e a quella del Carmine. Ma sta arrivando l'esercito, cosí almeno si mormora.

Il ragazzo accelerò il ritmo del lavoro, facendone da solo per tre: a diciassette anni era ormai un uomo, un adulto forte dal corpo abituato alla fatica. Voleva finire al piú presto di caricare e poi correre giú, a sincerarsi che i suoi amici fossero al sicuro.

Negli ultimi tempi, Mariano l'aveva visto poche volte:

ancora frequentava la scuola e viveva nel convitto vicino alla curia. Un anno solo e avrebbe raggiunto il diploma. Di Rachele sapeva solo che era ancora in quell'istituto gestito dalle suore. Nonostante questa scarsità di frequentazioni e a prescindere dalle distanze che aveva voluto mettere tra sé e loro, il pensiero che corressero rischi lo turbava e lo spingeva a muoversi.
– Dove la porti questa legna? – chiese al carrettiere.
– Alla segheria di Pian del Falco.
– Poi?
– Poi cosa? La scarico lí, e basta.
– Ma non vivi né a Pian del Falco né a San Sebastiano, tu. Dov'è che andrai, dopo?
– A casa. Abito a tre miglia da Faenza, e appena arrivo mi chiudo dentro con la mia famiglia. Non sono mica un rivoluzionario, io: vado a messa, ho timor di Dio e non mi piacciono le sommosse.
– Vengo con te, se mi dài un passaggio. Dopo la segheria, quando il carro sarà vuoto e leggero, immagino che i tuoi cavalli potranno tenere un buon passo. Sono due belle bestie robuste.
– Hai intenzione di andare anche tu a combinare guai? Se è cosí, io non ti ci porto. Inoltre, sappi che ci sono dappertutto posti di blocco, messi in parte dai rivoltosi e in parte dai carabinieri. Pare di essere in guerra e non si capisce piú un accidente. Hanno persino proclamato lo stato d'assedio, non c'è mica da scherzare. Insomma, hai la fortuna di essere lontano dalla confusione e vuoi andare a cercartela?
– Sono solo preoccupato per un paio di persone, devo raggiungerle.
– Ah, be', se è cosí…
– Sí, è cosí. E adesso sbrighiamoci.

Il paese pareva disabitato, come se un'epidemia ne avesse decimato gli abitanti e i superstiti si fossero allontanati in cerca di salvezza. Poche le persone in giro, chiusi i negozi. Forse le notizie che circolavano avevano consigliato a tutti di affrettarsi a raggiungere il lavoro nei campi e nei boschi, o di chiudersi nelle case ad aspettare che il peggio passasse. Solo l'osteria era affollata piú del solito. Qualcuno leggeva il giornale ad alta voce, altri si scambiavano pareri e informazioni, altri ancora ingigantivano ciò che avevano sentito dire, in una corsa a chi costruiva gli scenari piú apocalittici. E c'era chi a quelle parole fremeva di soddisfazione e chi tremava di spavento. I piú, però, si rassicuravano affermando che l'incendio degli animi che stava interessando tutta la Romagna, dove in alcune città e villaggi si alzavano persino le barricate, non avrebbe raggiunto le valli montane, da sempre piú quiete.

Ma il parroco, don Paolo, si era dileguato lo stesso.

Ed era questo ciò che interessava a Caganído.

Dopo anni di attesa e un paio di tentativi falliti, poteva essere il momento buono per andare a scavare in chiesa, sotto la croce eretta dietro l'altare, quella che riteneva la piú importante della zona e quindi quella giusta. Il tesoro occultato da Bruno il Tagliaborse tanto tempo prima poteva essere lí. *Doveva* esserci, dato che non ne aveva trovato traccia in nessun altro luogo, anche se aveva forato ormai centinaia, migliaia di buche.

Bevve d'un fiato il bicchiere di vino bianco che aveva chiesto, uscí dall'osteria e raggiunse la chiesa con i suoi inseparabili attrezzi. Non c'era anima viva in giro.

Non voleva e non poteva forzare il portone massiccio, ma il posto lo conosceva bene. Girò dietro la costruzione fino a una cancellata arrugginita che delimitava un piccolo tratto di erba incolta, la scavalcò attento alle sue punte, lunghe e affilate come lance, raggiunse una porticina che dava su un corridoio della sacrestia e gli ci vollero solo un attimo e un cacciavite per aprirla.

Il carro sembrava frenato da una forza beffarda. I cavalli sudavano e tiravano, il conducente ogni tanto faceva schioccare la frusta, ma era come se la strada per il piano si fosse fatta piú lunga, e Bill fremeva di impazienza e di preoccupazione.

Non videro né posti di blocco, né dimostranti, né truppe. Tutto pareva tranquillo come al solito.

Giunti alla casa dell'uomo, Bill lo ringraziò, lo salutò, si incamminò veloce verso la città e non gli ci volle molto ad arrivare nella piazza principale. C'erano capannelli di persone e di militari e si intuivano un fermento latente, una forza trattenuta. Non si fermò.

Quando fu nella strada in cui c'era l'orfanotrofio femminile, lui era l'unica presenza. Nessuno nella via, nessun rumore, porte e finestre chiuse. Nessun trambusto, anzi una quiete inconsueta, un tempo fermo.

Restò indeciso sul da farsi. Aveva una gran voglia di bussare a quel portone, di chiedere di Rachele, di abbracciarla, di dirle che non avesse alcun timore, perché adesso c'era lui, lui che le sarebbe stato accanto a difenderla.

Ma difenderla da cosa? Non c'era neppure un cane in vista, e quella strada era ancora piú silenziosa dei boschi.

Esitò a lungo, poi si diresse verso il convitto in cui viveva Mariano. Dovette solo svoltare l'angolo e percorrere un centinaio metri, per trovarsi nella stessa situazione di prima: ingressi sbarrati, nessun segno di vita.

Tirò un sospiro di sollievo. I suoi amici non stavano correndo pericoli, a quanto pareva, e si sentí persino sciocco a

essersi preoccupato tanto, ad avere lasciato in fretta e furia la sua capanna nella foresta, ad avere fatto tutta quella strada per arrivare in un posto che non assomigliava per niente allo scenario di tragedia che gli avevano prospettato.
Si sentí in testa un turbine di pensieri. Ancora una volta era arrivato a un passo da lei e si era bloccato a un istante dall'incontro. Ancora una volta non era stato capace di andare fino in fondo, di assecondare i propri intenti e desideri. Era orgoglio, era inadeguatezza? Cos'era che lo tratteneva? Non conosceva la risposta.
Raggiunse di nuovo la piazza, stavolta lentamente.
Lí le cose cambiarono e di colpo venne strappato al proprio rimuginare. Qualcuno gridava, altri correvano, c'erano militari che facevano risuonare come una grandinata gli zoccoli dei loro cavalli sul selciato, carabinieri che in gruppo e a piedi inseguivano qualche fuggitivo, uomini in borghese che parevano dirigere le operazioni. Il fuoco non era spento, dunque, la sommossa non era finita.
Si fermò a osservare, disorientato, fino a quando sentí urlare: – Lui, lui! – e vide un uomo che lo indicava col braccio teso. Un uomo alto che conosceva bene, segnato da una cicatrice sul volto.
A quel grido, alcuni carabinieri si mossero verso Bill. E, come aveva fatto in un'altra occasione, lui svicolò dietro le colonne, corse infilando vicoli alla cieca, e corse e ancora corse, col fiato in gola, finché uscí dalla città e raggiunse la strada che portava ai monti.
Invece di percorrerla la fiancheggiò tra siepi e alberi, prati e casolari, nascosto alla vista e col passo piú spedito che poteva, sempre guardandosi alle spalle. Ancora in fuga, e stavolta inseguito non da pensieri cupi e rovelli, ma da uomini in armi che, chissà perché, parevano avercela proprio con lui.

Caganído seguí il corridoio e arrivò in chiesa, con un passo leggero che però risuonava in modo esagerato. Nella penombra tirò un respiro, si fermò qualche minuto per accertarsi che non vi fossero movimenti o rumori, e quando fu sicuro di essere solo andò fino all'abside.
Vi si inginocchiò davanti, si fece il segno della croce e mormorò: – Perdonatemi Signore, Madonna e tutti i santi, mi sbrigherò. Farò un po' di baccano e di disordine, questo sí, ma avete sopportato di peggio.
Poi andò dietro all'altare, fino al grande crocifisso eretto su un piedistallo di pietra. Intorno a quello, il pavimento antico era integro. Bruno il Tagliaborse non poteva certo averlo sfondato e rimesso a posto in maniera cosí perfetta; dunque, doveva aver scavato per forza sotto il piedistallo. Caganído lo spinse da un lato impiegando tutte le sue forze, fino a mettere a nudo un riquadro in cui, in effetti, invece del piancito c'erano detriti e cocci di pietre frantumate e pressate.
Diede mano al piccone e cominciò a lavorare su quel punto. Un colpo dietro l'altro, con le braccia gonfie di muscoli e avvezze a quel compito. Accompagnava ogni calata dell'attrezzo con un gemito, a scandire lo sforzo, e dài, e dài, finché non trovò solo terra pulita e nuda. A quel punto impugnò la vanga e prese a scavare sempre piú a fondo.
Finché la lama toccò qualcosa che suonò come se fosse di metallo.
Tolse un altro po' di terra e scorse un luccichio.
Il cuore gli accelerò nel petto. Si asciugò il sudore che dalla fronte gli cadeva negli occhi confondendogli la vista, si chinò e frugò con le mani, sempre piú frenetico, sempre piú speranzoso.
E l'oro apparve. Monete, catene, monili, ninnoli, anelli.

Bruno il Tagliaborse aveva racimolato davvero un bel bottino, come aveva raccontato prima di morire, e adesso quel tesoro era lí, finalmente alla luce.

Caganído si lasciò scappare un singhiozzo. Anni e anni di fatiche, di derisioni da parte di tutti, ma l'aveva trovato. Era ricco.

Fu in quel mentre che sentí armeggiare intorno al portone, e voci, e comandi. Stava arrivando qualcuno, qualcuno che poteva coglierlo sul fatto vanificando la sua scoperta, l'obiettivo infine raggiunto. Riconobbe dall'accento forestiero la voce del maresciallo che diceva: – Appuntato, sai dov'è il parroco: vai a chiamarlo e digli di portare la chiave.

Protetto dall'altare che stava tra lui e la porta, Caganído cominciò a buttare in fretta la terra e i calcinacci sul luccichio dell'oro. Svelto, sempre piú svelto, fino a ricoprire tutto. Riposizionò sullo scavo riempito il piedistallo che sosteneva il crocifisso e controllò di aver eliminato ogni traccia di ciò che aveva fatto. Sarebbe tornato in un altro momento a riprendersi l'oro, adesso che sapeva dov'era.

All'improvviso il portone si spalancò lasciando irrompere la luce del giorno, ed entrarono alcuni carabinieri accompagnati dal prete. Caganído, che non ce l'aveva fatta a svignarsela in tempo, si acquattò celandosi alla vista e trattenendo il respiro.

– Passavamo di qui per un controllo, – disse la voce del maresciallo, – e ci è parso di sentire dei rumori venire da dentro.

Gli fece eco quella di don Paolo: – La chiesa è grande; se c'è qualcuno, può essersi nascosto ovunque: tra i banchi, in un confessionale...

– Il portone però era ancora chiuso a chiave.

– C'è un'altra entrata, da dietro. Oh, Signore, basta che non abbiano fatto danni, che non abbiano compiu-

to anche qui il sacrilegio di cui si sono macchiati altrove, quegli sciagurati!
– Macché, – disse uno dei carabinieri. – Noi l'abbiamo visto, quel che hanno combinato a Castel Bolognese: era tutto sottosopra, avevano persino tentato di appiccare un incendio. Qui pare tutto a posto.
– Guardate ugualmente ovunque, mi raccomando, – continuò a pigolare il prete.

Sentendo passi pesanti avvicinarsi all'altare dietro cui era celato, Caganído raccolse vanga e piccone e con quelli in mano schizzò via, correndo piú veloce che poteva verso la porticina da cui era entrato.
– Là, là! – gridò uno dei militari vedendolo. Poi intimò: – Fermo o sparo!

Ma Caganído non aveva alcuna intenzione di fermarsi. Raggiunse il corridoio, varcò la porta che dava sul retro della chiesa, giunse con tre passi alla recinzione, buttò oltre quella il piccone e la vanga e con un salto si abbarbicò all'ostacolo per scavalcarlo.

I carabinieri furono all'aperto nello stesso momento in cui si issava, e uno di loro sparò un colpo in aria.

Forse per lo spavento causato da quel botto, o perché un piede gli scivolò dall'appoggio, il fuggitivo cadde di peso sulle punte irte della cancellata di metallo. Una delle lance gli si conficcò all'altezza della gola e gli uscí da sotto la nuca.

Caganído non emise un grido, non si agitò. Come uno spaventapasseri rimase appeso là, immobile, le gambe penzoloni e le braccia aperte e irrigidite come quelle di un crocifisso.

Salire la valle cosí, sempre tenendosi celato alla vista sia di chi percorreva la strada, sia di chi si trovava al lavoro nei campi, richiedeva molto tempo. Tra pause in cui si nascondeva dietro un pagliaio o una staccionata, corse in cui cercava di tagliare per un prato, soste al riparo di una macchia d'alberi e attese sul fondo di un fosso, Bill arrivò a San Sebastiano solo dopo il tramonto. Si infilò nella lingua di bosco che costeggiava il Falcione e aspettò il buio completo.

Probabilmente lo stavano cercando ovunque, dopo che l'avevano inseguito nelle strade della città. Colpa di quell'uomo, di quel Fausto che anni addietro aveva colpito con la freccia incendiata, che doveva averlo riconosciuto anche se da parecchio tempo non si vedevano. Del resto riconoscerlo non era difficile, con quei capelli biondissimi e quegli occhi chiari.

Mi ha visto e mi ha aizzato i carabinieri contro, pensò. Come se li comandasse, se rappresentasse una qualche autorità. Lui, come tutti, sa che fui io e non Piombo a ferirlo, e adesso si vendica incolpandomi di aver partecipato ai disordini o di chissà cos'altro.

Poteva tornare, al riparo del buio, nella capanna sul monte, ma forse avrebbero perlustrato anche quella. Oppure raggiungere la segheria di Pian del Falco e dormire nel magazzino, ma a che scopo nascondersi per una notte? Se lo braccavano davvero, non si sarebbero arresi dopo poche ore. Cosí si diresse verso casa, pronto a qualsiasi evenienza.

Entrò, e subito sua madre gli corse incontro. – Cos'è successo? – gli chiese.

Lui andò a prendersi un bicchiere d'acqua.

– Oggi sono venuti i carabinieri a chiedere di te. Cos'hai combinato? – continuò Giulia senza smettere di fissarlo, preoccupata.

– Niente, mamma. Proprio niente.

– Da dove vieni?
– Da Faenza.
– Da Faenza? E perché eri là? Io credevo che tu fossi su nel bosco, ed è quello che ho detto ai carabinieri... anche Mariano glielo ha confermato, e...
– Mariano?
– Sí, è in paese, era passato di qui a trovarti, e allora... Bill scosse la testa. Quando sua madre era preoccupata ed emozionata, ingarbugliava i pensieri e le parole; per raccontare una cosa ci metteva secoli e faticava a spiegarsi. Cosí le disse: – Calmati e preparami qualcosa da mangiare. Io esco e torno presto.
– Dove vai?
Non le rispose, uscí e andò diritto a casa di Mariano. Vide la luce accesa nella sua stanza, cosí bussò al vetro della finestra. L'amico aprí, tirò un sospiro di sollievo e gli mormorò: – Aspettami, arrivo –. Poi uscí, insieme raggiunsero la riva buia e vicina del torrente, si sedettero sull'erba e solo allora Bill disse: – Mia madre mi ha informato che ti ha visto e che tu avresti parlato di me con chi mi cercava.
– Sí. I carabinieri sostenevano che tu oggi eri a Faenza a sobillare i dimostranti. O qualcosa del genere.
Bill rise storto. – A sobillare!
– C'eri o no?
– Sí, c'ero, ma solo per sincerarmi che tu e Rachele foste sani, salvi e al sicuro, col putiferio che sta succedendo. Altro che sobillare. In piazza mi ha visto l'uomo della contessa mentre io ero lí tranquillo, e gridando come un ossesso mi ha indicato ai militari. Allora sono scappato.
– Quel tipo è da prendere con le molle. Va dicendo in giro che gli insorti hanno minacciato la Barnini e dato fuoco a una sua trebbiatrice in un podere nel Forlivese. Non fa che chiamare i carabinieri e chiedere che intervengano

qua e là; probabilmente è pure un loro informatore, una spia. E ce l'ha con te.
Bill annuí. - L'avevo immaginato.
- Però è tutto a posto, sta' tranquillo.
- Cioè?
- Quando ho saputo da tua madre che ti aveva cercato, sono andato in caserma a parlare con il maresciallo. Gli ho detto che non potevi essere tu quello in piazza e che Fausto si era sbagliato, che aveva scambiato un altro per te. In fondo non ti vede da un sacco di tempo. Tu, gli ho raccontato, eri come sempre nei boschi, ne ero certo perché ero venuto su a trovarti e avevamo trascorso quasi tutta la giornata insieme.
- E ti ha creduto?
- Oh, sí, certo.
Bill fissò l'amico con espressione stupita e dubbiosa.
- Mi conosce bene e si fida di me, - continuò Mariano.
- Adesso scrivo per il bollettino della curia e il vescovo mi stima. E mio padre, anche se forse non l'hai saputo, da qualche settimana è il nuovo vicesindaco di San Sebastiano.
Mariano non era piú il ragazzino timido e poco intraprendente di un tempo. Bill, ancor prima che dal contenuto di ciò che gli diceva, lo capí dal suo sguardo dritto e sicuro, dalla tranquillità fiera con cui parlava, dalla postura ferma ed eretta che aveva.
- Ti ringrazio, - disse.
- Tu l'avresti fatto per me.
- Sí, è ovvio.
- In ogni caso, domattina alle undici passo a prenderti e andiamo insieme dai carabinieri. Io dirò che tu, saputo dell'equivoco, intendi chiarire la tua posizione confermando che a Faenza non c'eri. Tutto qui. Anzi, no: tagliati i capelli molto corti, o addirittura a zero. Se Fausto ti ha

descritto come biondo e con la chioma lunga, è meglio se appari diverso.
– Ti stai impelagando in una bugia: non lo sai che è peccato? – sorrise Bill.
– Io sostengo che non hai fatto niente di male, e non è una menzogna. È la pura verità, no?
– Certo.
– Bene, allora siamo d'accordo. E con la coscienza pulita.
Rimasero in silenzio per qualche minuto, poi Bill chiese: – Rachele come sta? Quando torna?
– Sta bene. Non è piú nell'orfanotrofio, adesso vive in una casa che le suore posseggono poco fuori Faenza. Là hanno gli orti in cui coltivano le verdure e la frutta per le bambine dell'istituto, e la nostra amica, dunque, adesso fa la contadina. Le piace.
– Quando tornerà? – chiese di nuovo Bill.
– Potrebbe farlo anche domani, se volesse. Mio padre recentemente si è fatto nominare suo tutore fino a che lei non raggiunge la maggiore età. L'ho pregato io di farlo.
– Cosa significa?
– Significa che a norma di legge non è piú orfana, e che in qualche modo è mia sorella, – rise Mariano. – Però vuole rimanere ancora un po' là dov'è. Sai che le ho portato il suo cane, adesso che ha lo spazio e il modo di tenerlo?
Bill scosse la testa – Non sapevo niente di queste cose. Ti vedo poco, e lei... lei non la incontro da una vita.
– Già, e credo che Rachele non l'abbia mandata giú, questa tua sparizione. Non sei andato a trovarla neanche una volta, e ne ha sofferto parecchio.
– Ci ho provato. Un giorno sono venuto a Faenza, tanto tempo fa. Vi ho visti in piazza e sembravate due fidanzati. Altro che tua sorella.

Mariano aprí la bocca e spalancò gli occhi in un'espressione di stupore. - Ma che dici?
- Vi ho visti.
- Sarà stato uno dei tanti giorni in cui aveva bisogno di essere consolata, in cui chiedeva una carezza. Per lei era molto difficile stare nell'orfanotrofio, lontana dal paese. E soprattutto stare lontana da te. Cosa credi? Non faceva che ricordarti, che aspettarti, che sognare il momento in cui ti avrebbe riabbracciato!
- Davvero?
- Davvero sí! E tu, cocciuto, te la sei giocata.
- Che vuol dire?
- Vuol dire che l'hai portata a credere che ti sei dimenticato di lei.
- Non sto un'ora senza pensarla.
- Be', Rachele non l'ha mai saputo, questo, e forse adesso è tardi per dirglielo: a quanto ne so, da qualche tempo si vede con uno un po' piú grande di noi, un ragazzo che fa lavori e commissioni per le suore.

Bill tacque ed ebbe un brivido. - Va bene, - disse alzandosi in piedi. - Ci vediamo domattina.
- Aspetta. Hai saputo di Caganído?
- No. Che ha fatto?
- È morto, poveretto. Don Paolo aveva lasciato la canonica e la chiesa per paura dei disordini, e lui ci è entrato, probabilmente per scavare sotto una delle croci che stanno là dentro. Ma non ha fatto in tempo: il parroco è tornato con i carabinieri e lui, scappando, si è infilzato nella cancellata che sta sul retro.
- Mi dispiace, - biascicò Bill.

Salutò l'amico e tornò a casa. Sua madre gli aveva preparato da mangiare, ma lui senza toccare cibo andò a tagliarsi i capelli, poi a buttarsi sul letto, al buio.

Il nonno, Alma, Piuma, Piombo, Caganído. San Sebastiano in Alpe aveva perso molte delle persone che lui era abituato a vedere fin da piccolo. Mariano si costruiva la sua vita in città, e soprattutto non c'era piú Rachele, e chissà se sarebbe tornata mai. Rachele che l'aveva tanto aspettato e che adesso aveva pensieri per un altro.

La mattina dopo, accompagnato da Mariano, sbrigò la faccenda con i carabinieri, poche parole scambiate con il maresciallo, che si limitò ad annuire senza che si capisse se gli credeva o meno.

Usciti dalla caserma, i due amici andarono al funerale di Caganído, e lí Bill si accorse di essere al centro dell'attenzione. Tutti lo guardavano, c'era chi commentava il fatto che si fosse accorciato i capelli, chi gli sorrideva con un cenno carico d'intesa, chi invece pareva fissarlo con un misto di timore e riprovazione. Colse nelle voci basse di parecchi le parole «suo padre».

Solo quando si sedettero a un tavolo dell'osteria a bere un bicchiere di vino chiese a Mariano: – Cosa vogliono, tutti? Perché si interessano cosí tanto a me?

– Be', prima di venire a prenderti per andare in caserma ne ho sentite di ogni genere, sul tuo conto.

– Cosa dicono?

– Qualcuno sostiene che tu abbia guidato gli insorti a Faenza o a Castel Bolognese, qualcun altro invece che tu li abbia fermati. C'è chi sostiene che in questi giorni sei stato protagonista dei disordini o del loro spegnerli a Ravenna, a Forlí, a Cesena. Dappertutto.

Bill era allibito e si agitò sulla sedia. – Perché?

– Perché, che ti piaccia o no, non sei o non appari come gli altri: sei il figlio di Buffalo Bill. Ti pare poco? Ti considerano destinato all'avventura, a grandi gesta, nel bene o nel male. Per qualcuno incarni l'eroe vittorioso, per qualcun altro magari il pericolo di chi ha familiarità con le armi e non ci pensa su due volte a usarle. E in alcuni casi non hai fatto molto per smentire quell'impressione. Insomma, diciamo che... che si aspettano sempre qualcosa da te, qualcosa di speciale.

Amerigo finí il vino, ringraziò l'amico per l'aiuto che gli aveva dato e se ne andò a testa bassa verso casa, senza guardare in faccia nessuno e col desiderio che nessuno lo guardasse.

Se era vero quel che aveva detto Mariano, tutti si aspettavano qualcosa di sorprendente da lui. Da lui che non era riuscito neppure a conservare ciò a cui teneva di piú, cioè l'affetto di Rachele.

Gli venne voglia di accontentarli, quelli che contavano su qualche sua impresa. Adesso vado giú nel piano e glielo mostro io come si fa una rivolta seria, pensò. Incendio mezzo mondo, cosí potranno fantasticare su di me a ragion veduta. Mi pitturo i segni degli indiani in viso come quando ero bambino e glielo combino io, un vero Far West. Altro che quello del circo di mio padre, altro che quello dei giornali o dei libri.

Ma, lo sapeva, ciò che gli serviva davvero in quel momento era l'esatto contrario, e non vedeva l'ora di raggiungere i boschi, lontano da ogni cosa, lontano da ogni aspettativa.

Chissà, forse il momento dei segni di guerra sarebbe venuto, ma non era quello.

17.
Verso la tempesta
(tra 1914 e 1915)

Per tutto il resto dell'estate, Bill non scese mai a San Sebastiano. Lavorò sodo, si addentrò sempre piú nella foresta in cerca di zone buone per il taglio e per il carbone, esplorò parti dei monti che prima conosceva poco o niente. Si ubriacò di silenzi, pensò molte parole.

A settembre comprò un mulo. I carrettieri non potevano condurre i loro mezzi nelle zone isolate e impervie che aveva cominciato a scegliere, cosí toccava a lui trainare o portare legna e sacchi almeno fino all'imbocco delle mulattiere.

I capelli ricrebbero, l'inquietudine un poco si placò.

A volte la sera, quando la luce si faceva sopraffare dalle ombre e i gufi si annunciavano con i loro voli e richiami, si sedeva fuori della capanna e si lasciava cullare dai suoni e dai fruscii della selva, che nel buio svelava il suo vigore segreto. Oppure partecipava a quelle ronde notturne facendosi anch'egli animale da preda. Con l'arco seguiva le tracce dei caprioli, e quando ne incontrava uno a volte provava a colpirlo per procurarsi carne, altre volte si limitava a guardarlo, in una gara muta di attenzione e immobilità.

Il mulo l'aveva acquistato in un minuscolo borgo sperduto, incastonato tra due valli come se fosse caduto dal cielo finendo casualmente nel nulla; poche case che parevano nascere come funghi coriacei dalla terra e che della terra avevano il colore. Una di quelle aveva il pianterreno adibito a osteria. A volte ci andava per mangiare qualcosa di diverso o per ricordarsi di com'erano le facce delle persone. Fu lí che conobbe Silvana. Aveva la sua stessa età, serviva ai tavoli e non parlava quasi mai, come se, nata e cresciuta in quel posto fuori dal mondo, le parole del mondo non le fossero note o necessarie.

Non sapeva se gli piacesse o meno, quella ragazza, non capiva se provasse qualcosa per lei. Forse no, e non importava. Quando ne aveva voglia e gli era possibile, la raggiungeva e di notte, mentre la nonna con cui lei viveva dormiva, trovavano il modo di farsi compagnia. Silvana non gli chiedeva mai nulla, mai volle una promessa, mai propose di infittire gli incontri.

Altre volte andava fino alla segheria di Pian del Falco. Lí ascoltava qualche notizia del paese e vedeva Giovanni. Il bambino lo accoglieva correndogli incontro e illuminandolo di sorrisi, mentre Piero, scorbutico come sempre, gli riservava solo un saluto con un cenno del capo.

L'autunno arrivò e portò nei boschi e sulle chine delle montagne veli di nubi basse, inscurí il cielo e lo raffreddò.

Una mattina Bill, mentre stava abbattendo un albero, diede un ultimo colpo al tronco e vi lasciò l'ascia conficcata, si terse il sudore, andò alla capanna, mise alcune cose nel sacco, slegò il mulo e si avviò verso la Valleluce e il paese. Passò accanto alla segheria, al vecchio cimitero dove aveva vegliato il nonno nelle notti gelide dell'inverno di qualche anno prima, si fermò a bere un paio di sorsi d'acqua alla Fonte del Diavolo e giú, senza fermarsi.

La voglia di andare a casa l'aveva colto cosí, improvvisa e senza un motivo, e per questo era stata la benvenuta, per questo non vi si era opposto. Aveva imparato a non pianificare piú del necessario, ad assecondare ogni tanto istinti e impulsi. A non lasciare alla mente il tempo di partorire troppi dubbi e reticenze.

A metà del pomeriggio superò senza neppure guardarla la villa della contessa Barnini, e dopo poco fu a San Sebastiano.

Incontrò facce che conosceva e salutò, arrivò davanti a casa, legò fuori il mulo, fu alla porta e spinse la maniglia. Era chiuso a chiave, probabilmente sua madre era al torrente a lavare. Prese la chiave dal sacco, entrò e si sedette al tavolo della cucina, su cui c'era una pagnotta. Se ne tagliò una fetta, aveva fame.

Fu in quel momento che sentí muovere e parlottare in un'altra stanza.

– Mamma? – chiamò.

Lei comparve dopo pochi istanti, rossa in viso, spettinata. – Sei qui, – gli disse.

– Sí, ho pensato di...

Non finí la frase. A fianco di sua madre comparve un tipo che lui conosceva solo di vista, uno che arrivava tutte le settimane in paese ad aprire una bancarella di stoviglie, vasellame e tegami.

L'uomo, a testa bassa e senza dire una parola, uscí dalla casa e si dileguò.

– Sei qui, – disse di nuovo Giulia, che pareva non trovare altre parole.

– Non ti preoccupare, me ne vado subito, cosí non vi disturbo.

– Ma che dici? Guarda che...

– Non sono piú un bambino, mamma. Non sforzarti di trovare scuse.

– Tu non sei piú un bambino e io non sono ancora una vecchia! – alzò la voce lei, diventando ancora piú rossa in viso. Si buttò di peso su una sedia, si coprí la faccia con

le mani e continuò: – Cosa credi, che sia facile passare la vita da soli, senza... Ti ho messo al mondo, ti ho cresciuto, ho accudito te e tuo nonno per anni...
Lui si alzò. – Te lo ripeto, non mi devi spiegazioni. Anche perché non mi importa.
– Sí che ti importa!
– Mi dispiace deluderti, ma non me ne frega proprio niente. Fa' quello che vuoi. Ero passato per un saluto, e adesso che ce lo siamo scambiato torno su.
– Non fare lo stupido! Torni dove, che sta per fare sera? Ti preparo da mangiare.
– Mi basta questa pagnotta, posso prenderla?
– Siediti, ti ho detto. Mi ci vuole poco a cucinare qualcosa.

Voleva sedersi. Voleva mangiare le pietanze buone che sua madre sapeva preparare. Voleva sorriderle e dirle che sí, certo, capiva, non c'era problema. Lei non aveva ancora compiuto trentasei anni, era una bella donna che aveva patito fin troppa solitudine: come non comprenderla, come non perdonarla?

Ma non lo fece. Scuro in viso uscí, slegò il mulo e riprese la strada per la quale era venuto, in un ribollire di rabbia, in un languore di commiserazione, in una macerazione di sensi di colpa che gli avvelenavano i pensieri. Rabbia verso sé stesso, compassione per la donna che aveva appena umiliato. Pena per la consapevolezza di non essere né buono né giusto, o perlomeno di non sapersi comportare come i giusti e i buoni.

Arrivò a Pian del Falco che faceva già buio e cacciò l'impulso di andare alla segheria di Piero a chiedere un posto per dormire. Non se lo meritava, un luogo asciutto e caldo in cui passare la notte.

Entrò nel cimitero abbandonato e si sistemò nella cappella vuota e umida in cui aveva vegliato il nonno. Quella era la sistemazione adatta a lui: tra morti abbandonati persino dal ricordo, tra pietre piú vecchie ed esauste delle ceneri che custodivano.

L'indomani raggiunse la capanna nella foresta e riprese a coltivare silenzi e assenze, e a tentare di far pace prima di tutto con sé stesso. Anche se era difficile, o impossibile.

Verso Natale il desiderio di tornare in paese divenne piú forte che mai. Il tepore della festa lo richiamava, la voglia e il bisogno di portare a sua madre una parola buona lo struggevano. La lunga e intensa nevicata che seppellí i monti e le vie gli risparmiò ogni incertezza: andare giú non si poteva, e basta.

Quando i sentieri lo consentivano, fece qualche visita a Silvana; per il resto, visto che lavorare con quel clima era improponibile, divenne bestia nel bosco gelato, in una silenziosa gara con i lupi e con gli altri predatori nel procurarsi da mangiare.

Si aggirava nella neve alta con l'arco, le frecce e il coltello perché usare il fucile non gli piaceva, gli pareva di barare al gioco. Un giorno uccise un daino, lo sventrò e col sangue si dipinse segni sul viso, come faceva da ragazzino quando si immaginava indiano.

Una specie di marchio per segnalare la propria selvatichezza, o di comunione con una natura madre e matrigna che dirigeva una danza perpetua di vita e di morte, di sangue creato e di sangue versato.

L'inverno passò, la neve e il ghiaccio si sciolsero formando e nutrendo ruscelli fragorosi. Si ricominciò a lavorare, i giorni si allungarono, il bosco cambiò voci e colori. La ruota del tempo e delle stagioni girava.

Solo lui, che pure nella foresta ci viveva, a volte si sentiva fermo dentro quell'armonia in movimento. Altre volte, invece, anche il ghiaccio che aveva dentro si scioglieva, quasi arrendevole, e allora Bill entrava in sintonia con tutto ciò che lo circondava e avvertiva qualcosa che somigliava a un'energia libera e primordiale, al piacere, persino alla gioia.

Un pomeriggio di fine maggio, quando gli odori delle resine, delle fronde nuove e dei fiori ammorbidivano l'umore del bosco, sentí all'improvviso un rumore strano. Un lungo muggito di tuono che salí di intensità diventando una specie di grido capace di riempire il mondo, per poi scemare fino a spegnersi in una eco lontana e in un silenzio assoluto, come se gli uccelli e persino gli alberi, spaventati, facessero tacere i loro canti e lo stormire dei rami. Anche il mulo si agitò, irrequieto, ed emise un raglio lamentoso e sbuffante.

Bill, nonostante fosse la prima volta che gli capitava, seppe di aver sentito «urlare la balza», cosí la chiamavano i vecchi. La riconobbe come se dentro di lui si fossero risvegliati un'esperienza antica, un timore ancestrale.

Si diceva che portasse male, quel rumore misterioso, che annunciasse sciagure. Non sapeva se fosse vero, ma nell'udirlo gli si era gelato il sangue e il respiro gli era rimasto incagliato nel petto. Fu un'impressione profonda che non passò con il trascorrere delle ore e che lo lasciò preda di un'ansietà febbrile.

Non riprese il lavoro; si incamminò e verso il tramonto raggiunse il borgo in cui viveva Silvana. Entrò nell'osteria. Lei era al banco ad asciugare bicchieri.

– Hai sentito? – le chiese.

La ragazza annuí.

– Fa davvero impressione, – continuò Bill.

– Sí. La nonna mi ha detto di chiudere, tanto non verrà piú nessuno.

– Perché?
Lei fece spallucce. – Pare che la gente, quando sente la «balza», non abbia voglia di uscire di casa e di parlare. Perché non c'è niente da dire: solo da aspettare e vedere cosa succederà.
– E tu ci credi, a questa cosa?
– Non lo so. Prima un cliente ha detto che potrebbe scoppiare la guerra.
– È già scoppiata, ma l'Italia ne è fuori.
– Appunto: diceva che potremmo entrarci anche noi.
Bill scosse la testa e cambiò discorso. – Fra un po' sarai libera, dunque: lavoro finito, per oggi.
– Già.
– Chiudi subito e vieni con me.
– Dove?
– In giro, per una volta che puoi uscire e allontanarti.
– Non c'è niente, qui intorno. Solo boschi e calanchi. Se ci tieni, però, andiamo. Ma prima devo dirlo alla nonna.
– Certo.
Silvana era orfana e l'anziana donna era non solo la sua datrice di lavoro, ma anche la sua unica familiare. Chiuse l'osteria e salí al piano di sopra, mentre Bill l'aspettava fuori.
Quando tornò, portava il solito vestitino leggero e liso su cui aveva indossato una vecchia giacca da uomo e calzava un paio di scarponi informi. – Andiamo, – disse.
– Devi rientrare presto?
– Mia nonna ha bevuto il suo solito intruglio alle erbe, presto dormirà della grossa e russerà, e se anche non rientrassi per niente non se ne accorgerebbe.
– Bene. Perché voglio andare in un posto un po' lontano, ma speciale.
– Quale?

– Lo vedrai. Vicini e in silenzio, prima salirono attraverso il bosco buio, poi, raggiunto il crinale su cui gli alberi si diradavano fino a sparire, presero a camminare in quota, verso levante. Sempre senza parlare.

Se ci fosse Rachele qui con me, pensò Bill, troveremmo le parole. Ci stordiremmo di chiacchiere e di risate. Sapremmo rivangare storie e ricordi. Di ricordi con Silvana non ne condivideva, con lei pareva mancassero gli argomenti, l'intesa per comunicare. Ma ce n'era bisogno? Si sentí ancora una volta ingiusto e in colpa. Le ho chiesto di accompagnarmi, si disse, per non stare da solo anche stasera. Esclusivamente per quello. È al mio fianco e io penso a Rachele, che non vedo da anni e neppure so com'è adesso. Penso a una persona che, cosí come me la ricordo io, forse non esiste neanche piú. Che probabilmente, se fosse qui, sentirei ancora piú estranea di Silvana.

Guardò la ragazza e si sorrisero. La prese per mano e andarono avanti, avanti, tra saliscendi infiniti, sotto un cielo stellato che pareva ancora memore del grido della «balza» e attonito, in un buio che stranamente mancava dei richiami degli animali e della sinfonia dei grilli.

Ci volle un'ora e mezzo di cammino, e infine giunsero su una specie di terrazza naturale oltre la quale si apriva un vuoto scuro punteggiato qua e là di lumi, a basso, e si intuiva l'enormità della pianura. In lontananza ogni luce cessava, e all'orizzonte la fine del mondo era segnata con una linea nera che sosteneva le stelle piú distanti.

– Quello laggiú è il mare, – disse Bill.

Silvana si girò a fissarlo, come a cercare lo scherzo nelle sue parole. – Davvero? – chiese.

– Sí. Per questo ti ho detto che è un posto speciale. Ma tu il mare l'hai mai visto?

– No.
– Io ogni tanto vengo qui e lo guardo da lontano. Di giorno, se fa bel tempo e non c'è foschia, è come una riga azzurra.
– Allora dovremo venirci anche con la luce.
– Sei nata quassú e non sapevi che ci sono punti da cui si vede l'Adriatico?
Lei scosse la testa.
Insieme continuarono a fissare quel nulla nero. L'aria era tiepida, il silenzio ipnotizzava e dopo un po' si appisolarono, l'uno disteso accanto all'altra, e dormirono per ore.
A un tratto Bill fu svegliato da una sensazione di allarme e di urgenza. Si alzò a sedere, si stropicciò il volto, si guardò intorno, ma tutto era tranquillo. Poi sulla riga dell'orizzonte marino, verso nord, scorse baleni bassi e circoscritti ferire le tenebre. Un pulsare inusitato e inquietante, un susseguirsi di piccole vampate tondeggianti del colore del fuoco, qualcosa che non aveva mai visto prima.
Svegliò Silvana e le indicò dove guardare.
– Cos'è? – chiese lei.
– Non ne ho idea.
– Che ore saranno?
Bill studiò il cielo sopra di sé e rispose: – È molto tardi.
– Torniamo, – propose lei con un brivido.
Ripercorsero il cammino fatto all'andata e, giunti al borgo, davanti all'osteria si salutarono con un bacio.
Entrambi ancora pensavano al rumore della «balza» che aveva gelato le terre e i boschi e ai misteriosi bagliori osservati sul mare lontano.
Non lo sapevano, ma avevano visto i primi colpi sparati da che l'Italia, poche ore prima, era entrata in guerra. Una nave della marina imperiale austro-ungarica, intorno

alle tre di notte di quel 24 maggio, era entrata di poppa nell'imboccatura del Porto Corsini di Ravenna e aveva cannoneggiato la stazione delle torpediniere e parte dell'abitato della piccola località rivierasca da cui partiva il canale che conduceva alle darsene di città.

Bill lo scoprí qualche giorno dopo, quando scese alla segheria e poté leggere i giornali. A quel punto tornò rapidamente sui monti, prese le proprie cose e il mulo e si avviò verso San Sebastiano, verso casa.

Seduti sulla riva del Falcione, parlavano della guerra. Mariano era in paese da qualche giorno e Bill l'aveva cercato. Il suo amico, istruito e assiduo lettore, di certo era piú informato di lui sull'argomento.

– Io fra un mese finirò la scuola. Avrò il diploma di maestro elementare, e messi via i libri impugnerò il fucile, – disse Mariano.

– In che senso? Abbiamo diciotto anni e per il momento non ci richiameranno mica, sta' tranquillo.

– Lo so. Forse, chissà, a te la cartolina precetto non arriverà mai: non hai il padre, e credo che risulti che hai la madre a carico.

– Per adesso non arriverà neppure a te.
– Io non ne ho bisogno. Partirò volontario.
Bill si irrigidí e lo fissò. – Ma che dici? Perché mai dovresti?

– Perché occorre servire la patria, oltre che Dio. Per Trento e Trieste. Per dignità e dovere nazionale. Per...
– Dio vuole che ci si ammazzi tra cristiani?
– La faccenda è piú complicata di cosí, credimi. In ogni caso, anche se la mia famiglia sta facendo il diavolo a quattro perché cambi idea e anche se non posso dire di non avere dubbi, io ho deciso. Finiti gli esami, parto.

Bill si alzò in piedi e si mise a gironzolare, nervoso, sulla sponda del torrente. In quel posto avevano pescato, in quei prati avevano ruzzato e corso, nei boschi vicini avevano giocato ai soldati, agli indiani, a fare la guerra. Non capiva i motivi della bufera che stava spazzando il mondo, ma un paio di cose le sapeva.

La prima era che, dopo tanto allontanarsi da tutto rimanendo appartato nei boschi, era il momento di fare la propria parte, qualunque fosse, e di staccarsi finalmente da quei monti e da quei luoghi in cui niente lo tratteneva se non il senso di rinuncia che aveva a lungo coltivato.

La seconda, la piú forte di ogni altra perché era sempre stata dentro di lui, dentro di loro, mai davvero scalfita da lontananze, equivoci e incomprensioni, era che non avrebbe mai lasciato Mariano da solo in una guerra. In una guerra vera.

– Va bene, – disse rimettendosi a sedere accanto all'amico. – Se vuoi andare, va'. Però vengo anch'io.

Parte terza
Come gli indiani

18.
Segni di guerra
(luglio 1915-settembre 1918)

Seduti fuori, al tavolo di un bar in un paesino di cui non conoscevano neppure il nome, Bill e Mariano sorseggiavano un bicchiere di vino bianco, le gambe distese e finalmente a riposo, la pelle lavata e priva della solita patina crostosa di sudore e sporcizia.

Intorno a loro scorreva la vita. Una vita che sarebbe parsa quasi normale, con ragazze, bambini, voci e colori, se non fosse stato per i tanti uomini in uniforme, per il viavai di camion e mezzi militari, per il sorvolo allarmante di qualche aereo e soprattutto per il tuono distante e continuo dei cannoni, simile a un urlare della «balza» che non volesse smettere di segnalare la sciagura, il dramma, la carneficina che non lontano da quel villaggio continuavano da troppo tempo, svolgendosi a volte a molti chilometri, altre volte a pochissimi, come era accaduto nei mesi infiniti e snervanti delle trincee contrapposte e poi della rotta e della ritirata di Caporetto.

Avevano finito l'addestramento speciale, avevano imparato o perfezionato le tecniche di combattimento corpo a corpo col pugnale, di lancio delle bombe a mano, dell'uso di pistole mitragliatrici e lanciafiamme, si erano allenati per aumentare le proprie doti di resistenza e di forza. Erano stati per questo ben nutriti ed equipaggiati. Sui baveri delle loro divise spiccavano le mostrine con le fiamme nere a due punte. Quelle degli Arditi.

Erano partiti volontari per la guerra nel luglio del 1915, e altrettanto volontariamente, oltre due anni e mezzo dopo, avevano chiesto di entrare a far parte di quel corpo speciale.

Era stato Bill a volerlo, dopo Caporetto e soprattutto dopo gli anni terribili in cui da semplici fanti, da animali di trincea destinati al massacro, avevano subito e sopportato di tutto: la fame, la sete, il freddo, le dotazioni inadeguate, il fango, l'inedia estenuante dei momenti di stallo e l'adrenalina bruciante degli assalti.

Avevano bevuto l'acqua putrida stagnante nei camminamenti o quella delle vaschette di raffreddamento delle mitragliatrici, avevano mangiato topi uccisi con le vanghette, perché di quelli ce n'erano in abbondanza, avevano conosciuto la tortura dei pidocchi e le piaghe ai piedi per via degli scarponi dalle tomaie rigide e fragili, imbullonate da chiodi che venivano a contatto con la carne. Avevano patito la mancanza di sonno in lunghe veglie ansiose in attesa dell'attacco o del bombardamento del nemico, il terrore dell'arrivo dei gas che si spandevano in nuvole brucianti e mortali, accettato comandi astrusi e suicidi impartiti da ufficiali incapaci, sofferto di dissenterie che toglievano la forza di reggersi in piedi.

Erano sopravvissuti a tutto, mentre tanti di quelli che, come loro, erano al fronte da molto tempo non c'erano piú perché falciati dalle schegge di granata, dalle baionette, dalle pallottole, dai gas, fatti a pezzi in modo che i loro corpi non si erano potuti ricomporre o lasciati a gridare di dolore per giorni nella terra di nessuno.

Erano stati piú volte chiamati a far parte, di notte, dei gruppetti che venivano mandati avanti strisciando verso le linee degli austriaci per tagliare i reticolati, missioni da cui era improbabile tornare. Ma loro erano tornati, portando con sé l'angoscia di trovarsi a pochi passi dalle bocche delle mitragliatrici nemiche e l'orrore suscitato dalla vista di budella appese a quei grovigli irti di punte come la corona del Cristo in croce.

Finché Bill aveva detto: – Io non voglio morire cosí, come una bestia portata al macello. Se devo lasciarci la pelle, voglio venderla cara, voglio finire i miei giorni combattendo davvero, e non marcendo nel fango e facendo da bersaglio a quelli.

– Cioè? – aveva chiesto Mariano, col quale per fortuna aveva sempre condiviso lo stesso battaglione, lo stesso reparto, la stessa compagnia, la stessa trincea.

– Voglio entrare negli Arditi.

L'altro aveva annuito. Degli Arditi si era cominciato a parlare molto soprattutto dopo la rotta dell'ottobre del 1917. Sapeva che per farne parte occorreva essere coraggiosi e forti, e lui non lo era. Perlomeno non come il suo amico. Senza Bill, anzi, non avrebbe superato indenne neanche il primo mese, l'estate di tre anni prima quando erano giunti lassú. Se li ricordava bene, quei giorni: li avevano condotti al fronte dopo un lunghissimo viaggio in treno, spostamenti sugli automezzi e marce infinite.

Si ricordava, lui che era stato spinto a farsi volontario da idee irredentiste amplificate da libri e giornali, di quando, prima ancora di sparare un solo colpo, erano arrivati in un paesino oltre il confine in cui la gente, pur essendo sotto l'impero austro-ungarico, parlava italiano. Gente da salvare dal giogo straniero, secondo la propaganda, ma che non sembrava affatto compatta nel desiderio di essere liberata. Sí, qualche bandiera tricolore l'avevano vista qua e là, ma poche. Quando avevano fatto tappa in quel villaggio per rifocillarsi, aveva chiesto a un vecchio seduto davanti a una casa: – Nonno, dove sono gli invasori?

L'anziano l'aveva guardato con stupore e aveva risposto: – Gli invasori? Siete voi!
Per cercare cibo erano entrati nelle case. Da mangiare non avevano trovato niente, ma su molte pareti avevano visto i ritratti dell'imperatore Francesco Giuseppe. Poi, da dietro una siepe, era partita una fucilata che aveva colpito a un braccio un caporale, cosí un ufficiale aveva comandato un rastrellamento e una rappresaglia. Le prime pallottole, insomma, le avevano destinate a dieci persone inermi appoggiate a un muro. E lí Mariano si era accorto che della guerra e dei suoi motivi non sapeva tutto, come aveva creduto; i libri e i giornali forse non gli avevano raccontato la verità.

Col passare delle settimane, il desiderio di capire era stato spazzato via da bisogni e preoccupazioni diverse, piú pregnanti, urgenti e quotidiane. Quelle relative al cibo e al bere, ai mille modi di usare l'incerata e la mantellina, a come dormire nelle nicchie di terra e persino in piedi, a come fumare senza lasciar intravedere il luccichio della brace, a come evitare i tiri infidi dei cecchini. A come riconoscere dal fischio non solo l'arrivo ma anche la tipologia delle granate, a come presagire senza sbagliarsi l'imminenza di un attacco. A come sopravvivere.

Un giorno, all'inizio del 1916, era stato chiamato da un superiore che gli aveva offerto di frequentare, visto che era diplomato e istruito, un corso da allievo ufficiale. Per restare con Bill, aveva rifiutato.

Perché senza il suo amico non ce l'avrebbe fatta. Era lui, avvezzo alla vita dura nei boschi e dotato di un'attitudine invidiabile ad affrontare il pericolo e le difficoltà, che gli era stato sempre accanto, guidandolo e confortandolo, l'aveva tranquillizzato nei momenti di panico, l'aveva protetto nelle situazioni piú insidiose. Era lui che non l'aveva perso di vista neppure per un minuto, angelo custode instancabile e forte, capace di pensare in fretta, come se fosse aiutato da un raro istinto animale; capace di cavarsela sempre e comunque, insomma. Era lui che, vedendolo scoperto e bloccato davanti a un reticolato da tagliare, accecato dalle cellule fotoelettriche o scovato dalla luce dei razzi illuminanti, l'aveva piú di una volta preso per il bavero della giubba e trascinato via, strisciando verso la salvezza. Era lui che riusciva sempre a trovare qualcosa da mettere sotto i denti o una borraccia d'acqua.

Cosí, quando nel febbraio del 1918 aveva detto di voler entrare a far parte degli Arditi, Mariano l'aveva seguito, anche lui si era offerto, convinto che rimanere nella fanteria regolare senza Bill fosse piú rischioso che andare con lui in un corpo d'assalto destinato alle azioni piú spericolate.

Al corso di addestramento aveva faticato a stare al passo con gli altri e si era spesso sentito inadeguato e fuori posto, ma grazie all'amico ce l'aveva fatta.

E ora eccoli lí, ancora insieme, a bere un bicchiere di vino in attesa di essere ricondotti a quell'inferno che tuonava non lontano, rabbioso e feroce, avido di morte e sofferenza, prodigo di crudeltà e paura.

Lasciate le retrovie e tornati al fronte, già la prima notte uscirono in missione. Bill, che portava i gradi di sergente meritati in anni di battaglie e comandava una squadra, prima dell'azione riuní il suo gruppetto di uomini, spiegò come intendeva procedere e scelse l'equipaggiamento e l'armamento.

– Io conto soprattutto sul pugnale, – disse. – Non mi serve molto altro.

In tasca si infilò solo un paio di cosiddetti «petardi Thévenot», bombe a mano molto rumorose ma di piccola

potenza. La pistola mitragliatrice non la volle, perché la sua strategia era quella di combattere nel buio e nel silenzio.
– Chi viene con me deve essere come un falco che piomba su un pulcino, una faina che entra in un pollaio e si porta via una preda senza che le altre galline neppure si sveglino, – chiarí. – Saremo veloci e letali. D'accordo?

I suoi uomini annuirono. Non solo Mariano, ma tutti si fidavano ciecamente di lui.

In attesa del buio completo della notte senza luna, Bill chiamò accanto a sé il suo amico, l'abbracciò e gli chiese: – Come gli indiani?

Mariano, che pure era tesissimo per ciò che li attendeva e sentiva crampi alle viscere, sorrise e recitò la vecchia risposta di rito, quella che tante volte aveva pronunciato quando erano bambini e giocavano nei boschi e nei prati del paese: – Sí, come gli indiani!

Col lucido da scarpe si fecero sulla fronte e sulle guance larghe righe nere. Gli altri del gruppo, vedendoli, senza domande e senza esitazione li imitarono.

Poco dopo attraversarono, invisibili come bisce tra l'erba, la terra di nessuno, si infilarono nei camminamenti e nelle postazioni del nemico e colpirono, rapidi e muti. Per un po' usarono solo le lame, sgozzando, infilzando, soffocando con la mano libera le grida di coloro che avevano aggredito.

Poi, compiuta l'opera, lanciarono alcune bombe a mano per suscitare confusione e se ne andarono in fretta com'erano arrivati, trascinando con sé un ufficiale nemico ferito che poi al comando avrebbero interrogato per avere informazioni.

Fu la prima di molte incursioni, tutte di successo, tutte capaci di suscitare sorpresa, terrore e sgomento tra gli austriaci.

Dopo una di quelle, tornati nelle trincee trovarono una generosa dotazione di vino e si rilassarono bevendo. Fu in quell'occasione che Mariano venne meno a una promessa fatta a Bill: di fronte ai commenti ammirati che i commilitoni riservavano alle qualità del loro capo pattuglia, svelò di chi fosse figlio.

Non gli credettero ma applaudirono, risero, gridarono acclamando il loro sergente. Euforici per la spedizione appena conclusa e ancora pieni dell'adrenalina che circolava nelle loro vene, sollevati per essere sani e salvi, ubriachi di vino, sangue e vittoria, avrebbero acclamato chiunque o qualsiasi cosa. Da quel momento, a ogni modo, cominciarono a definirsi «quelli di Buffalo Bill».

Non sapevano che dall'altra parte, tra le file del nemico, accadeva altrettanto. Anche là le azioni di quel gruppo di soldati dalle facce dipinte che arrivavano nel buio e uccidevano rapidi, silenziosi e imprendibili venivano narrate, commentate e valutate con terrore. Attese con angoscia, temute. Gli austriaci che li avevano visti in azione ed erano miracolosamente scampati ai loro pugnali, cosí da poterlo raccontare, chiamavano gli uomini di Bill «gli indiani fantasma».

Ed era cosí che Bill si sentiva: un indiano sul piede di guerra.

Del resto fin da quando aveva visto, dodici anni prima, i pellerossa nel *Wild West Show*, si era sempre identificato con quella razza fiera, con quei guerrieri nobili e selvaggi allo stesso tempo. Adesso il momento dei segni sul viso, di una loro assunzione di significato che andava ben oltre il gioco, era arrivato.

Tra i reparti ordinari, tra i fanti, gli artiglieri e tutti gli altri, nei confronti degli Arditi c'erano reverenza e ammirazione, ma anche un'invidia che non di rado celava qualche malcontento. Perché quegli uomini erano sí coraggiosi e pronti a tutto, sempre impegnati in azioni rischiose e difficili, ma godevano anche di notevoli privilegi. Mangiavano di piú e meglio, erano meglio equipaggiati e armati, godevano di turni di riposo piú lunghi e frequenti, facevano del loro spirito di corpo una forza che li sottraeva alla disciplina formale, rigida e spesso impietosa che invece gli altri subivano.

Ma con «quelli di Buffalo Bill» era diverso.

Loro, si diceva, non abbandonavano mai la prima linea. Compivano missioni eroiche e impossibili che erano un vanto per tutti. Da soli potevano mutare le sorti di un'avanzata, di una battaglia, persino il destino di una intera porzione del fronte. E il loro sergente, quel ventunenne biondo dagli occhi di ghiaccio e dal viso da ragazzino reso autorevole da un'espressione sempre dura e decisa, un viso da cui non scolorivano mai gli eloquenti segni di guerra vergati col lucido nero, era al di fuori e al di sopra di ogni invidia, di ogni rivendicazione, di ogni chiacchiera malevola.

Bill era diventato leggenda.

In realtà la sua squadra, come tutte quelle degli Arditi, usufruiva di periodi in cui riposarsi nelle retrovie, anche in cittadine in cui non mancavano possibilità di svago, di tirare il fiato, di riemergere per qualche giorno dall'abisso della notte e della morte di cui erano i tenebrosi padroni.

Durante quei momenti, quelle pause in cui ce n'era il tempo, sia lui che Mariano scrivevano lettere. A casa e a Rachele, che era tornata a vivere in paese. La ospitavano Ercole e Cristofora, le avevano offerto la stanza che era stata di Caganído, e lei si sdebitava dando una mano nelle faccende di casa, oltre a lavorare come bracciante e lavandaia.

Nelle prime missive, Bill non sapeva che dirle. Le raccontava con molta parsimonia della vita al fronte, le chiedeva come stesse, faceva riferimento a qualche ricordo della loro infanzia. Non si vedevano e non si scrivevano da tempo e gli sembrava persino strano questo rinnovato contatto epistolare, questo ritrovarsi essendo l'uno a duecento chilometri dall'altra.

Poi lei gli mandò una foto in cui era ben vestita, sorridente e in posa. La bambina magra e graziosa di un tempo si era trasformata in una donna bellissima.

Guardò a lungo quell'immagine, studiandone ogni particolare. L'espressione degli occhi, l'acconciatura dei capelli, la piega della bocca, tutto.

Poi la posò e il suo pensiero andò a Silvana, al suo povero vestitino liso, ai suoi silenzi, alla sua devozione che mai nulla aveva chiesto in cambio. E di nuovo si sentí in colpa, di nuovo si scoprí ingrato e incapace di essere generoso e giusto. Perché a Silvana non aveva pensato quasi mai, nei tre anni passati al fronte, mai le aveva scritto, mai si era davvero interrogato sulla sua vita e sulla sua sorte, mai si era chiesto se lei lo pensasse, se e quanto le mancasse.

Neppure lei gli aveva mai scritto, e non avrebbe potuto, perché non le aveva mai comunicato un indirizzo a cui farlo.

La sera stessa le mandò una lettera.

Quando, settimane dopo, arrivò la risposta scritta dal parroco del piccolo borgo in cui aveva conosciuto e frequentato quella ragazza semplice e gentile, Bill seppe che sua nonna era morta e che lei, con la famiglia di certi cugini, si era trasferita nel piano. Dove, il prete non lo sapeva o non volle dirglielo.

E neppure Bill lo seppe mai.

Il 15 giugno i nemici scatenarono un'offensiva, ma gli italiani resistettero, contrattaccarono e nel giro di poche settimane cominciarono a spingersi oltre il Piave, il fiume che dopo Caporetto era diventato il confine della patria su cui erigere le disperate barriere tese a impedire che gli austriaci dilagassero nella pianura.

Le squadre degli Arditi furono sempre le prime ad avventurarsi nelle zone da riconquistare, sia per incursioni fulminee e devastanti, sia per raccogliere informazioni e catturare prigionieri. Furono mesi di missioni e scontri continui, di pericoli inusitati, di gesta coraggiose al limite della follia.

La fama e il prestigio di Bill crebbero, mentre Mariano cominciava a cedere. Anni di disagi, paure, privazioni, il continuo rischiare e scamparla per un pelo l'avevano logorato. Smagrito nonostante il rancio fosse piú che sufficiente, sempre piú taciturno, gli occhi che tradivano una perenne agitazione, i riflessi rallentati, mostrava i segni di una stanchezza preoccupante.

Bill non lo perse di vista un minuto e lo volle sempre accanto a sé. Quando, nei momenti di inazione, lo vedeva appartarsi e sedersi a capo chino distante da tutti, lo raggiungeva e gli parlava. Del paese, dei tempi andati, di Rachele. – Presto saremo di nuovo tutti e tre insieme, – gli diceva. – Non durerà ancora a lungo, questa guerra.

Durò ancora per mesi, invece. Mesi di avanzate e ritirate, di terreno guadagnato e perso, di fatica, di sangue e di morte. A settembre, in vista di un'offensiva che gli italiani progettavano di scatenare il mese successivo sul Grappa, gli Arditi cominciarono a inoltrarsi in quel territorio, tra e dietro le linee nemiche per studiarle, indebolirle e creare panico.

Fu in una di quelle missioni che «quelli di Buffalo Bill» ebbero l'incarico di raggiungere di soppiatto, di notte, un'altura in cui si annidavano mitragliatrici e pezzi di artiglieria. Armati di pugnali, bombe a mano, lanciafiamme e pistole mitragliatrici, raggiunsero l'obiettivo prima camminando e poi strisciando. Quando una nuvola coprí la mezza luna che opalescente, indifferente e lontana spiccava nel cielo, piombarono sulla postazione e fecero in pochi minuti il lavoro richiesto. Sbucarono dall'ombra, infissero pugnalate, tagliarono gole, poi spazzarono il luogo con sventagliate di lanciafiamme e cominciarono a tornare verso le proprie linee.

Bill si avvicinò a Mariano, che conosceva un po' di tedesco, e gli bisbigliò: – Ha detto: *Mutti*. Cosa significa?

– Chi è che l'ha detto?

– L'ultimo soldato che ho ucciso, prima. Mentre stavo per colpirlo, mi ha guardato negli occhi con un'espressione terrorizzata e ha detto quella parola.

– Significa «mamma». Ha invocato sua madre.

Continuando a camminare, Bill non poté non pensare alla sua, di madre. Era la persona a cui scriveva di meno, poche righe, le solite parole.

A distoglierlo da quel rimpianto, arrivarono le esplosioni. Cannonate fitte che iniziarono a cadere intorno a loro squarciando e assordando la notte, una tempesta di schegge e terra, un inferno.

– Giú! Giú! – gridò Bill. Ma non c'era posto in cui ripararsi.

– Sono i nostri! – disse Mariano. Come a volte succedeva, rischiavano di morire per il fuoco amico che si era scatenato all'improvviso sbagliando bersaglio.

Poi proprio sul gruppetto cadde una granata di grosso calibro, e fu il buio.

Senza sapere quanto tempo fosse passato dallo scoppio, Bill riprese conoscenza. La gamba destra gli doleva e sentiva bruciore sul viso. Si tastò la faccia e vi trovò una ferita su un lato, in cui mancava di netto l'orecchio.

Provò a tirarsi su, ce la fece, ma avvertí che stare in piedi non gli era facile e gli procurava fitte insopportabili. Nonostante questo si guardò e si mosse intorno per verificare le condizioni degli altri. E non gli ci volle molto ad accorgersi che «quelli di Buffalo Bill» non esistevano piú, che i commilitoni che aveva guidato in tante azioni e tra tanti pericoli non sarebbero mai tornati a casa.

Mariano non era tra quei corpi dilaniati. Si mise a chiamarlo, a cercarlo e infine lo trovò, privo di sensi e intriso di sangue, ma vivo.

Provò a farlo rinvenire, ma non ci riuscí. Allora, gemendo per lo sforzo e il dolore, se lo caricò addosso. Fu allora che il braccio sinistro del suo amico si staccò di netto poco sopra al gomito, cadendo a terra.

Bill posò Mariano, andò a sfilare la cintura a un caduto, la legò intorno al moncherino dell'arto reciso e strinse per arrestare l'emorragia. Poi raccolse il braccio amputato e se lo ficcò nella grande tasca posteriore della giubba, quella in cui teneva le bombe a mano. Infine di nuovo si caricò Mariano sulle spalle e pregando di farcela si incamminò, piegato e barcollante, verso le linee amiche.

Gli ci volle piú di un'ora per arrivarci. Misero Mariano su una barella e si avviarono verso l'ospedale da campo piú vicino. Bill, che pure si reggeva in piedi a stento e che era morso da dolori lancinanti, li seguí.

Nella tenda che fungeva da sala chirurgica, consegnò al medico il braccio amputato. – Si può riattaccarglielo? – chiese.

L'uomo guardò l'arto e scosse la testa. – No, figurati! –

disse. – È solo una salsiccia di carne bruciacchiata e di ossa sbriciolate. Tu piuttosto, sergente... ti si vede una rotula scoperta, ti manca un pezzo di faccia e grondi sangue da tutte le parti. Non te n'eri accorto?
Bill si strinse nelle spalle.
– Non so come hai fatto ad arrivare fin qui con le tue gambe, – aggiunse il chirurgo. – In ogni caso sdraiati su un letto o su una barella da qualche parte: appena sarà possibile, qualcuno si occuperà anche di te.
Bill si staccò a malincuore da Mariano, seguí il consiglio del medico e andò a coricarsi su un materasso insanguinato che trovò a terra nell'angolo della tenda. Tirò un sospiro profondo e chiuse gli occhi, svuotato e spossato, come se tutta la stanchezza degli ultimi tre anni avesse in quel momento presentato il conto.

19.
Ritrovarsi
(autunno 1918)

L'anno prima, la disfatta di Caporetto e l'avanzata del nemico avevano travolto tutto, anche gli ospedali, nelle zone che erano state occupate e non solo. Ad esempio a Padova, che era stata un importante presidio sanitario nelle retrovie, i nosocomi erano stati chiusi e spostati per precauzione e si erano perse centinaia di posti letto, e cosí in altre città.

Quando fu chiaro che sia Mariano, che oltre all'amputazione del braccio aveva riportato altre lesioni e aveva perso molto sangue, sia Bill, che era stato colpito a una gamba, al volto e al fianco ed era pieno di schegge ovunque, erano in condizioni tutt'altro che buone, si cercò di procurargli una possibilità di cura adeguata. Erano due Arditi, due eroi, e per loro si chiedeva il meglio.

Il caso volle che nel settore dell'ultima battaglia fossero stati feriti anche diversi soldati americani. Entrati in guerra e arrivati sul fronte italiano da poco, sebbene non numerosi erano stati un'iniezione di freschezza e di forza, oltre che di abbondanti e moderni equipaggiamenti.

Cosí i due Arditi furono condotti in ambulanza fino a un treno attrezzato che aveva come meta Milano, e là vennero ricoverati nell'ospedale della Croce rossa americana, aperto in un palazzo di via Armorari.

Trascorsero le prime due settimane tra operazioni, medicazioni e terapie assidue, in uno stato di semincoscienza.

I farmaci e la febbre vinsero i loro sensi trascinandoli in un dormiveglia tormentato, con qualche sprazzo di lucidità e di dolore e ore in cui piombavano sul fondo nero di un abisso di assenza. Poi piano piano cominciarono a riprendersi, a riacquistare forza e a mettere ordine nei ricordi e nei pensieri.

Il primo a lasciare il letto fu Mariano che, sorretto da un'infermiera, andò al capezzale dell'amico. Si guardarono negli occhi e si strinsero la mano.

– Mi hai salvato la vita, – disse Mariano.
– Non lo so, – mormorò Bill sorridendo. – Puoi ancora schiattare, sai? Non hai una bella cera.
L'altro rise. – Neppure tu.
– Però almeno cammini.
– Un medico ha detto che molto presto potrai farlo anche tu. Si sono stancati di servirti e riverirti, portarti la colazione a letto e svuotarti il pitale.

E tre giorni dopo, in effetti, anche Bill poté rimettersi in piedi. Gli avevano sistemato il ginocchio, le ferite al fianco erano rimarginate, il dolore quasi scomparso. Su un lato del viso c'era una cicatrice ancora infiammata e rossastra e mancava l'orecchio, ma il peggio pareva passato.

– Con quello sfregio in faccia sembri Fausto, l'uomo della contessa Barnini, – gli disse una volta Mariano. – Adesso avete qualcosa in comune.

– Non dirlo neanche per scherzo: io in comune con quello là non ho proprio niente.

Potendosi muovere con le stampelle, Bill cominciò a gironzolare nei corridoi dell'ospedale. C'erano medici che parlavano anche in italiano, pur con un accento buffo, perché venivano da famiglie di emigrati, c'erano infermiere giovani e carine.

Una di quelle, figlia di veneti che si erano trasferiti a Boston, dove lei era nata, un giorno gli chiese: – Tu sei un Ardito, vero?
– Sí.
– E non uno qualunque, pare. Ho visto, ieri, quando sono venuti gli ufficiali italiani a portarti le medaglie...
– Le dànno a tutti quelli che l'hanno scampata.
– Non è vero: il tuo amico Mariano mi ha raccontato qualcosa e dice che te le sei guadagnate alla grande. Sai che nell'ultima stanza, prima dello scalone, c'è uno dei nostri che come te è stato ferito a un ginocchio sul Grappa mentre partecipava a una missione con gli Arditi italiani?
Poche ore dopo, Bill, incuriosito, zoppicò fino alla camera che gli era stata indicata. Si affacciò spingendo la porta e vide un giovane ricoverato e una bella infermiera impegnati in dolci effusioni. Sussultarono intuendo la sua presenza e si girarono a guardarlo.
– Scusate, – mormorò Bill, in imbarazzo.
– No problem, – sorrise l'americano. – I'm Ernest. And you?
Bill scosse la testa. – Non parlo la tua lingua, mi dispiace.
– Io sí, – disse l'infermiera. – Ha chiesto come ti chiami, chi sei.
– Amerigo. Sergente Amerigo Timossi.
– Amerigo... come Amèriga! – l'interruppe l'uomo.
– Sí. Mia madre mi ha concepito negli Stati Uniti.
L'infermiera tradusse e Ernest annuí soddisfatto, come se la cosa gli facesse piacere.
– Sono un Ardito e sono stato ferito sul Grappa, – continuò Bill.
– Pure lui! – cinguettò l'infermiera. – Combattevate nella stessa zona!
Stavolta fu Bill ad annuire, anche se lassú non aveva vi-

sto americani al fianco degli Arditi; ma il fronte era grande e tutto poteva essere. Salutò e tornò nella propria stanza.

Dopo quasi due mesi che era in ospedale e sperava di essere dimesso da un giorno all'altro, un pomeriggio Bill, che si era appisolato, sentí una mano leggera sfiorargli il viso e accarezzargli i capelli.
Aprí gli occhi e la vide. Bella, sorridente. Non la incontrava da anni ma fu come non averla mai perduta, anche se era una persona ben diversa dalla ragazzina ossuta di un tempo.
Era lí accanto a lui, seduta su un lato del letto. – Ciao, Amerigo.
– Rachele!
– Sí, sono qui.
Si abbracciarono e per alcuni minuti rimasero cosí, stretti, senza dire una parola, poi si guardarono a lungo sorridendo e studiandosi, cercando l'uno nel viso dell'altra ciò che era rimasto uguale e ciò che era cambiato.
Bill le chiese: – Ma che ci fai qui? Come sei arrivata?
– Indovina un po'? Col treno, – rise lei.
– Cosí lontano...
– Sí, è lontano, ma il treno ha questo vantaggio: tu ci stai sopra seduta e lui cammina per te.
– Quanto rimarrai a Milano?
– Riparto domattina. Per stanotte ho preso una stanza in un alberghetto vicino alla stazione. I soldi me li ha dati Ercole, che ti saluta.
– Ercole è sempre gentile e ha davvero un cuore grande, al contrario di quanto pensava qualcuno.
– Già. Lui e Cristofora fanno tanto per me.
– Sei già stata da Mariano?
– Sí. Ero venuta prima nella tua camera, ma dormivi,

cosí ho passato una mezz'oretta con lui a chiacchierare. Mi ha detto che in guerra hai compiuto gesti... gesti che ne han parlato anche i giornali.
– Non è vero, – si schermí lui, senza riuscire a smettere di guardarla. – Non speravo in una tua visita, davvero.
– Dato che non vi decidete a tornare a casa, sono venuta io. Non ne potevo piú di stare senza vedervi. Senza vederti. Mi sei mancato da morire.
– Anche tu.
– Non è vero: per venirmi a trovare quando ero a Faenza avresti dovuto affrontare un viaggio ben piú corto di quello che ho fatto io per arrivare qui, ma...
Lui le strinse forte una mano. – Lo so, e prima o poi ti racconterò, ti spiegherò e spero che capirai. Io ti ho sempre pensata tanto.
– Be', quel che è stato è stato e adesso è acqua passata, per te e per me.
– Giusto. Quindi potremmo provare a riprendere da dove eravamo rimasti.
– Dov'è che eravamo rimasti? – chiese Rachele arrossendo.
– A questo, – rispose lui baciandola.

C'erano stati giorni in ospedale in cui Bill si era goduto, quasi incredulo, gli agi di quel posto e di quella condizione. Un letto soffice e pulito, cibo caldo e buono, servizi igienici, la possibilità di lavarsi e di cambiarsi quando voleva, un tetto sulla testa, gli ambienti riscaldati, la corrente elettrica. E la sensazione, che non provava da tanto tempo, di essere al sicuro, di poter dormire o riposare senza tenere un occhio aperto e i sensi in allarme.
Anche prima della guerra, raramente gli era capitato di vivere in maniera cosí confortevole: casa sua e le capan-

ne nella foresta in cui aveva passato una infinità di giorni non si avvicinavano neanche un po' alla comodità di quel luogo, dove l'unico impegno che aveva era di sottoporsi a qualche ora di movimenti riabilitativi, a qualche visita e medicazione.

A volte, col suo amico, si fermava davanti a una delle finestre che davano sulla strada e si incantava a guardare dall'alto il transito senza sosta di automobili, autocarri, tranvai, biciclette, il movimento continuo e rumoroso di quella città enorme.

– C'è una gran vita, qui, – diceva Mariano.
– Un po' troppa, per i miei gusti.
– Lo so, tu sei un uomo dei boschi.
– Perché, ci vivresti in un posto come questo?
– Certo!
– Io non vedo l'ora di tornare a casa.
– *Casa* in che senso? Con te non si sa mai. Intendi le baracche sparse qua e là sui monti in cui ti piaceva tanto fare l'eremita?
– Intendo San Sebastiano.

Mariano lo fissò e gli disse, sarcastico: – Sai, io conosco un sergente che un paio di mesi fa aveva ottenuto una licenza, ma l'ha rifiutata. E non so di nessun altro che abbia fatto una cosa del genere.

– Era un momento delicato, al fronte, c'erano missioni importanti da compiere. E poi avevo chiesto che potessero avere una pausa anche gli altri della compagnia, ma non è stato possibile ottenerla, cosí...

– Non avevi voglia di andare a casa, e basta.
– Non era solo quello. Comunque, adesso la voglia di tornare ce l'ho e si fa piú forte di ora in ora.
– Si chiama Rachele, questa voglia?
– Può darsi.

– E pensi, una volta che sarai con lei a San Sebastiano, di portarla a tagliare alberi e a produrre carbone nelle radure? O di lasciarla giú da sola ad aspettarti per mesi?
Bill fissò Mariano, stupito. – Non credo che sia un problema che ti riguarda, – rispose.
– Oh, mi riguarda, invece! Perché sei mio amico e perché a Rachele voglio bene anch'io, molto bene. L'hai fatta aspettare e soffrire, quando eravamo adolescenti.
– Mi pareva di averti già spiegato come andò la faccenda, allora.
– Lasciamo perdere, non voglio mettermi a rivangare e a discutere su quelli che forse sono solo punti di vista differenti.
– Non la lascerei da sola. Posso cambiare lavoro.
– Cosa vorresti fare?
– C'è solo l'imbarazzo della scelta: ho le braccia buone, io –. Appena finito di pronunciare quella frase, i suoi occhi andarono al moncherino di Mariano e si affrettò a dire: – Scusa, non intendevo....
– Tranquillo, non ha importanza. Il mio futuro è nella ditta di mio padre, che si è ingrandita e ormai commercia e traffica con zone sempre piú lontane. La mano destra ce l'ho ancora, e per fare conti e scrivere lettere di spedizione basta e avanza.
– Avrete bisogno anche di facchini e altro, nella ditta.
– Immagino di sí.
– Potreste assumermi.
– Perché no? Mi piacerebbe essere il tuo capo. Saresti un padrone tremendo.
Risero insieme, poi Mariano si fece serio e disse: – Bill, a parte gli scherzi, un posto per te c'è e ci sarà sempre. Non potrei parlare del futuro, se non fosse per te. Saresti sepolto lassú da qualche parte, lo sai.

– Lascia perdere.
– No, dico davvero.
– Va bene, amico mio, te ne sono grato. E adesso torniamo a letto, altrimenti le infermiere si arrabbiano, fanno la spia ai dottori e quelli ci tengono qui fino a Natale.

Pochi giorni dopo dimisero Ernest, l'americano. Per festeggiare diede un rinfresco in un'ampia sala comune. Ci andò anche Bill, che si serví senza parsimonia di vino e liquori. Non c'era piú abituato e a un certo punto si abbioccò, seduto in un angolo.

A festa finita, Ernest, in compagnia dell'infermiera che conosceva l'italiano, lo scosse per svegliarlo e prima di lasciarlo andar via volle sapere qualcosa di piú su come mai fosse stato concepito in America e sul perché il suo amico Mariano lo chiamasse Bill.

Amerigo rispose che era una lunga storia, che era mezzo ubriaco, aveva sonno e non gli andava di raccontarla, ma l'altro insistette e lo informò di essere un giornalista e che gli sarebbe piaciuto scrivere qualcosa su di lui.

Non fosse stato per l'alcol, Bill sarebbe scappato su due piedi. Ma quello insisteva, cosí in poche parole svelò la vicenda di Giulia, del suo incontro con Buffalo Bill e tutto il resto.

L'americano mostrò o finse grande interesse, non lesinò esclamazioni, gli diede una pacca su una spalla gridando:
– Amerigo Cody! – Poi parlò all'infermiera, che tradusse:
– Sarai ricco, allora. Quando è morto deve aver lasciato una bella eredità!
– È... è morto? – chiese Bill, stupito.
– Come, sei suo figlio e non eri a conoscenza del suo decesso? È accaduto da tempo. Nel gennaio dell'anno scorso, mi pare.

Suo padre era morto e lui non l'aveva saputo. Chissà se i giornali italiani avevano riportato la notizia, e in ogni caso nel gennaio dell'anno prima, in trincea, aveva avuto ben altro da fare che leggere i giornali. Né sua madre aveva mai accennato alla cosa nelle sue lettere: magari non l'aveva appreso neanche lei, oppure aveva evitato di comunicarglielo, conscia di quanto poco Amerigo si sentisse legato a lui, cosí poco da non volerne mai neppure parlare.

Andò col ricordo all'uomo dai capelli lunghi e brizzolati che quand'era bambino aveva visto esibirsi a Ravenna, al tripudio di applausi che gli spettatori gli avevano tributato, ai manifesti col suo nome scritto in caratteri rossi e grandi. Di lui non conosceva altro, se non i racconti che aveva trovato sulle riviste e sui libri. Dunque non capiva perché sapere che era morto lo colpisse e lo disorientasse. Forse non perché era mio padre, si disse, ma solo perché era una persona nota, una leggenda, uno di quelli che hai l'impressione che non debbano morire mai. Scosse la testa e si alzò per andarsene.

Ernest disse altre frasi nella sua lingua e gli porse un bicchiere di vino per trattenerlo, ma lui gli diede la mano, gli fece gli auguri e si incamminò verso la propria camera.

Dopo pochi metri li sentí ridere, l'americano e l'infermiera. Probabilmente di lui, di ciò che aveva narrato. Credevano che fosse solo un fanfarone italiano ubriaco e se ne prendevano gioco. E non c'era da biasimarli, in fondo, non c'era da stupirsene: quella storia, lo sapeva, suonava davvero incredibile.

Non si girò neppure a guardarli. Pensassero quel che volevano, ridessero pure. Non gli interessava.

Lui voleva solo tornare da Rachele.

La guerra, ai primi di novembre, finí. Nell'ospedale americano si celebrò la vittoria con tanto di bandiere, vino, dolci, canti, pianti di gioia e grandi sorrisi. Bill e Mariano brindarono con gli altri, frastornati e contenti. Si tornava alle proprie vite, dunque, e per restarci. Speravano che le ferite e le infezioni avessero anch'esse cessato per sempre di tormentarli, che la riabilitazione fosse compiuta e che il prossimo treno da prendere li riconducesse finalmente a San Sebastiano in Alpe.

Quel treno partí da Milano a metà novembre. Il Natale, come avevano sognato, l'avrebbero passato a casa.

20.

La vendetta e la furia
(settembre 1919)

Da tre giorni non si vedeva il sole. Nuvole fitte e scure si accavallavano e si spingevano, a tratti veloci e disordinate, a tratti lente e gonfie come se si prendessero una pausa nel loro correre sulle montagne.
A Giovanni non dispiaceva che predominasse quel tono di luce felpato, smorto. Lui il sole non lo sopportava. Non poteva. Gli feriva gli occhi, gli bruciava la pelle, gli abbagliava i pensieri, perché era albino. I suoi capelli erano bianchi, e cosí il resto del suo corpo.
Il vento irruppe nella Valleluce, mulinò su Pian del Falco e venne a scuotere la casa. La ruota correva, si tuffava sempre piú veloce nell'acqua della roggia e trasmetteva sussulti al meccanismo che faceva andare la biella e il carrello, sotto i pavimenti, dove avanzano i tronchi tra stridori e rombi.
L'abitazione era tutt'uno con la segheria ad acqua, e non c'era momento in cui il lavoro di suo padre e dei due operai che l'aiutavano non facesse tremare e gemere le pareti, il soffitto, il piancito.
Poi quel frastuono si spense e rimase soltanto lo scrosciare del torrente. Giovanni sentí un armeggiare, un chiudersi di porte, voci che si salutavano. Se n'erano andati, in casa era rimasto solo lui, suo padre: non riusciva piú a chiamarlo babbo come (forse) faceva un tempo. Del resto era ricambiato allo stesso modo: giorni interi senza fiata-

re, quasi senza vedersi, e poche sillabe le rare volte in cui l'uomo gli rivolgeva la parola.

Giovanni non vedeva mai nessuno, e nessuno doveva vedere lui. Per tutti era morto. Non esisteva piú. A scuola non l'avevano mai mandato e nessuno aveva avuto da ridire, nessuno l'aveva cercato e chiamato a quel dovere, come se il suo nome fosse assente persino nei registri dell'anagrafe. Ora aveva quasi dieci anni e non sapeva né leggere né scrivere. Avesse saputo farlo, magari avrebbe potuto chiedere di avere un libro che gli tenesse compagnia.

Forse non c'era neppure chi se ne ricordasse, di quel bambino bianco e dagli occhi rossi come quelli dei conigli dal pelo chiaro.

Da piccolo a volte l'avevano lasciato uscire. Si rammentava di qualche messa nella chiesa di San Sebastiano in Alpe, in domeniche d'inverno in cui faceva cosí scuro che poteva tollerare di vedere il cielo. Di qualche camminata nella neve con la mamma. Di visite dei vicini e dei clienti della segheria.

Poi il mondo si era accartocciato su sé stesso come un fienile a cui crolli il tetto, una ripa che frani. C'era stata la guerra, in diversi erano partiti, molti di loro erano morti su altre montagne, lontane e dai nomi strani. Subito dopo era comparsa la malattia, la spagnola.

Mamma era morta di quella. Tanti altri l'avevano seguita, falciati come steli d'erba in un prato.

Da allora tutto era finito, tutto era diventato ancora piú vuoto di prima, il tempo aveva rallentato ancora di piú. Da allora non aveva piú dovuto sentire suo padre litigare con la mamma per convincerla che era meglio tenerlo nascosto, quel figlio cosí strano e diverso, perché alla gente faceva impressione. Anzi, paura. «Lo sai cosa dicono? –

lo aveva sentito urlare. – Che è il figlio del diavolo, che i segnati da Dio puzzano di zolfo! Che porta male!»

Giovanni non sapeva come fosse successo, cosa lui avesse inventato o raccontato. Forse aveva detto di averlo sepolto con mamma perché ugualmente morto di spagnola, o che era scappato e non se n'era saputo piú niente. O forse la sua scomparsa l'aveva dichiarata già al momento in cui avrebbe dovuto iniziare la scuola. Chissà. Fatto sta che ancora prima di quel momento, del funerale a cui non aveva neppure potuto partecipare, le porte si erano chiuse come in una prigione. Niente piú uscite, neppure nei giorni scuri di nuvole, neppure di notte. Niente piú incontri, neanche con gli operai della segheria. Niente di niente. Una solitudine sempre uguale a sé stessa.

Dalle finestre, quando il sole non accendeva i vetri e lui riusciva a guardare fuori, Giovanni vedeva passare gente. Arrivavano carri a portare tronchi o a prendere assi, qualcuno camminava sulla riva del torrente, bambini ogni tanto andavano in giro da soli o in gruppetti. Gli sarebbe piaciuto incontrarli, parlargli, giocarci. Gli sarebbe piaciuto molto, ma non gli era permesso.

Insomma, non gli era permesso vivere, a meno che non si potesse considerare vita starsene tutto il giorno chiuso nel magazzino al piano piú basso, tra assi e vecchi attrezzi; mangiare da solo qualcosa che il padre gli lasciava oltre la porta di quel rifugio; struggersi per il desiderio di evadere anche per un'ora da quell'ambiente in cui si respiravano segatura e noia.

Anni prima c'era stato un operaio, Amerigo, di cui non si ricordava ma di cui mamma gli aveva parlato dicendo che lo faceva sempre giocare e ridere. Si rammentava invece di un altro, Silvio, a cui aveva voluto molto bene. Poi quello era diventato troppo vecchio per portare pesi e al lavoro non era venuto piú.

Quell'uomo gli faceva carezze e lo chiamava affettuosamente «il Bianco». Silvio e la mamma erano stati uguali nell'essere gentili e affettuosi, e lo erano stati anche nel modo di andarsene, entrambi uccisi dalla malattia. Due fra i tanti. Aveva sentito dire che in una fattoria piú a basso erano morti tutti e che non li avevano neppure sepolti: avevano preferito dar fuoco a quella catapecchia ormai infetta risparmiando sui funerali ed evitando il contagio.

Per quello, forse, nel magazzino c'erano ancora cinque o sei bare. Babbo faceva anche lavori di falegnameria, e per via della spagnola ne aveva costruite parecchie; per un po' se n'erano vendute, poi il fuoco purificatore o la paura dei corpi avvelenati dal morbo avevano fatto sí che restassero lí sotto, inutilizzate e ormai inutilizzabili, perché il legno povero con cui erano state assemblate si era intriso d'umido, iscurito, deformato.

Solo una era in condizioni ancora accettabili: le assi non si erano piegate o corrose troppo, il coperchio si poteva ancora chiudere. Quella, per Giovanni, era il rifugio dentro il rifugio del magazzino: in quella cassa si potevano trovare ancora piú buio, silenzio e pace.

Era lí che si chiudeva quando il mondo gli era insopportabile, quando il rumore delle seghe e delle voci gli pareva troppo forte, quando la luce di cieli spazzati dal vento faceva entrare il sole anche là dove di solito non batteva mai.

Nel coperchio, con un trapano, aveva fatto dei buchi per poter respirare; quando c'era un po' di luce, o se accendeva il lume a petrolio, quei fori sembravano un firmamento. Le stelle vere non le vedeva da tempo, se non a fatica attraverso i vetri opachi di sporco. Sul fondo della bara aveva messo una vecchia coperta infeltrita e, a rendere inespugnabile la sua cittadella, sulle assi laterali aveva infilato due viti a occhiello e in loro corrispondenza, all'interno del coperchio, aveva applicato due ganci. Se si sistemava nella bara e la chiudeva, poteva farlo in modo che nessuno potesse aprirla. Lí dentro il mondo non poteva entrare.

Quel mondo che tanto gli mancava, ma a cui si era cosí disabituato da sentirsene intimorito. Verrà il momento, si diceva Giovanni, in cui potrò andare fuori, ma non voglio che sia il fuori a venire da me all'improvviso.

Il buio era arrivato prima del solito, livido, elettrico. Il vento che per tutto il giorno aveva frustato ogni cosa si era placato in un'attesa carica di minacce. Il tuono aveva cominciato a rotolare sui monti, poi a scoppiare sempre piú forte, e i baleni lontani erano divenuti lampi accecanti, frequenti e forti. Si annunciava un brutto temporale, piú consono ai mesi di maggio o di giugno che a un settembre inoltrato, ma forse, come aveva orecchiato nelle parole di un operaio, la guerra, con tutte quelle esplosioni durate anni, aveva finito per cambiare anche il normale corso delle stagioni.

Suo padre gli aveva lasciato un piatto di polenta oltre l'uscio ed era scivolato via. Lo sentiva trafficare, forse stava mettendo in sicurezza la ruota nel timore che la roggia ingrossasse, perché con i tuoni e i fulmini era arrivata anche una pioggia cosí violenta che faceva risuonare la casa e la segheria come se le macchine fossero ancora in funzione.

Giovanni udiva il rombo dell'acqua, di quella che martellava il tetto e di quella della canaletta che correva sempre piú forte sotto il piancito. La luce delle folgori irrompeva dalle fessure nelle pareti e gli feriva gli occhi.

Se li coprí, si tappò le orecchie per non sentire il cielo che si squarciava. Uggiolando come un cane spaventato andò alla bara, vi si adagiò, tirò su il coperchio e infine serrò i ganci. Si sentiva al sicuro lí dentro, e il frastuono della burrasca divenne solo un rumore di fondo che lo cullò fino a farlo addormentare.

I tuoni, lo scrosciare della pioggia e i fischi del vento penetrarono nei sogni di Bill diventando immagini di battaglia, rombi di cannone, sibilare di granate. Poi i colpi secchi e ripetuti alla porta svegliarono sia lui che sua madre.

Fu lei ad andare ad aprire, trovandosi davanti una donna che si teneva un pezzo di tela cerata sulla testa per ripararsi dalla bufera.

– Anna... – l'accolse Giulia. – È notte fonda, che c'è?

– Mio marito mi ha mandato a chiamare Amerigo, ci sono problemi nei depositi, sta volando via tutto e lui da solo non ce la fa.

Giulia si girò per andare a svegliare il figlio, ma Bill era già in piedi dietro di lei e si stava vestendo. – Arrivo subito, – disse ad Anna, la moglie del custode notturno dell'azienda in cui lavorava da quando era tornato dalla guerra, quella della famiglia di Mariano. Una ditta che si era ingrandita molto e commerciava non piú solo in sementi e attrezzi agricoli, ma anche in legname e materiali da costruzione.

– Stai attento, – gli disse Giulia quando lui si avviò.

– Tranquilla, mamma.

Si preoccupava a vederlo uscire nel temporale. E dire che lo sapeva abituato ad affrontare qualsiasi cosa, capace di vivere da solo nei boschi, capace persino di riportare a casa la pelle dopo tre anni di inferno, lassú al fronte.

A Bill il nuovo impiego non dispiaceva. Era sicuro e ben remunerato, e poi poteva lavorare insieme a Mariano, anche se con mansioni diverse: il suo amico negli uffici a fare conti e gestire contratti, lui a dirigere le operazioni di carico, scarico e spedizione, mettendoci sudore e muscoli. Zoppicava ancora un po' per la ferita alla gamba rimediata sul Grappa, ogni tanto il ginocchio gli faceva male, ma questo non gli impediva di essere piú che efficiente. Era giovane, robusto e avvezzo alla fatica.

Semmai, spesso gli mancavano la solitudine e il silenzio delle foreste, i sentieri della montagna, il respiro e il canto misterioso degli alberi e delle sorgenti.

Però c'era Rachele. Adesso stavano insieme, anche se una cerimonia ufficiale di fidanzamento non l'avevano fatta, e lui aveva cominciato a sistemare la camera che era stata del nonno e che presto sarebbe diventata la loro. Entro l'anno si sarebbero sposati, ma ancora non l'avevano annunciato a nessuno.

Vivere con sua madre nella piccola casa del paese non era ciò che Bill avrebbe voluto per sé e per la sua donna, ma per un po' si sarebbero accontentati. Col tempo, se le cose fossero andate per il verso giusto, ne avrebbero avuta una tutta per loro.

Un'occasione, a dire il vero, si era presentata un paio di mesi prima, a luglio. Il Comune di San Sebastiano in Alpe, bisognoso di soldi perché doveva far fronte a parecchi problemi che la guerra e l'epidemia di spagnola avevano portato con loro, in primo luogo quelli delle numerose famiglie in difficoltà per aver perso le braccia che le sostentavano, aveva messo in vendita alcuni beni. Fra questi, un piccolo appezzamento di terra nel Prato Basso.

Quel posto appartato, fuori dal centro del paese, ombreggiato da grandi alberi secolari, a Bill era sempre piaciuto molto. Lí avrebbe potuto costruire una casa per sé e Rachele, un nido perfetto. Mariano si era offerto di prestargli i soldi per l'acquisto e l'aveva informato sul giorno e l'ora in cui si sarebbe tenuta l'asta.

E Bill si era presentato, speranzoso ed eccitato. Erano stati pochissimi i presenti e i pretendenti, e la sua offerta aveva facilmente prevalso. Stavano per assegnargli il lotto, quando da dietro si era alzata una voce che aveva detto con tono quasi annoiato: «Il doppio. Il doppio di quanto ha indicato coso... avete capito, quel ragazzo senza un orecchio».

Si era girato e dopo tanto tempo si era ritrovato davanti Fausto, l'uomo alto che adesso era non piú solo l'amico, ma il marito della contessa Barnini, quello che aveva cacciato Alma e Rachele dalla loro abitazione e che l'aveva indicato ai militari in piazza a Faenza perché lo arrestassero con l'accusa di avere partecipato ai disordini della Settimana Rossa. L'uomo che lui aveva ferito con una freccia e che purtroppo, gli venne da pensare in quel momento, non aveva colpito meglio e inchiodato all'auto in fiamme.

Il battitore aveva esitato, attendendo un rilancio, ma Bill non aveva potuto aggiungere nulla di piú. Cosí Fausto aveva avuto il terreno, e quasi per sfregio l'aveva lasciato nell'incuria facendovi crescere alte e fitte le erbacce.

«Non mi lascerà mai in pace, – aveva detto Bill a Mariano. – Ce l'ha con me e vuole impedirmi di vivere. Ma prima o poi lo sistemo io, se non la pianta».

«Lascia perdere, – gli aveva risposto l'amico. – L'unico che può impedirti di vivere sereno sei tu stesso, soprattutto se ti fissi con quell'uomo e coltivi rancore».

Lui aveva annuito masticando amaro, e aveva provato a non pensarci piú.

I tuoni e il diluvio aumentavano, il vento arrivava in folate cosí potenti che parevano poter sradicare gli alberi.

Bill accelerò il passo verso i magazzini, vi giunse che là c'erano già Mariano, suo padre e altra gente, e vide che a un capannone era stata strappata via una parte del tetto, volata lontano come se fosse stata di carta.

Giovanni, chiuso nella bara che era il suo rifugio, non sapeva quanto avesse dormito, ma era conscio che a svegliarlo fosse stato un boato improvviso, una cosa mai sentita prima.

Cominciò ad ansimare e nella mente gli corsero alcune immagini: la pioggia battente, il terrapieno che delimitava il bacino idrico piú in alto, il torrente Falcione che si incanalava nella valle, passava sotto l'abitazione e correva giú a sfiancare un crepaccio per diventare poi un fiume largo all'altezza del paese.

Ebbe solo il tempo per quei pensieri, poi, in un momento assordante come una deflagrazione, si sentí sollevare, sbatacchiare, trascinare via tra urti, frastuono di cose divelte e spezzate, gorgogliare e muggire di corrente.

Anche se non aveva potuto vederlo, con l'istinto capí: il terrapieno aveva ceduto, la cascata che ne era scaturita aveva travolto tutto e lui, come un povero Noè solo in una minuscola e macabra arca, stava correndo a valle su onde spumose di fango.

Chiuse gli occhi e la vertigine mulinante lo rese incosciente, catturato da un inferno freddo e buio.

Quando ne riemerse era fermo, il mondo intorno aveva smesso di urlare e di scuotersi.

Dai buchi nel coperchio della bara filtrava una luce tenue che poteva essere quella dell'alba. Il legno della sua imbarcazione di fortuna era inzuppato, la coperta sotto la schiena era fradicia, ma la bara aveva galleggiato, salvandolo.

Il suo pensiero corse alla casa e al padre, che forse non

c'erano piú. Non se ne dispiacque molto. A fatica aprí i ganci e spostò il coperchio. Albeggiava davvero.

Si guardò intorno: era in un prato allagato e pieno di detriti, sul limitare del bosco oltre il quale, punta di pietra fra quelle degli alberi, vide la cima del campanile. La spinta della corrente l'aveva portato vicino all'abitato di San Sebastiano, per fortuna senza trascinarlo nel crepaccio che si apriva come una bocca nera e famelica su un lato della valle e che doveva aver inghiottito la maggior parte dell'acqua. Una corsa alla quale era sopravvissuto chissà come.

Uscí dalla bara e posò i piedi scalzi sull'erba sommersa da un velo d'acqua gelida. L'aria era pulita, la bufera era passata. In alto, tra le nuvole, occhieggiavano le ultime stelle. Quelle vere. Appoggiata su una cresta scura d'alberi sbiadiva un'enorme luna piena, bianca, albina come lui e per questo altrettanto solitaria e muta, ma ugualmente maestosa e bellissima.

Respirò a pieni polmoni e fece qualche passo intorno, sorrise e si nutrí e ubriacò di quell'improvvisa libertà.

Poi sentí le voci. Arrivavano dal bosco ed erano di bambini.

Andò nella loro direzione e li scorse sbucare dal fitto degli alberi. Erano tre, due maschietti e una femminuccia; forse si erano alzati prestissimo per andare a vedere i danni della piena, o forse il temporale li aveva tenuti svegli tutta la notte.

Si fermò e anche loro si bloccarono, fissandolo. Giovanni fece un cenno con un braccio; fu allora che quei tre si girarono e scapparono urlando.

Anche lui urlò, chissà perché, e non seppe fare altro che tornare alla bara e sedervisi sul bordo.

Torneranno, pensò, ma era inquieto. Sapeva, perché suo padre l'aveva rimarcato tante volte, di non essere come gli altri e di non fare loro un bell'effetto. Sopraffatto da una tristezza densa come melassa si accinse ad andarsene, a tornare verso la casa e la segheria, se mai fossero esistite ancora. Ma non fece in tempo a muovere un passo che le voci si udirono di nuovo, e stavolta non erano solo di bambini.

Guardò verso il bosco e riuscí a distinguere le persone che venivano verso di lui. Erano sette o otto, due portavano fiaccole accese, un'altra un fucile. Allora si infilò nella bara piú in fretta che poteva, tirò su il coperchio, chiuse i ganci e rimase immobile, col cuore che gli galoppava nel petto. Li sentiva, li sentiva arrivare e parlare.

– L'avete visto? L'avete visto? – gridò la voce di una bambina.

– Sí, – rispose un uomo. – È davvero il diavolo, quello! Oppure è lo spirito di un morto. L'acqua deve averlo dissotterrato da una delle tombe che sono su, nel cimitero di Pian del Falco; non vedete che c'è pure la bara?

– È vero, – disse un altro. – Che facciamo, chiamiamo il prete?

– Dopo, lo chiamiamo, perché benedica questo posto. Intanto ricacciamo all'inferno quella creatura del demonio. Tu, corri a prendere una latta di petrolio o di acetilene!

– Ehi, aspettate, non è meglio che... – intervenne un'altra voce.

– Aspettare cosa? – si udí gridare.

Ma che vogliono fare?, si chiese Giovanni. Per un po' attese fermo e zitto, poi, in preda a un'agitazione febbrile, liberò i ganci, fece per sollevare il coperchio ma qualcuno vi spinse sopra e glielo impedí. Cominciò a dibattersi e a implorare e fuori, in risposta, si alzarono urla ancora piú forti.

Dopo una lunga lotta inutile sentí un liquido dall'odore pungente scrosciare sulla bara, penetrare dai buchi sul coperchio.

Infine fu il fuoco.
Solo allora poté aprire e alzarsi a sedere, torcia umana incapace di muoversi oltre e di respirare.
Le ultime cose che vide furono la faccia di una bambina che lo fissava con gli occhi pieni di meraviglia, di terrore e di una selvaggia luce di vittoria, e quella di un uomo alto, affilata e deturpata da una cicatrice. Un uomo dagli occhi spiritati che teneva ancora in mano la torcia con cui aveva appiccato il fuoco.

Don Paolo, il parroco, arrivò poco dopo. Qualcuno doveva essere andato ad avvertirlo, o forse l'avevano richiamato sul posto l'andirivieni chiassoso e il trambusto.
Il corpo di Giovanni, consumato dal fuoco, era steso poco lontano da ciò che restava della bara.
Il prete si accostò al cadavere del bambino, ne scrutò il viso in parte riconoscibile e si mise le mani nei capelli.
– Mio Dio, cosa avete fatto? – gemette.
– Le abbiamo risparmiato del lavoro, – rispose l'uomo alto spegnendo la torcia nell'acqua e gettandola via. – Era un diavolo, quello.
Don Paolo deglutí e mormorò: – Era Giovanni, il figlio di Piero, quello della segheria ad acqua su in Valleluce.
– Cosa? Il figlio di Piero è morto da un pezzo. Al massimo potrà essere il suo spirito che era tornato per chissà quale motivo!
– Era vivo, invece, e l'avete ammazzato voi, – ribadí il prete.
Poi si allontanò di qualche passo camminando all'indietro, come se non potesse distogliere lo sguardo da quel corpo devastato. Infine si girò e si avviò lentamente verso il paese con le mani nei capelli.
Mentre il parroco se ne andava, arrivarono di corsa Bill

e Mariano. Venivano dal deposito dell'azienda in cui durante la notte avevano cercato di mettere in sicurezza le merci e di limitare i danni della tempesta. Avevano visto il bagliore delle fiamme e il fumo, avevano sentito grida e deciso di andare a sincerarsi di ciò che stava accadendo. Quando incrociarono il parroco si fermarono a parlare con lui, e alle sue parole Bill diede un grido e ripartí correndo ancora piú veloce, anche se la gamba gli faceva male.

Fausto, l'uomo che aveva incendiato la bara, lo vide arrivare urlando e imprecando. Non lo incontrava dal pomeriggio in cui si era svolta l'asta per il terreno del Prato Basso. Quel giorno aveva avuto con sé alcuni uomini fidati che l'avevano accompagnato, ma ora non c'erano e lui non se la sentiva di affrontare quel ragazzo biondo e forte che, lo sapeva, in guerra aveva dimostrato di non avere paura di niente e di nessuno e di non andare troppo per il sottile. Arretrò di qualche passo e svelto filò via, tagliando per il bosco.

Bill giunse ansimando dove c'era stato il rogo, si chinò sul corpo semicarbonizzato, ne studiò il volto ed emise un singhiozzo: – Giovanni!

– Dovremmo chiamare i carabinieri, – disse Mariano, che nel frattempo l'aveva raggiunto.

– Aspetta, – biascicò Bill. Poi, forte e guardandosi intorno: – Chi è stato?

Nessuno gli rispose, e i bambini presenti si ritrassero spaventati dal suo tono di voce e dalla furia che aveva negli occhi.

– Chi è stato? – urlò ancora piú forte.

– È stato il signor Fausto, – gli rispose un uomo anziano. – Ha detto che quello era il diavolo e che bisognava rimandarlo subito all'inferno.

– E voi avete dato retta a quel farabutto?

Tutti tacquero.
Mariano si avvicinò all'amico, lo tirò da parte e gli disse: – Hanno soggezione di quel tipo, lo sai. Tiene in pugno molti di loro e li comanda a bacchetta. Adesso lui e la contessa sono proprietari di quasi tutti i poderi e di parecchie delle case qui intorno: con la crisi dovuta alla guerra, in tanti hanno dovuto vendere e loro ne hanno approfittato. Inoltre quell'uomo probabilmente è un informatore dei carabinieri, conosce tutti quelli che contano, è nel direttivo dell'Associazione degli agrari... sa di avere le spalle ben coperte e si comporta da Dio in terra.

– Ma perché ha fatto questo a un bambino, Cristo santo, perché?

– Forse perché è un fanatico che crede a chissà quali cose strane, come quando voleva guarire la gente con le calamite, o perché è un prepotente che pensa di poter fare e disfare a proprio piacimento e capriccio. Andiamo dai carabinieri, su.

– Ma l'hai detto tu, quello è in combutta con loro!

– Il maresciallo è comunque una brava persona. E in ogni caso, chi altri vuoi chiamare? Andiamo!

– No. Rimani qui, tu.

– Dove vai?

– A sbrigare una faccenda. Anzi, a finire un lavoro che avevo iniziato anni fa.

– Bill, ragiona, non fare sciocchezze...

– Nessuna sciocchezza. Farò giustizia una volta per tutte, e basta.

– Bill!

– Rimani qui, ti ho detto, e bada che lascino stare ciò che resta di quel povero piccolo. E se arrivano i carabinieri, tanto qualcuno li avrà già avvertiti, trattienili piú che puoi, qualsiasi cosa accada. Ci vediamo dopo.

Mariano non replicò. Non poteva, quando il suo amico metteva su quell'espressione.

Amerigo partí a passo deciso, andò a casa, rovistò in uno zaino, ne trasse una pistola e una bomba a mano e se le ficcò in tasca insieme al coltello. Erano le armi che aveva con sé quando era stato ferito e con le quali era giunto in ospedale. Al momento del congedo, gli americani gliele avevano restituite senza problemi e senza domande. Gli italiani invece, che gli avevano portato una divisa da Ardito nuova fiammante con cui tornare a casa, gli avevano chiesto con una certa insistenza se avesse materiale bellico da riconsegnare, al che lui aveva risposto candidamente di no.

Con ciò che gli serviva, si avviò verso la villa della Barnini, divorando il chilometro in salita che la separava dal paese. Arrivato al portone bussò, gridò, sferrò calci. Nessuno aprí o rispose.

Allora prese la bomba a mano, l'innescò, l'appoggiò all'uscio e si riparò dietro un muricciolo nel giardino. La bomba esplose e la porta volò all'interno.

Bill varcò la soglia con la pistola in mano, prese a girare stanza per stanza, scansò una domestica, fulminò con lo sguardo un ometto tremante che poteva essere un maggiordomo, perlustrò ogni vano. Infine, in uno studiolo, trovò Fausto.

Se ne stava rimpiattato dietro una scrivania, un vigliacco che cercava di cavarsela nascondendosi.

– Eccoti qua! – gli disse Bill tirandolo su. – Adesso facciamo i conti una volta per tutte!

– Cosa vuoi? Come ti permetti di...

Bill si mise in tasca la pistola, impugnò il coltello e senza esitare gli aprí la gola, spinto da una efficienza rapida e feroce. L'aveva fatto tante volte, ma mai con la stessa rabbia determinata.

L'uomo si portò le mani al collo per tentare invano di fermare il fiotto di sangue che ne zampillava e si afflosciò sul pavimento, senza un gemito. Bill a quel punto si avviò verso l'uscita, col pugnale insanguinato ancora in mano. Nel corridoio incontrò la contessa Barnini. Ulteriormente appesantita e invecchiata, si appoggiava a un bastone. La donna aprí la bocca forse per dire qualcosa o per gridare, ma incontrò gli occhi chiari del ragazzo. Se li era trovati in un'altra occasione, molto tempo prima, fissi nei suoi, e come l'altra volta la pietrificarono, la ammutolirono, la gelarono.
Bill la spinse da una parte come una cosa che gli intralciasse il passo, e se ne andò.

Era arrivato il buio e l'umidità della sera faceva rabbrividire. Seduto tra gli ultimi alberi prima del vasto prato che fiancheggiava un lato del fiume, Bill aspettava Mariano. Sapeva che era lí, in quel loro abituale luogo di pesca e di incontri, che l'avrebbe di certo raggiunto.
Uscito dalla villa della contessa era corso a casa, prima che si mettessero a cercarlo. Sua madre non c'era, e questo gli aveva facilitato le cose. Aveva ficcato abiti e qualche provvista in un sacco, preso il fucile, le munizioni e il suo vecchio arco, alcune scatole di zolfanelli e qualche pentolino, insomma ciò che era solito portarsi quando partiva per le lunghe permanenze nei boschi, poi, cercando di non essere visto, aveva risalito di un centinaio di metri la Valbuia in attesa del tramonto.
Calate le tenebre, era sceso di nuovo verso l'abitato e si era messo ad attendere.
E Mariano arrivò, silenzioso nell'ombra, e gli si sedette accanto. – Hai combinato un bel guaio, – disse.
– Lo so.

— E adesso?
— Adesso... adesso niente, salgo sui monti e vediamo che succede.
— Cosa vuoi che succeda? Ti daranno la caccia. Hai ammazzato uno che contava, e anche se sei un eroe di guerra, anche se hai un cassetto pieno di medaglie, non ti perdoneranno. Hai rovinato tutto, Amerigo, adesso che le cose si mettevano per il meglio, che avevi un lavoro vicino a casa, che stavi finalmente con Rachele. A proposito, vuoi che vada a chiamarla? Sono ore che piange e chiede di te.
— No.
— Perché no? Non vuoi vederla, non vuoi parlarle? Credo che tu glielo debba.
— Non ce la faccio. Non sarei capace di dirle un'altra volta addio.
— Bell'eroe che sei!
— Non è per me, in realtà. Voglio solo risparmiarle questo dolore.
— Se volevi evitare di farla soffrire, dovevi pensarci prima. Dovevi ascoltarmi, stamattina, quando ti ho pregato di non fare stupidaggini.
— Ho agito come si doveva. Quell'uomo non meritava di vivere, avrebbe continuato a fare del male.
— E Rachele merita di rimanere sola a soffrire? E tu... anche tu, meriti di doverti nascondere chissà per quanto tempo?
Bill scosse la testa, rimase per un po' in silenzio poi mormorò: — Stalle vicino tu. Col tempo mi dimenticherà. Magari potreste mettervi insieme e sposarvi. Ha bisogno di qualcuno.
— Di te, aveva bisogno!
— Anche di te.
— Quanto sei idiota, cocciuto e... — Non gli vennero altre parole.

– Dico davvero, – continuò Bill. – Non me la prenderò mica, se vi sposerete. Meglio tu di un altro.
– Sai una cosa, Amerigo? Non ti picchio a sangue solo perché sei piú forte e a me manca un braccio. Solo per quello.
L'altro prese a tormentarsi tra le dita uno stelo d'erba, sospirò e disse: – Ogni tanto, passa anche a trovare mia madre.
– Forse le cose si calmeranno un po' e magari, di notte, riuscirai a venire in paese...
– L'hai detto tu, prima: mi daranno la caccia, e io non voglio mettere nei guai nessuno, né mia mamma, né Rachele, né te. Per questo sarà meglio che non metta piede da queste parti. Magari sorveglieranno le case a cui potrei dirigermi.
– Non potranno farlo ogni giorno e ogni notte per sempre.
– Chissà.
– Forse qualche volta riuscirò a venire su io: se mi dici dove potrò trovarti, ti cercherò là.
– Non sono in grado di indicarti luoghi, Mariano. Cambieranno spesso e dipenderanno da tante cose.
– Già.
Bill sospirò. – Ho ammazzato tanti uomini in guerra, – disse, – e tu lo sai... sai com'era, c'eri anche tu. Non conoscevamo nessuna di quelle persone, di quei soldati. Non sapevamo i loro nomi, non ci avevamo mai scambiato una parola, non ci avevano fatto niente. Stavano dall'altra parte e dovevamo eliminarli, e basta. Fausto invece *volevo* ucciderlo, lo volevo con tutto me stesso. Lui era mio nemico davvero. È diverso, capisci?
– Potevi combatterlo in un altro modo.
– Quale modo?

– Non lo so.
– Be', non lo so neanch'io. Non ne conosco altri, non me ne hanno insegnati di diversi. So solo, – disse alzandosi in piedi, – che adesso è ora che vada.
– Dove?
– In su, – sorrise Bill. – Verso il basso c'è la pianura, ma dall'altra parte ci sono monti e foreste da qui... da qui alla fine del mondo. Non avrò che l'imbarazzo della scelta.
– Scelta? Quale scelta, per l'amor di Dio?
Senza rispondere Bill lo abbracciò, si caricò il sacco e le armi, si girò e sparí nel buio tra gli alberi.

21.
Perdersi
(dicembre 1926 e primi mesi del 1927)

Fermo fuori nel buio, mentre cominciava a cadere qualche fiocco di neve, ebbe la sensazione di essere tornato indietro nel tempo o di essersi appena svegliato da un lungo sogno.
Quel posto era uguale a come se lo ricordava, nulla in apparenza era cambiato. L'insegna scolorita, la porta a vetri illuminata, il silenzio della viuzza acciottolata, il muro degli alberi dietro.
Adesso entro, pensò, Silvana mi sorriderà silenziosa, mi farà un cenno per chiedermi di aspettare che finisca il lavoro, magari mi prendo qualcosa da bere, mi riposo e piú tardi faccio una passeggiata con lei. Ci piaceva camminare anche nel freddo e sotto una nevicata, e alla fine ci riscaldavamo dormendo insieme, stringendoci l'uno all'altra senza complicazioni, liberi dal lavorio tormentoso delle passioni e dei pensieri per il futuro, dal peso di sentirsi dediti all'impresa piú importante e vincolante, quella della realizzazione dei propri sogni piú grandi. Grati e appagati di un presente semplice che non aveva bisogno di tante parole. Sí, lei adesso comparirà dietro il bancone e io, anche se non era la ragazza dei miei sogni, mi sentirò un po' a casa.
Era un'eternità che Bill non aveva un posto da poter chiamare casa, che non rimaneva per troppo tempo nello stesso luogo, che si spostava tra i monti per lunghe distan-

ze. Di quel che si ritrovava intorno, ciò che gli interessava era la disponibilità di acqua, di cibo da procurarsi con le trappole e con la caccia, di un ricovero in cui potersi riparare, di ampie e certe vie di fuga, e nient'altro.

Aveva cercato di restringere a quei bisogni elementari i ragionamenti e gli sforzi, di chiudere dentro spazi circoscritti della mente i ricordi e i sentimenti. Quelli non se li poteva permettere, erano ingombranti zavorre che comunque spesso si manifestavano, mordevano, imponevano ascolto. Nei pensieri o nei sogni facce e immagini, desideri e rimpianti, pentimenti e rimorsi spingevano testardi per riemergere.

Dopo l'uccisione di Fausto e l'inizio della latitanza, nel settembre di diversi anni prima, aveva voluto mettere fra sé e il paese la maggiore distanza possibile. Non solo per precauzione, per la paura di essere scovato e preso, ma anche per la necessità di staccarsi, di allontanarsi sia da chi poteva metterlo in pericolo sia da chi gli stava a cuore. Aveva sentito insomma di dover fuggire non solo da chi gli voleva male ma anche da chi gli voleva bene, e se scansare gli eventuali inseguitori, per lui abituato a vivere nelle selve, era stato piuttosto facile, rinunciare a Rachele, a Mariano e anche a sua madre era stato difficile e doloroso.

La sera stessa in cui aveva lasciato San Sebastiano si era imposto una direzione e un ritmo di marcia: verso sud, a tappe quasi forzate, mantenendosi sui crinali e tra i boschi per seguire la linea enorme e insondabile degli Appennini, verso chissà dove.

Aveva camminato per giorni, settimane, mesi, sostando solo per catturare qualche animale e cibarsene, per dormire in capanne abbandonate, in grotte umide o all'addiaccio. Aveva cercato di evitare incontri, anche se ogni tanto gli era capitato di attraversare piccoli borghi isolati e di imbattersi in boscaioli, cacciatori e viandanti senza nome che come lui si muovevano su piste selvatiche e poco battute.

Aveva colto in quei rari e brevi scambi di parole il mutare dell'accento e dei dialetti, rendendosi conto che le miglia si sommavano alle miglia e che si avventurava sempre piú lontano dalla propria terra e dal rischio di essere riconosciuto. Ma non si era fermato, spinto da un impulso piú punitivo che salvifico, da un desiderio crudele di addentrarsi nell'ombra fredda dell'estraneità, arrivando fino alle terre degli Abruzzi, distante da casa come non era stato mai, in un mondo remoto fatto come il suo di montagne e di boschi ma in cui i colori e gli odori erano stranieri e diversi.

Una volta, in un'alba di primavera, dopo aver dormito sotto la sporgenza di un costone di roccia, aveva sentito un verso, un richiamo che non conosceva. Si era alzato, aveva fatto qualche passo tenendosi celato tra la vegetazione e, in una radura luccicante di rugiada, aveva scorto una bestia scura e grande che gironzolava insieme a due piú piccole della stessa specie, arrestandosi ogni tanto ad annusare l'aria e a guardarsi intorno.

Non ne aveva mai viste di simili, se non sulle pagine di un libro. Era un'orsa con due cuccioli. Si era incantato a seguire il terzetto, affascinato e allarmato allo stesso tempo. Non sapeva cosa aspettarsi da quegli animali, né aveva capito come fosse possibile averli di fronte. Quanto lontano era arrivato per ritrovarsi nel territorio degli orsi? Non sapeva neppure che ci vivessero, in Italia.

Aveva commentato quell'incontro tra sé a voce alta, come aveva preso a fare, rivolgendosi a un interlocutore assente che poteva essere a volte Rachele, a volte Mariano, a volte nessuno in particolare. Conversazioni con compagni immaginari che lo impegnavano anche per molto tempo, in una quintessenza della solitudine e nell'affacciarsi di un sottile e vago delirio.

Era stato a quel punto che aveva deciso di invertire la direzione, di ritrovare qualche appiglio col mondo degli umani e con una realtà piú familiare. Per mesi e mesi, compiendo brevi tragitti e frequenti e lunghe soste, era tornato verso nord, cominciando ad allentare l'allarme che l'aveva spinto a fuggire e a evitare ogni frequentazione.

Un giorno, stremato e affamato, notata una fattoria sulla cima di un rilievo l'aveva raggiunta e aveva chiesto a un uomo che stava nell'aia se avesse bisogno di un garzone, di uno che sapesse fare legna, custodire le bestie, dare una mano nei campi, qualsiasi cosa.

Il contadino aveva fatto alcuni passi a ritroso verso la porta guardandolo con diffidenza e gli aveva intimato di andarsene.

Lui l'aveva accontentato, era arrivato a un ruscello che formava una pozza, aveva posato a terra lo zaino, il fucile, l'arco e tutto ciò che come una bestia da soma portava con sé e si era specchiato nell'acqua, constatando che il suo aspetto poteva veramente spaventare. Aveva la barba folta, i capelli lunghi e sporchi. Cosí si era fatto un bagno, si era rasato alla meglio col coltello e aveva accorciato la chioma.

Con sembianze meno inquietanti, aveva provato in altre cascine e in qualche occasione aveva ricevuto vitto e alloggio come ricompensa del proprio lavoro. Altre volte, analoghe opportunità gli erano state offerte in campi di tagliaegna e carbonai, in cui aveva potuto scambiare parole che gli avevano restituito l'esperienza del contatto umano.

Un pomeriggio, dopo un peregrinare che non aveva misurato in termini di chilometri e di durata, aveva ricominciato a scorgere cime e paesaggi che riconosceva e la sera stessa, mentre l'aria si faceva freddissima e i monti erano soffocati dal silenzio dell'inverno, era giunto a un villaggio noto, quello in cui, prima della guerra, aveva frequentato Silvana.

Vincendo gli indugi entrò nell'osteria che, in una vita precedente, era stata della nonna di quella ragazza. C'erano solo alcuni vecchi che lo guardarono con curiosità, ma anche col disincanto e il distacco di chi, proprio perché anziano, non ha piú occasione di stupirsi o preoccuparsi troppo. Si sedette a un tavolo, posò accanto a sé le proprie cose, accarezzò un cane fulvo che era arrivato ad annusargli con insistenza le gambe e le scarpe, fissò il fuoco acceso nel grande camino, lasciandosi irretire dal calore benefico che gli riportava vigore nella pelle e nelle vene paralizzate dal gelo.

Arrivò una donna minuta e senza età a chiedergli se desiderasse bere e mangiare, e lui rispose che di soldi non ne possedeva, ma che avrebbe potuto pagare raccogliendo legna e fascine nel bosco il giorno seguente.

La donna, sorprendendolo, non fece obiezioni e gli serví subito una mezzetta di rosso, del pane e un paio di salsicce.

Bill bevve e mangiò, rimase ancora un poco a godere del caldo del locale, poi uscí e salí nel bosco vicino, verso il punto in cui ricordava la presenza di alcune baite. Ne trovò una col tetto ancora intero, vi entrò, si distese in un angolo, si coprí alla meglio con la coperta che portava sempre con sé arrotolata sopra lo zaino e attese il sonno.

Rimase lí anche nei giorni seguenti, si sdebitò con la donna dell'osteria procurandole un carico di legna che dovette portare a braccia con piú viaggi, rimpiangendo il mulo che aveva avuto anni addietro. Chissà dov'era finito, quel povero animale: prima che partisse per la guerra glielo avevano requisito pagandoglielo una miseria, per destinare al fronte anche lui.

La donna gli disse che un pasto e un bicchiere in cambio di combustibile ci sarebbero stati ogni volta che avesse voluto, cosí Bill trasformò quel borgo isolato nella propria temporanea residenza, dormendo sempre nella baita della prima notte.

Una sera, in osteria, sentí i pochi avventori scambiarsi gli auguri. Quando cominciarono a lasciare il locale, anche Bill uscí e si avvicinò a uno di quelli, un anziano intabarrato in un mantello con il collo di pelo e il cappello in testa, che stava fumando. Gli chiese una sigaretta; non poteva comprarne da tanto tempo e il desiderio di averla in mano e aspirarne il fumo lo aveva accompagnato per tutta la sera.

L'uomo gliene porse una, Bill l'accese e alla luce del fiammifero vide meglio la sua faccia, resa particolare da un naso lungo, grosso e storto. Se lo ricordava, quel viso, perché l'aveva notato anche quando, anni addietro, visitava spesso quel borgo e la sua locanda.

Esitò, timoroso che anche l'altro potesse riconoscerlo, ma lo ritenne improbabile: non assomigliava piú al ragazzo biondo dal viso di bambino che era stato un tempo. Adesso era un uomo fatto dall'aspetto selvatico e l'espressione indurita.

Vincendo ogni cautela chiese all'uomo: – Una volta, tanto tempo fa, a volte capitavo in zona e mi ricordo di una ragazza che lavorava in osteria. Si chiamava Silvana. Sa che fine ha fatto?

– No, so che è andata via. Come altri. Non ci vive mica piú tanta gente, qui.

– Be', tanta gente non ci viveva neanche allora.

L'uomo annuí: – È vero, ma adesso sono rimaste solo una ventina di famiglie, o forse meno, tra l'altro compo-

ste piú che altro di vecchi... di vecchi come me, che non possono e non vogliono lasciare il posto in cui sono nati e vissuti. Facevi il taglialegna in questi boschi?
– Sí.
– E lo fai ancora?
– Non proprio.
– Meglio cosí, non è che sia un lavoro comodo.
– C'è di peggio.
– Lo so. Ad esempio non essere piú capace di farlo, come me.
Bill esitò qualche secondo, poi gli chiese: – Mi può dire che giorno è?
– Venerdí.
– No, intendevo... insomma, ho sentito che prima vi scambiavate gli auguri.
– È l'ultima notte dell'anno. Domattina, anno nuovo ma non vita nuova, per me. Tu invece sei giovane...
– Domani dunque è Capodanno... del 1927, vero?
– Esatto, – rispose l'altro, in apparenza per nulla stupito da un quesito tanto strano. Nella sua lunga vita doveva averne vista piú d'una, di persone che avevano perso il calendario o la bussola, oppure, sempre per annosa esperienza, aveva imparato a non farsi e a non fare troppe domande.
Si salutarono, Bill tornò alla baita e si sistemò nel solito angolo, quello piú riparato dagli spifferi, ad attendere qualche ora di sonno e poi la luce del nuovo anno.
A San Sebastiano in Alpe, com'era uso da sempre e come anche lui da piccolo aveva fatto, nella mattina che sarebbe arrivata di lí a poche ore, i bambini avrebbero girato casa per casa a gridare il loro augurio, ricevendo in cambio qualche dolce o soldino, e nelle cucine calde si sarebbero messi a cucinare sui focolari e nei forni i cibi buoni per il pranzo della festa.

Si addormentò con in testa un pensiero: è l'ottavo anno che manco da casa e che fuggo, non so piú neanch'io da chi o da cosa. Tutto quello che so è che non mi sento affatto giovane come mi ha definito prima quell'uomo, anzi mi pare che su di me pesi l'età stessa del mondo. E so che di fuggire, forse, non potrei smettere anche se non mi cercassero piú.
Perché credo, ormai, di non saper fare altro.

Dopo l'Epifania prese una decisione, e procurandosi carta e penna mandò una lettera a Mariano, senza scrivere il mittente sulla busta e indicando all'interno l'indirizzo dell'osteria e il nome della donna che la gestiva, che senza problemi aveva accettato di fungere da casella postale. Nella missiva chiese all'amico notizie di sua madre, di Rachele e del paese, e chiarí di non voler essere contattato di persona sia per cautela, sia perché non era pronto a farlo.
La risposta non tardò ad arrivare. In due pagine fitte Mariano gli espresse prima di tutto la gioia di risentirlo e gli raccontò di quanto si fosse preoccupato per la sua sorte, poi lo rassicurò sulla salute di Giulia che, pure in pena per lui, tirava avanti. Anche Rachele era in pena e soffriva tremendamente per come erano andate le cose e per la sua assenza; in cerca di un diversivo e di un po' di compagnia, oltre che di un lavoro, aggiungeva, aveva aperto un asilo infantile che aveva avuto anche il riconoscimento e un piccolo finanziamento pubblico da parte del «nostro Governo cosí meritoriamente ed efficacemente impegnato a occuparsi del miglioramento delle condizioni culturali, sociali ed economiche della nostra Grande Nazione, che finalmente nel nostro conterraneo Benito Mussolini ha trovato un degno Duce, un luminoso faro capace di fugare ogni tenebra e incertezza del passato».

Bill non sapeva quasi nulla del governo in carica e di quel Mussolini che Mariano citava, se non per vaghi accenni colti qua e là. In osteria cominciò a leggere ogni mattina il giornale per capire meglio di che si trattasse. Sentiva di non appartenere piú al mondo e al tempo degli altri, ma se in quel mondo gli fosse capitato di muoversi doveva conoscerne almeno qualcosa.

Rimase in zona fino al disgelo, poi valicò i crinali e per tutta la primavera si fermò sui versanti toscani a lavorare in qualche fattoria o a tagliare legna per chi capitava; cacciò, pescò, intrappolò animali; visse alla giornata e non ci fu ora in cui, pur cercando di impedirselo, non pensasse a Rachele circondata dai bambini nella sua nuova occupazione.

In passato l'aveva immaginata tante volte, una scena simile, ma in quel quadro visto con la mente si era trattato dei *loro* bambini, anche se forse, e non sapeva dire perché, a quell'evenienza non aveva mai creduto del tutto, frenato da qualcosa di cui non conosceva il senso e la natura.

A maggio tornò al borgo e decise di rimanervi per alcune settimane, godendo della possibilità di mangiare nell'osteria e di sentirsi in un posto conosciuto. Ma già il terzo giorno che era lí si verificò un imprevisto.

Una mattina, mentre stava portando una fascina alla locanda, vide nei suoi pressi un'automobile ferma con una persona che non conosceva seduta al posto di guida. Era la prima volta che succedeva: per arrivare lassú c'erano solo strade sterrate e mulattiere, e di veicoli a motore, tranne qualche autocarro ansimante che trasportava legname, non se ne vedevano mai.

Pensò a lungo al da farsi, poi decise che era meglio non rischiare e si avviò per riguadagnare il fitto del bosco. Sarebbe tornato quando quel mezzo fosse sparito.

Aveva fatto solo pochi passi, quando si sentí chiamare da una voce che avrebbe riconosciuto tra mille. Quella di Mariano.

Posò la legna, si girò, vide l'amico sulla porta dell'osteria e quasi correndo andò da lui e lo abbracciò. – Ti avevo detto di non cercarmi, ma sono davvero contento di vederti!

Rimasero stretti per un po', poi Mariano, serio, disse:
– Avrei rispettato il tuo volere e non sarei venuto, se non avessi avuto un motivo serio. E per fortuna sei qui: l'ostessa mi ha detto che fino a qualche giorno fa eri lontano, chissà dove. Sarà un'ora e mezza che ti aspetto.

– Quale motivo serio? – chiese Bill, allarmato.
– Si tratta di tua madre.
– Sta male?

Mariano scosse la testa. – Non so come dirtelo, Amerigo... Giulia è morta. Ieri una vicina si è accorta che nel pomeriggio le porte e le finestre di casa tua erano ancora chiuse, è andata a bussare e non ricevendo risposta ha chiamato gente. Hanno aperto e l'hanno trovata sul letto. Dev'essere spirata nel sonno.

Bill barcollò e si passò una mano sul viso. Sua madre aveva solo quarantotto anni. – Morta di che? – chiese con un filo di voce.

– Di... di niente; il suo cuore, ha detto il medico, si è fermato e basta. Succede, purtroppo.

– Era ancora giovane.
– Già.
– Sarà stata la preoccupazione per me, per me che non le sono mai stato abbastanza vicino e che le ho dato piú dolori di quanti ne potesse sopportare.

– Se ti è necessario incolparti, fallo, però sappi che è una sciocchezza e che non serve a niente.

– Quando ci sarà il funerale?

– Oggi, a mezzogiorno. Fra un'oretta, insomma.
– Hai l'automobile... portami al paese!
– Capisco il tuo desiderio, ma non credo sia una buona idea. Sei ricercato, non dimenticartelo.
– Se starò attento nessuno mi vedrà, e io potrò almeno guardare da lontano. E quando il cimitero sarà vuoto andrò a dare un ultimo saluto a mia madre. Inoltre, prima che ci mettano le mani altri, vorrei passare da casa, dove ci sono alcune cose che devo prendere e che altrimenti, dopo, non so a chi finirebbero, perché credo che quell'abitazione e il suo contenuto verranno sequestrati dal tribunale.
– I carabinieri si aspettano proprio questo: che tu compaia, e vigileranno.
– Mariano, mi conosci da sempre, hai fatto la guerra insieme a me e sai bene che io, ai carabinieri, potrei entrare in casa ogni notte senza che neppure se ne accorgano.

Solo in quel momento Bill realizzò che il suo amico vestiva una specie di divisa militare, con la camicia nera come quella degli Arditi, e gli chiese: – Ma ti sei arruolato di nuovo?

– Chi l'arruolerebbe, uno senza un braccio? Sono il podestà di San Sebastiano e membro della direzione locale del Fascio.

– Sei diventato importante.

– Sí, ma nonostante questo, anzi proprio per questo, non posso fare...

– Credevo che tu fossi prima di tutto mio amico.

Mariano sospirò, allargò le braccia e disse: – Va bene, andiamo. Non credo che arriveremo in tempo per il funerale, però: è tardi.

– Proviamoci.

Montarono in macchina e partirono.

Mentre l'autista conduceva la vettura prima sulla lunga e tortuosa via sterrata, poi, dal valico che immetteva nella Valleluce, su una strada che un tempo era stata polverosa e sconnessa come la precedente e ora invece era asfaltata e comoda, Mariano raccontò senza interruzione di come fossero cambiate in Italia le cose con la presa del potere da parte del fascismo, di cui fin dal primo momento lui era stato convinto e fedele sostenitore, stupendosi di quanto poco il suo amico fosse al corrente di una simile «rivoluzione» – la chiamò cosí – che stava portando il Paese a recuperare un'antica grandezza.

– Non ne sapevi nulla? – gli chiese. – Ma dove sei stato e cos'hai fatto, in questi anni?

– Ho girato qua e là impegnandomi a sopravvivere. Tutto qui. Non ho avuto modo di conoscere queste cose, di informarmi... e non mi serviva, non mi interessava.

– Mi dispiace, perché è davvero un momento importante, – e via di nuovo a raccontare.

Bill ascoltava e annuiva, ma la sua mente e i suoi occhi erano impegnati soprattutto a guardare e studiare i luoghi in cui non tornava da una vita. La Valleluce, il corso del Falcione, la villa della contessa Barnini, infine l'abitato, ora un po' piú grande e con tante cose rimaste uguali e altrettante cambiate o nuove. Cercava di riconoscere ogni angolo, ogni persona che intravedesse dal finestrino, mentre un flusso di ricordi e di sentimenti lo sommergeva, impetuoso.

L'automobile si arrestò davanti all'abitazione di Bill, che disse: – Andate, forse ci vedremo dopo. In caso contrario, grazie di tutto.

– Mi raccomando, Amerigo: stai attento, – rispose Mariano, poi ordinò all'autista di portarlo al cimitero.

Bill, usando la chiave che portava sempre con sé, entrò

in quella che era stata la sua casa, riassorbendone e riassaporandone ogni forma, colore, odore. Aprí gli sportelli della credenza e in un vasetto col coperchio trovò la moneta d'oro che Buffalo Bill aveva dato a sua madre tanto tempo prima. Era quella, in verità, l'unica cosa che voleva prendere.

Si guardò il giaccone e i pantaloni informi, sporchi e laceri e andò all'armadio. Non trovò abiti che gli andassero ancora bene, tranne la divisa da Ardito, quella nuova che aveva ricevuto al momento del congedo.

La indossò e si applicò sul petto le medaglie che teneva in un cassetto. Infine estrasse, da una tasca dei pantaloni che prima si era tolto, una pistola. Anche quella la portava sempre con sé.

Se la infilò alla cintura sul davanti, perché si vedesse bene, infine uscí e si avviò verso il camposanto a passo spedito, avendo in bocca il sapore dell'adrenalina, quella sensazione che tante volte aveva provato in guerra prima delle missioni piú ardue e pericolose.

Che ci provassero, a fermarlo.

Quando giunse al cimitero, dove la tomba di sua madre era appena stata chiusa, si alzò un mormorio e la gente si scostò per lasciarlo passare, mentre Mariano prima si irrigidiva, poi gli si avvicinava piano.

Bill procedette tenendo gli occhi fissi di fronte a sé, il passo sicuro, la testa alta. Andò davanti alla tomba di famiglia, chinò il capo, sfiorò con una carezza la lapide della madre e quella del nonno.

Dopo qualche minuto di raccoglimento, trovandosi Mariano a fianco, gli chiese: – Dov'è Rachele?

– Prima c'era, adesso non so... Ma a te che è saltato in mente, Dio santo? Cosa stai facendo?

– Niente, – rispose tranquillo, girandosi e incamminandosi verso l'uscita.

Varcato il cancello, si trovò schierati davanti tre carabinieri: al centro c'era il maresciallo, uno nuovo che non aveva mai visto prima.

Per un po' si fronteggiarono immobili e zitti, mentre tutti, impietriti, aspettavano di vedere cosa sarebbe successo.

Infine il maresciallo, guardando l'uniforme da Ardito di Bill, i suoi gradi da sergente, le decorazioni, fece scattare i tacchi sull'attenti e gli rivolse il saluto militare, mano alla visiera del berretto.

Bill rispose al saluto mentre l'altro gli si avvicinava e gli mormorava: – Camerata, in questo momento siamo due commilitoni che hanno combattuto con onore per la Patria sullo stesso fronte. Non arresto un Ardito al funerale di sua madre, ma fra mezz'ora dovrai avere lasciato San Sebastiano... e sappi che per il tempo e l'occasione che ti concedo potrei passare guai grossi. Se dopo quel tempo ci rivedremo, io sarò di nuovo un carabiniere in servizio e tu un ricercato.

– Grazie, maresciallo, – disse Bill, e si allontanò. Sapeva che Rachele doveva averlo visto arrivare al cimitero e sapeva anche dove trovarla, dove lo avrebbe aspettato.

Nel prato sulla riva del torrente, in quel posto che era stato fra i loro preferiti molto tempo prima, finalmente la incontrò.

Le andò incontro per abbracciarla, ma lei con gli occhi lucidi indietreggiò e lo fermò con la mano dicendo: – No, ti prego, no...

Bill si arrestò, sconcertato. – Perché?

– Non stringermi a te prima di abbandonarmi di nuovo.

Non ce la faccio piú, non ne ho piú la forza. Non lasciarmi un altro momento da ricordare e da rimpiangere.
– Perché mi hai atteso qui, allora?
– Per dirti che ti ho amato fin da quando eravamo piccoli e che ti amo ancora da morire, ma che stavolta ci salutiamo una volta per tutte. Non ti aspetterò piú. Non riuscirò a non pensarti ogni giorno e ogni notte, ma quelli saranno solo ricordi e non piú speranze. Sarà il passato, e basta. E ti prego di fare altrettanto.
– Vieni via con me!
– Non lo vuoi davvero, e lo sai. E poi via con te dove? A fare i latitanti sui monti? Io non ho ucciso nessuno, Amerigo, non sono stata io a mettere la rabbia e la vendetta davanti al progetto di una vita insieme. Non sono stata io a rovinare tutto, anche se di quella rovina ho pagato e pago un prezzo cosí pesante che neppure te l'immagini.
– Pensi che per me sia facile?
– No, non penso niente. Non voglio pensare piú.
Bill continuò a guardarla per qualche minuto, travolto dal bisogno di dire tante cose con cui scusarsi e giustificarsi, di esprimere promesse, di proporre soluzioni, ma scoprendosi incapace di farlo. Disse solo: – Allora addio, Rachele. Abbi cura di te.
Poi si girò e si avviò, attraverso il bosco, verso i valichi.
La strada per il borgo dove c'erano la capanna e le sue cose era molto lunga, a piedi, e l'avrebbe dovuta percorrere con una tempesta nei pensieri e nel cuore come mai ne aveva affrontate prima.

22.
Sangue nel cielo
(anni Quaranta)

Amerigo non lo sapeva e non lo seppe mai, ma dopo quel giorno al camposanto i bambini di San Sebastiano in Alpe inserirono fra i loro giochi anche quello di «Bill e i carabinieri». Armati di pistole di legno, vestiti di divise immaginarie, atteggiati a un cipiglio duro si fronteggiavano in duelli da Far West e sviluppavano gli esiti della vicenda oltre la realtà a cui si era fermata: gridavano, sparavano, cadevano a terra. Anzi, nel gioco, a cadere a terra erano sempre i carabinieri.

Dopo essere stato leggenda al fronte, insomma, l'Ardito Amerigo Timossi lo divenne pure fra i piccoli del suo paese, e non solo fra loro. Anche molti adulti ripensarono per lungo tempo a quella scena, la commentarono, la raccontarono completandola delle parti piú incerte, come il dialogo sussurrato che si era svolto fra il loro compaesano e i militari. Qualcuno narrava di aver sentito Amerigo dire chiaramente: «Se non mi lasciate passare, vi stendo tutti e tre con un colpo solo. Sono il figlio di Buffalo Bill, io, e con la pistola sono persino piú bravo di lui».

Altri ricordarono e narrarono storie non sempre vere che riguardavano il Bill bambino, capace di sparare e lanciare il coltello ancora prima di imparare a camminare, cosí i ragazzini che non l'avevano conosciuto per via della sua assenza se ne costruirono un'immagine speciale e ne fecero un eroe alla pari di qualche brigante del passato di cui ancora si vociferava, o di certi personaggi di cui leggevano nei libri.

Né seppe mai, Bill, che il maresciallo aveva davvero passato un guaio per non avergli messo le manette quel giorno; un guaio da cui, grazie anche alla testimonianza e all'aiuto del podestà Mariano Sintini, era in parte uscito, affermando che il tentativo di arrestare quel latitante armato e disposto a tutto avrebbe messo a rischio l'incolumità dei presenti.

Bill non tornò al paese per molti anni, dopo quel giorno, né incontrò mai qualcuno che di San Sebastiano potesse recargli notizie.

Tranne una volta, un paio di settimane dopo i fatti del cimitero, quando era nel borgo dove c'erano l'osteria e la baita che usava come dimora. Stava girando per i boschi macchiati di chiazze di neve e gelo, quando aveva sentito un passo pesante e veloce che conosceva e distingueva bene da tanto tempo: quello di Cristofora. Cosí si era fermato senza nascondersi, e presto si era trovato di fronte il donnone che portava Ercole a cavalluccio.

– Riesci sempre a scovarmi dappertutto, tu, – le disse sorridendo. – E ancora un volta mi chiedo come fai.

– Ce l'ha detto Mariano che forse ti avremmo trovato da queste parti, – rispose per lei Ercole. – Ti manda alcune cose, – e gli porse un sacco.

Bill l'aprí. Dentro c'erano i vestiti, lavati e stirati, che aveva lasciato a casa quando aveva indossato la divisa da Ardito, una coperta, un po' di cibo e una busta che conteneva soldi. – Queste banconote da dove sbucano? – chiese.

– Probabilmente erano della tua povera madre.

– Non credo proprio che avesse danaro. Mi sa che sono un regalo di Mariano.

– Può darsi.

– Mi ha sempre aiutato... è un buon amico.
– Sí, vi siete sempre aiutati a vicenda. Ma lui adesso ha preso un'altra strada.
– Che vuoi dire?
L'omino si fece posare a terra dalla moglie e si sedette su un ceppo. – Mariano è il podestà e fa carriera nel partito. Nel fascismo, voglio dire.
– Non ti piace il fascismo?
– Detto fra noi, no, non mi piace. Tu non c'eri e non sai come sono arrivati a comandare.
– Come ci sono arrivati?
– Con le buone e l'apporto convinto di molti, ma anche con le cattive. Te lo ricordi Florio Pasini?
– Come no! Mi viene in mente che fu lui a organizzare la spedizione a Ravenna per vedere il circo di Buffalo Bill, e che in quell'occasione comprò per noi bambini lo zucchero filato.
– Sí, lui. Be', qualche anno fa, quando era già quasi ottantenne, i fascisti, solo perché da socialista militante li criticava e li avversava, l'hanno picchiato fino a mandarlo in ospedale. Non si è mai ripreso del tutto e da allora non è piú uscito di casa.
– Mi dispiace molto. Ma non credo che Mariano possa avere a che fare con questa storia.
– Direttamente no, certo che no, però a picchiare Florio sono stati in fondo i suoi, quelli che fin dalla prima ora indossano come lui la camicia nera. E ti dico un altro paio di cose: la sede della Casa del Fascio, a San Sebastiano, è un'abitazione di proprietà della contessa Barnini, che l'ha messa a disposizione purché la si intitolasse a suo fratello morto a Adua. La vera finanziatrice del partito e delle sue iniziative in paese è lei, che piú invecchia, piú è arrogante. Mariano deve esserle molto grato dei suoi contributi, se è

vero che le ha consentito di istituire un premio per l'alunno piú bravo della scuola... e quel premio è intitolato alla memoria di Fausto Bassi.
– *Quel* Fausto? Quel tipo che ho ammazzato?
– Sí, lui. In molti hanno storto il naso per questa faccenda, ma nessuno l'ha impedita.
– Non ci credo, Mariano non può avere accettato una cosa simile.
– Può, invece, o forse deve, ma la cosa non cambia di molto. Per questo ti dico che ha preso un'altra strada. È diverso da te, Amerigo.
– Porca miseria...
– Ciò non toglie che sia per te un amico buono e sincero, ma queste cose qualcuno te le doveva dire. Anzi, sono venuto apposta. Il sacco te lo avrebbe potuto portare l'autista di Mariano, ma io mi sono offerto, dicendo che da queste parti ci dovevo venire comunque. Avevo voglia di vederti, di salutarti e di raccontarti quel che ti ho appena detto. Che magari non ha nessuna importanza, ma...
– Ce l'ha, invece.
– Sí, hai ragione, ce l'ha, e per un motivo molto semplice: Mariano sa dove sei e non ti tradirebbe mai. L'ha detto a me perché è certo della mia amicizia nei tuoi confronti e della mia lealtà. Però intorno a lui bazzica anche gente che... che non mi piace, e che soprattutto ha motivi per detestarti. Dunque, stai accorto. In ogni caso, se avrai bisogno di qualcosa, scrivimi e dimmi dove posso trovarti. Oppure, e forse è ancora meglio, non farti trovare proprio, e da nessuno. Il maresciallo dei carabinieri che non ti ha arrestato il giorno del funerale di tua madre per il momento è ancora al proprio posto, ma la Barnini scalpita e temo che presto riuscirà a farlo mandare via. Chi lo sostituirà potrebbe avere la tua cattura come primo obiettivo, che

Mariano lo voglia o no. E adesso che ti ho espresso le mie preoccupazioni, me ne vado. Può darsi che non ci rivedremo piú, purtroppo: io invecchio e tu chissà dove sarai, da qui in avanti. Fatti abbracciare.
Bill si chinò a stringere quell'ometto che stimava da sempre. – Grazie di tutto, Ercole.
Poi Cristofora si caricò in groppa il marito e sparirono veloci come erano arrivati.
Bill invece rimase fermo a pensare a lungo. Rachele si era staccata da lui e l'aveva pregato di dimenticarla, Mariano si circondava di compagnie pericolose, sua madre era morta: non c'era piú nulla che potesse legarlo al paese, che potesse richiamarlo là. Non aveva piú un luogo a cui tornare, e non solo perché si sarebbe trattato di un ritorno difficile e pericoloso.
Quella sera stessa raccolse le proprie cose e iniziò a camminare verso sud, tenendosi sempre sulle creste dei monti e tra i boschi, come aveva fatto tempo prima.

Per anni vagò e visse nelle foreste come un selvaggio, come un indiano che non avesse neppure il supporto e la compagnia di una tribú.
Fu predatore fra i predatori, ombra animata fra quelle degli alberi, e per la terza volta diventò leggenda: in tanti luoghi degli Appennini si cominciò a narrare di un novello Uomo Selvatico, di un ramingo sfuggente che sapeva catturare ogni animale con arco, frecce e coltello, trovare e raccogliere tutto ciò che il bosco e i prati offrivano di utile e di commestibile, che poteva sopravvivere nel gelo piú crudo degli inverni, che faceva amicizia con i lupi o a loro contendeva le spoglie di un capriolo, che compariva e spariva al pari di un fantasma.
Percorse su e giú centinaia di miglia, tornò a vedere

gli orsi, si fermò sempre meno tra gli uomini, giacque febbricitante nelle grotte o corse agile e forte sui dirupi, immerso nel movimento eterno delle stagioni, del susseguirsi di nevi e fioriture, della luce dell'estate e delle ombre dell'autunno.

Per anni. Anche se non li contò, se cancellò completamente dalle proprie priorità quella di avere un calendario o una mappa e di immaginare il futuro. Visse in un lungo presente scandito solo dal bisogno di mangiare, bere, dormire, ripararsi dalle intemperie.

Dopo essersi spinto a sud oltre gli Abruzzi, invertí la direzione fino a raggiungere il punto in cui la linea infinita e massiccia dei monti, come una spina dorsale storta, piegava verso occidente, e la seguí a lungo, giungendo ad affacciarsi di nuovo su un mare che si vedeva in lontananza, un mare in cui il sole tramontava invece di sorgere.

Poi, una sera d'inverno, quando ormai anche le voci e i volti della madre, di Rachele, di Mariano e di tutti quelli che aveva conosciuto si erano fatti evanescenti nella memoria, mentre stava per coricarsi osservò qualcosa di strano ed enorme accadere nel cielo. Ampi movimenti del colore del sangue, folate di luce che come un incendio siderale andavano da un orizzonte all'altro, una danza immane, qualcosa di irreale e mai visto prima. Ne fu ammaliato, spaventato, colpito.

Non lo sapeva, ma aveva visto un'aurora boreale, rara a quelle latitudini. Ne scrissero i giornali che lui non leggeva, ne parlarono a lungo, inquiete, le persone che non frequentava. Successe la sera del 25 gennaio del 1938, data che ignorava perché il tempo non aveva piú importanza per lui.

Ma quel segno ne ebbe. Senza sapere perché, ritenne che ciò che aveva visto non solo annunciasse eventi grandi e gravi, com'era stato per l'urlo della «balza» udito prima dello scoppio della guerra, piú di vent'anni prima, ma che lo chiamasse a un ritorno verso la propria terra, quella da cui mancava da troppo tempo.

Cosí, invece di mettersi a dormire, non appena il cielo si spense riprese a camminare, stavolta verso oriente.

Ci impiegò un anno, tra lunghe soste e deviazioni, tra giorni di fame e altri in cui fu ebbro di caccia e di carne, fra notti insonni in preda a dolori del corpo e dell'anima, e riposi in cui dormí come un bambino.

Un anno e piú finché, un giorno di febbraio del 1939, fu in vista di luoghi che conosceva da sempre.

Continuando ad andare, un mattino si trovò sul valico della Valbuia. Cominciò a scendere al riparo degli alberi e raggiunse il villaggio abbandonato, quello che da piccolo l'affascinava con le sue vecchie leggende.

Girò fra i ruderi, nel silenzio cupo di quel luogo madido di ombre, finché ne trovò uno che offriva ancora qualche riparo. E lí si sistemò, stanchissimo.

Non sapeva perché lo avesse scelto, né se ci sarebbe rimasto. Ci penserò domani, si disse. Era ormai abituato a non progettare per tempi che fossero piú lunghi di una notte, al massimo di una luna. E la notte e la luna lo accolsero e lo vegliarono mentre dormiva tra pietre decrepite e corrose, travi cadute e divelte, ragnatele e muschi, testimonianze di un misterioso abbandono.

La mattina dopo, alla luce del giorno, perlustrò il luogo e si accorse che era cambiato. Non tanto perché, com'era ovvio, di quelle case restavano in piedi parti sempre piú piccole e infestate di rampicanti ed erba, ma perché il tutto si era spostato, era in parte sceso, slittato. E quando, quella notte, tornò nel suo rifugio a dormire, avvertí per alcuni attimi che qualcosa sotto di lui vibrava.

Allora capí: quel piccolo altopiano abbarbicato a un costone stava franando, e chissà da quanto tempo lo faceva, centimetro per centimetro, a volte fermo per anni, altre volte capace di scuotersi d'improvviso. Ecco perché quel villaggio doveva essere stato abbandonato, molto tempo addietro, da chi l'aveva costruito per viverci. Ecco forse svelato il mistero.

Bill pensò che ciò che si raccontava a proposito dell'insediamento in Valbuia stesse probabilmente, come tante altre storie, tra la leggenda e la realtà: gli abitanti se n'erano andati, ma non dovevano averlo fatto da un giorno all'altro lasciando addirittura i piatti pieni sulle tavole, come si narrava. O forse sí, era successo proprio cosí, perché una scossa di terremoto aveva fatto cadere qualche muro dando un avvertimento, una spinta a un processo lungo e inarrestabile. Chissà.

Comunque fosse, il giorno seguente Bill lasciò a sua volta quelle rovine. Ripercorse la valle in salita, traversò in quota, arrivò al valico della Valleluce e scese fino a Pian del Falco. Il giorno del funerale di sua madre c'era passato in automobile, ma non aveva potuto valutarne le condizioni, forse perché da valutare non c'era piú nulla: dopo che nel 1919 si era rotta la parete di contenimento dell'invaso in alto, da Pian del Falco era stato cancellato ogni segno della presenza umana. Sparite la segheria, i pochi edifici che la circondavano, i ruderi della chiesetta, il vecchio cimitero. Adesso al loro posto crescevano gli alberi.

Tornò a salire, sfiancò a destra e poi avanti, avanti, tra boschi sempre piú fitti e ricchi di selvaggina, e infine, vista una capanna abbandonata, vi entrò.

Lí, decise, sarebbe rimasto. Lí, senza chiedersi il perché.
D'altronde, era un posto come un altro.

Restò per alcuni anni in quella zona del Casentino, e nella foresta visse quotidianità sempre uguali ed esperienze incredibili che ormai non lo stupivano piú. Aveva avuto ragione il nonno, quando una volta gli aveva detto che in mezzo alle selve poteva capitare di imbattersi negli eventi e nelle visioni piú strane. Che fossero reali o nascessero solo dalla mente di chi le provava, non aveva molta importanza.

Una notte si svegliò per via di un lucore che penetrava nella capanna, e uscendo vide una fila di bambini vestiti di tuniche bianche che camminavano scalzi tra gli alberi portando fiaccole in mano. Li chiamò e quelli subito scomparvero. Un'altra volta, mentre era a caccia, sentí un tramestio nel folto, si bloccò e dopo poco gli parve di scorgere una figura che si allontanava svelta, alta almeno due metri e mezzo, irsuta di peli. Un Uomo Selvatico che dalle fiabe era arrivato fin lí nella foresta. Un'altra volta ancora, una decina di lupi si misero in cerchio intorno al suo rifugio e ululárono a lungo in coro, quasi intonando una melodia. E vide e visse altre scene surreali, piú frequenti degli incontri che ebbe con uomini in carne e ossa, piú strane dei sogni e forse fatte della stessa materia.

Poi le cose cambiarono. Nella selva cominciarono ad aggirarsi piú persone di prima, e anche il cielo si animò di velivoli che passavano via via piú numerosi.

Aerei che a volte compivano evoluzioni, rincorrendosi e abbattendosi l'un l'altro, o che di notte arrivavano in stormi invisibili e rombanti a scatenare, giú verso la pianura, inferni da cui giungevano l'eco di tuoni lontani e rossori di fuoco che disegnavano aloni nel cielo.

Un'altra guerra era scoppiata, Bill lo seppe da un anziano cacciatore toscano che incontrò e con cui parlò una sera. Una guerra che anzi si trascinava da tempo in mezzo mondo e che ora si stava avvicinando, con eserciti in ritirata e altri in avanzata che percorrevano la penisola da sud a nord e che prima o poi si sarebbero fronteggiati anche tra quei monti. Il regime era caduto, lo informò l'uomo, il Duce era chissà dove, il Paese era spaccato in due, da una parte i fascisti e dall'altra il re e gli eserciti stranieri che risalivano lo stivale e che non si sapeva piú se fossero vecchi nemici o nuovi amici, ed era in corso una specie di guerra civile che vedeva scontrarsi in armi chi stava da una parte e chi dall'altra.

Bill non capí molto, ma annuiva con aria grave, ascoltandolo.

Pochi giorni dopo, al tramonto, mentre pioveva a dirotto, vide due uomini, due donne e tre bambini salire da una mulattiera, appesantiti da fagotti e valigie. A un certo punto una delle donne cadde, forse perché era inciampata o perché troppo sfinita per continuare a camminare, i piccoli si misero a piangere, gli uomini pareva non sapessero che fare.

Forzò l'istinto che gli consigliava di ignorare la scena e si fece avanti.

L'apparizione improvvisa di un energumeno carico di armi ammutolí quel gruppetto di disperati. Bill alzò una mano chiedendo che si tranquillizzassero: – Avete bisogno di aiuto?

– No, – rispose una delle donne studiandolo con occhi terrorizzati.

– Sí, – la smentí uno degli uomini. – Sta facendo buio e non sappiamo dove fermarci al riparo. I bambini non ce la fanno piú.

– Ma dove state andando?

– In là... a sud. Cerchiamo di raggiungere le linee per passare oltre.

Bill scosse la testa. – Andate incontro alla guerra, invece di scappare?
– Scappiamo da anni, perché...
– Sta' zitto! – intimò la donna a colui che stava parlando.
– Gente, – disse Bill, – io vivo da solo nei boschi da un'eternità e non so quasi niente di ciò che succede fuori da qui, per cui non mi interessa chi siete, da che parte state e tutto il resto. Se avete bisogno di un posto in cui passare la notte al coperto e di qualcosa da mettere sotto i denti, ve li posso offrire, altrimenti come non detto e buon viaggio.

I componenti del gruppetto si consultarono e alla fine si lasciarono condurre alla capanna, mangiarono e si coricarono per la notte stretti l'uno all'altro, mentre Bill dormí seduto in un angolo.

La mattina dopo se ne andarono, ma il giorno seguente, mentre si addentrava nella foresta in cerca di selvaggina, Bill vide aggirarsi tra gli alberi una decina di giovani armati di fucili.

Non sapeva chi fossero e la cosa lo preoccupò; il suo rifugio isolato da un po' di tempo non era piú tale, c'era un viavai inspiegabile lí dove prima non passava mai nessuno.

Quando fece buio vide i bagliori di un falò non lontano. Aspettò che tacesse ogni voce e che quella luce si spegnesse, poi, strisciando silenzioso, raggiunse la radura in cui gli armati si erano messi a dormire. Una sentinella, seduta con la schiena appoggiata al tronco di un albero, vegliava con una pistola in mano.

Fu un gioco da ragazzi arrivarle alle spalle, metterle una mano sulla bocca e il pugnale alla gola, poi lanciare un fischio per svegliare gli altri, che furono in piedi in un attimo mentre lui diceva: – Fermi, altrimenti questo qui lo sgozzo.

– Chi sei? Che vuoi? – gli chiesero con un filo di voce.

– Chi siete voi, piuttosto! Questa è casa mia.
Fu allora che uno disse: – È Bill! Sono sicuro che è lui! Tranquilli, non è un nemico.
– Fossi in voi, non starei tranquillo per niente, – sibilò Amerigo. – E tu come fai a sapere il mio nome?
– Mi chiamo Angelo e sono il figlio di un tuo vecchio amico, Silvio Lovatelli. Mi ha raccontato di te, ho visto fotografie di quando eravate ragazzi... sono di San Sebastiano, insomma, e laggiú sappiamo tutti chi sei. Lo sa anche chi, come me, non ti ha mai visto di persona.
– Che ci fate qui? Cercavate me?
– No, no! Siamo partigiani.
– Partigiani di che? Di che parte?
– Se liberi il nostro amico e gli togli quel pugnale dal collo, ché se la sta facendo sotto, ti spieghiamo tutto.

Bill lasciò andare la preda, si calmò e rimase per ore a parlare con quei giovani.

Gli raccontarono ciò che stava succedendo e quale fosse il loro impegno e intento. Lo informarono che a San Sebastiano avevano una base e diverse coperture; che il paese si era decisamente spopolato, tanto che avevano tolto anche la stazione dei carabinieri, perché molti uomini erano partiti per la guerra e altri avevano cercato terre e campi piú facili da coltivare giú in pianura; che la ditta dei Sintini, per essere piú vicina alla ferrovia, si era spostata vicino a Faenza. Che la vecchia contessa Barnini era morta, come pure Ercole e Cristofora, spirati l'uno a distanza di due giorni dall'altra; che i piú compromessi col fascismo locale si erano tutti dileguati, tranne Mariano, che da quando il regime era caduto si era chiuso in casa senza occuparsi piú dell'azienda del padre e senza vedere nessuno; che per il momento lo lasciavano in pace, perché non era stato dei peggiori, ma che prima o poi avrebbero fatto i conti anche con lui, dato che per anni aveva rappresentato in quella zona l'autorità in camicia nera.

Bill volle sapere qualcosa di piú dei suoi amici. Gli dissero che Mariano si era sposato con una maestra di Faenza una quindicina di anni prima, ma non aveva avuto figli. Che Rachele gestiva ancora l'asilo infantile. – Si è sposata anche lei? – chiese Bill con un piccolo tremito nella voce.

– No, – gli risposero, – lei no.

Al mattino Bill li salutò, tornò alla capanna e si fermò a riflettere. Poteva infilarsi tra i monti e le foreste, che conosceva come il palmo della sua mano, fino a zone in cui nessuna guerra e nessun esercito lo avrebbero mai potuto raggiungere o disturbare; in fondo quel che stava succedendo non lo sentiva affar suo, non lo coinvolgeva perché lui, da anni, si era allontanato o era stato cacciato dal mondo.

Tirò un respiro profondo, scosse la testa come a liberarsi di un pensiero tentatore e sbagliato, raccolse le sue cose e si incamminò verso la Valleluce.

Giunto lí, si piazzò in un anfratto poco lontano dalla Fonte del Diavolo. Voleva rimanere abbastanza vicino al paese perlomeno finché la guerra non fosse finita. La situazione non pareva affatto rassicurante e c'era, a San Sebastiano, chi aveva ancora bisogno di lui. Qualcuno che non poteva dimenticare, che non aveva mai smesso di portare con sé nei pensieri e nel cuore.

Qualche giorno dopo, all'alba fu svegliato dal boato di una forte esplosione non lontana, seguita da alcune meno potenti. Prese la pistola e con cautela si diresse verso gli scoppi.

Il ponte sul Falcione che faceva passare la strada da un versante all'altro della valle, lí incassata e stretta, non c'era piú; nell'aria stagnavano ancora polvere e fumo e nell'ac-

qua del torrente c'era, rovesciata su un fianco, una motocarrozzetta militare.
 Sentí un lamento. Cercò, trovò Angelo Lovatelli a terra, dilaniato, e poco piú in là un altro dei giovani partigiani con cui aveva parlato poche notti prima. Era seduto a terra e si teneva una gamba ferita. Lo raggiunse, si chinò su di lui e gli chiese: – Cos'è successo?
 – Bill!
 – Sí, sono io. Cos'è successo?
 – Avevamo saputo che stava arrivando un reparto tedesco di Waffen-SS...
 – Cioè?
 – Sono dei macellai, gente che sull'altro versante, a quanto ci hanno detto, ha fatto rappresaglie terribili sui civili. Questa via non è sugli itinerari principali della loro ritirata, e credo che volessero scendere da qui verso San Sebastiano solo perché sanno che in paese abbiamo degli appoggi. Cosí, anche se gli inglesi ci avevano raccomandato di salvare i ponti, io e Angelo abbiamo fatto saltare questo; e appena in tempo, perché stavano già arrivando.
 – Lo vedo da quel veicolo.
 – Sí, per far brillare le mine abbiamo aspettato che fosse sul ponte, cosí almeno due di quei maledetti li abbiamo fatti fuori. Stavamo per scappare, quando dall'altra parte hanno sparato alcuni colpi di mortaio. Uno ci ha preso in pieno. Angelo non risponde piú e io ho la gamba ferita.
 – Lovatelli è morto, l'ho visto poco piú in là. Ma i tedeschi dove sono finiti?
 – Sono tornati indietro, da qui non si passa mica piú.
 – Se vogliono arrivare al paese, lo faranno dalla Valbuia. Gli ci vorrà tempo, dovranno scendere e poi tornare su dall'altra strada, ma lo faranno.
 – È poco piú che una mulattiera, quella della Valbuia.

– Basta e avanza. Ho visto che negli ultimi anni l'hanno allargata e sistemata: ci può passare anche un autocarro, adesso.

Il ragazzo disse: – Bisogna avvertire quelli di San Sebastiano, dirgli che si nascondano nei boschi. Se quelli arrivano e li trovano lí, fanno una strage. Sono bestie sanguinarie, ammazzano anche donne e bambini, non hanno pietà di nessuno.

– Ce la fai a camminare?

– Credo di sí, ma non sono in grado di andare giú alla svelta.

– Ci penso io, tu fasciati alla meglio quelle ferite. Ti sono rimasti un po' di esplosivo e qualche innesco?

– Sí, ne ho ancora, nello zaino.

– Bene, quelli mi servono.

Poi Bill, scivolando sull'erba e tra i sassi, scese fino al greto del torrente e vide che, sulla carrozzina applicata a fianco della motocicletta saltata via insieme al ponte, era inserita una mitragliatrice. Dietro il sedile trovò un vano portaoggetti, lo aprí e ne trasse un cacciavite e gli altri attrezzi che gli servivano. Con quelli si ingegnò a svitare e smontare la mitragliatrice, raccolse anche tutte le munizioni che poteva portare e faticosamente risalí.

Il ragazzo gli chiese: – Che vuoi fare?

– Quello che va fatto. Tu riesci ad andartene da qui da solo e a raggiungere i tuoi?

– Piano piano ce la farò. Vorrei anche portare via il corpo di Angelo.

– Io non posso aiutarti, adesso. Devo preparare una cosa e poi correre in paese a dare l'allarme.

Si salutarono e Bill, forzando l'andatura nonostante il peso della mitragliatrice e dello zaino con gli esplosivi, raggiunse il suo rifugio vicino alla Fonte del Diavolo, prese anche il fucile, un'ascia e un rotolo di filo da pesca, salí al crinale, corse in quota fino all'imbocco della Valbuia e cominciò a scenderla piú veloce che poteva, ansimando sotto il peso delle armi che portava con sé.

Sapeva cosa fare, e sperava di averne il tempo.

23.
Conclusione
(novembre 1944)

Quando Bill arrivò a San Sebastiano in Alpe trafelato, col fucile a tracolla, una mitragliatrice in spalla e una cassa di munizioni in mano, gridando per richiamare gente, ci fu chi si chiuse nelle case spaventato a morte e chi, riconoscendolo, gli andò invece incontro. Riuscí a raccogliere intorno a sé un gruppetto nutrito di persone e le invitò a correre dagli altri ad avvertirli del pericolo imminente.

– Dovete lasciare il paese, e subito, – disse. – Stanno arrivando i tedeschi, e non con buone intenzioni.

– E dove andiamo? – gli chiese una donna.

– Loro scenderanno dalla Valbuia, per cui la cosa migliore è che risaliate la Valleluce non dalla strada, ma dal sentiero che è al di là del torrente. Andare verso il piano non sarebbe sicuro, potreste fare brutti incontri. Quando avrete camminato per una ventina di minuti, infilatevi nel bosco, che lassú è fitto, e rimaneteci un paio di giorni. Dopo, mandate qualcuno giú a vedere com'è la situazione. Se tutto sarà tranquillo, potrete tornare.

– Guidaci tu, Bill, – gli disse un anziano. – Tu sai come fare.

– No, io resto qui.

– Perché?

– Voglio provare a rallentarli, per darvi piú tempo possibile.

– Vuoi affrontarli da solo? Ma sei matto?

– Sí, certo che sono matto, non lo sapevi? – sorrise.
– Su, cominciate a radunarvi e portatevi poche cose: non dovete farvi intralciare da pesi e bagagli che non servono. Chi ha gambe buone, aiuti i piú vecchi e i piú piccoli.

Si fece indicare dov'era l'asilo e stava per correre ad avvisare di persona Rachele, ma si fermò.

Si sarebbe trattato di un ennesimo ritrovarsi e subito perdersi, di un nuovo strazio. Le avrebbe ancora una volta procurato dolore mentre era lí soprattutto per difenderla, per tentare di salvarla. Non c'era nulla di piú crudele di un amore che richiedeva, per manifestarsi ed essere vero, di stare lontani ed evitare incontri.

Si prese dalla tasca la moneta d'oro, quella che suo padre aveva dato, anzi fatto avere, a sua madre un giorno di oltre trent'anni prima. Non parlava certo di affetto, quella, ma era l'unica cosa che avesse racchiusa in sé molta della sua storia.

L'avviluppò in un fazzoletto e la porse a un ragazzino ordinandogli: – Va' all'asilo, di' alla maestra di preparare i bambini e di raggiungere con loro la gente che si raduna in piazza. E consegnale questo. Deve aprire questo fagottino, spiegaglielo bene, solo quando sarà nel bosco al sicuro. Se ti chiederà chi glielo manda rispondi che non lo sai, che si tratta di una persona che non conosci.

Poi Bill si diresse verso l'imbocco della Valbuia.

Aveva visto, arrivando in paese, che al margine del podere dei Belletti, là dove partiva la mulattiera che risaliva la valle, c'era una catasta di tronchi. Sarebbe servita una trincea, ma non c'era tempo per scavarla. Si diede da fare, gemendo per lo sforzo, a sistemare i tronchi in modo da ricavare una feritoia al centro della catasta. Sarebbe stata comunque una buona postazione.

Dopo che, a casa di Mariano, aveva bussato una donna giunta ad avvertire di quel che stava succedendo e che occorreva fare, lui andò in una stanza in penombra e si sedette su una poltrona, a capo chino.
Sua moglie Delia cominciò a ficcare cose in una borsa e gli disse: – Dammi una mano, svelto!
– Io non vengo.
La donna si bloccò. – Cosa vuol dire che non vieni? Mi lasci da sola in un momento come questo?
– Non sarai sola, andrai con tutti gli altri. Metà di quella gente mi detesta, adesso, e forse me lo merito, anche se di colpe vere non riesco ad accusarmi. È andata cosí e basta. Ma ce l'hanno con me, non con te, quindi ti accoglieranno tra loro di buon grado e ti aiuteranno.
– Potremmo andarcene per conto nostro, non c'è bisogno di seguire il gruppo. Conosci bene questi posti e una via di fuga ce la possiamo trovare da soli. Oppure restiamo: ti metti in camicia nera e aspettiamo i tedeschi, a noi non faranno niente. Sono i nostri alleati e amici, non dimenticartelo.
– Ah sí?
La donna gli andò accanto. – Se rimani qui, lo farò anch'io.
– No, non voglio, e soprattutto non lo vuoi veramente tu. E non ti do torto. Ho visto, dalla finestra, chi è stato a venire in paese a dare l'allarme e ho visto dove si è piazzato per provare a fare l'unica cosa che va fatta. Non appena sarai partita andrò da lui, da Amerigo, e l'aiuterò.
– L'aiuterai a fare cosa? A morire?
Mariano sorrise. – Si muore tutti, Delia, ma c'è modo e modo. Sai chi è Amerigo, te ne ho parlato tante volte, sai che non fosse stato per lui sarei già morto da un pezzo. E

sai quanto ci siamo voluti bene e quanto io gliene voglia ancora. Siamo cresciuti insieme e l'affetto che ci lega è cresciuto con noi. Bill è un fratello per me, e i fratelli non si abbandonano e non si tradiscono. Se lo si è fatto, bisogna rimediare. Dopo che se n'è dovuto andare dal paese, tanti anni fa, io non l'ho mai cercato, mai mi sono davvero preoccupato di lui. Adesso è ora di chiedergli perdono con i fatti, oltre che con le parole e i pensieri. E di farlo anche nei confronti di tutti gli altri per gli errori che ho commesso, seppure in buona fede.
– Ma che dici? Quell'uomo e questo paese ti devono molto!
– Può darsi, ma è molto di piú ciò che io devo a Bill, a questo posto e alla sua gente. La *mia* gente. Non mi volto dall'altra parte se qualcuno, chiunque sia, viene qui per ammazzarla.
– Se è cosí, io... io non resterò.
– È quello che ti ho chiesto. Va', adesso.
Delia rimase per qualche istante a guardarlo, poi, senza aggiungere altro e senza offrirgli un bacio o un abbraccio, se ne andò e chiuse la porta.
Una porta che, Mariano lo sapeva, si era chiusa già da tempo. Aveva amato quella donna e forse era stato ricambiato o forse no, ma da quando, con la caduta del fascismo, lui aveva perso ogni prestigio e potere, ad accomunarli c'erano stati solo una pesante reclusione fra le mura domestiche e lunghi silenzi gravidi di rimproveri taciuti, di disistima crescente, di recriminazioni appena accennate ma acuminate come coltelli e pesanti come macigni.
Si alzò dalla poltrona, calzò gli scarponi, prese da un cassetto la pistola, la caricò, se la mise in tasca e guardò di nuovo dalla finestra. Non c'era piú nessuno in vista.
Anzi, c'era solo un uomo che spostava tronchi e siste-

mava una mitragliatrice. Un uomo di nuovo in trincea, che lui avrebbe raggiunto per essere ancora una volta insieme, amici e fratelli come il destino aveva voluto e voleva che fossero fino in fondo.

Bill guardava i monti e i boschi che li ammantavano, paciosi e indifferenti. Il sole debole e chiaro di novembre, dopo che le vaghe bave di bruma del mattino si erano dissolte, colorava tutto di dolci toni autunnali.

Non ci sarebbe tornato mai piú, su quelle cime e nelle foreste. Erano state il suo esilio ma anche il suo rifugio, avevano rappresentato la sua prigione ma anche la piú grande occasione di libertà selvaggia. Rimanere cosí a lungo nella selva era stato, in definitiva, terribile e magnifico. Ma forse era la vita stessa a essere cosí, magnifica e terribile.

Lo distolse da quei pensieri un movimento dietro di sé colto con la coda dell'occhio. Si girò e si trovò di fronte Mariano, che gli si mise a fianco, studiò il riparo dei tronchi e la feritoia e disse: – Non è il massimo e non so per quanto reggerà.

Non si incontravano e non si parlavano da parecchio, ma fu come se non fosse passato neppure un minuto dall'ultima volta che si erano visti, che erano stati l'uno accanto all'altro in guerra o che avevano giocato immaginando avventure e battaglie.

– Reggerà almeno per un quarto d'ora, o forse di piú, se avremo fortuna. Ogni minuto sarà comunque prezioso.

Mariano guardò verso le chine della Valleluce, su cui una lunga fila di persone saliva piano. – Fra non molto raggiungeranno il bosco, – constatò.

– Rachele è con loro?

– Sí, è con loro, sta' tranquillo. Ci sono tutti, in paese non è rimasto piú nessuno.

– E tu perché non sei andato con loro?
– Lo conosci, il perché.
Bill annuí e disse: – Lo sai che non avremo scampo, vero? Potremo fermarli per un po', ma non riusciremo a cavarcela.
– Certo che lo so.
– Che volume di fuoco avrà questa mitragliatrice? – chiese Bill indicando l'arma.
– Notevole, immagino. Se io gestirò i nastri dei proiettili, e per quello un braccio solo basta e avanza, faremo grandinare di brutto. Ma non illuderti: se hanno un blindato dotato di cannone, ci spazzano via in un baleno. E anche con i camion potranno venire verso di noi molto velocemente.
– Non avranno alcun mezzo.
– Ma figurati! Secondo te si muovono a piedi, quelli?
– Sí, arriveranno a piedi e se la dovranno sudare.
– Perché?
– Hai presente la storia che ci raccontava sempre il maestro? – chiese Bill sorridendo. – Quella dei Galli che per fermare le legioni dei Romani che giungevano dalla Valbuia fecero cadere loro addosso i tronchi degli alberi?
– Sí, me la ricordo bene.
– Ecco, io prima ho preparato per i tedeschi un benvenuto simile.
– Cioè?
– Cioè ho abbattuto un albero e l'ho trascinato in mezzo alla mulattiera.
– Ah, capirai! Questo, secondo te, fermerà i loro veicoli? Lo sposteranno, e amen.
– Esatto, lo sposteranno. Senza sapere e senza accorgersi che, con un filo da pesca, l'albero è collegato a un paio di mine che ho sistemato nel costone sovrastante, quello su cui c'è il villaggio abbandonato. È una massa di terra che

ormai sta su per miracolo, e le esplosioni la faranno cadere sulla strada. Anzi, se avremo fortuna seppellirà anche parecchi soldati, e gli altri, per venire giú, dovranno faticare a superare la frana.
– Sei sicuro che funzionerà?
– No.
– Ah, be', – disse Mariano, – questo mi tranquillizza.
– È dall'altra guerra che non maneggio esplosivi, e non conoscevo gli ineschi che ho usato. Ma se funzionerà o meno lo sapremo presto.
– Speriamo bene. In ogni caso ne arriveranno giú tanti, troppi.
– In un libro che mi avevi portato quando andavi a scuola, ho letto una cosa su mio padre. Gli avevano chiesto come avesse fatto a uccidere da solo piú di quattromila bisonti, e sai lui cos'aveva risposto?
– No, non lo so.
– «Uno alla volta», aveva risposto. «Li ho uccisi uno alla volta».
– Non fa una piega, – borbottò Mariano. – Però i bisonti non erano mica armati.
– Vero. Ma noi non siamo mica da soli come lui. Siamo insieme.
– Sí, insieme.
Tacquero per un po', poi Mariano disse: – È la prima volta che parli di tuo padre senza che sia qualcun altro a portarti sul discorso. La prima volta.
– Già. E direi che sarà anche l'ultima.
Fu in quel momento che si udí un'esplosione fortissima, seguita dal boato di una frana.
– Ha funzionato, – constatò Mariano mettendosi accanto alla mitragliatrice con il nastro delle munizioni in mano.
– Aspetta, – gli disse Bill. Poi estrasse da una tasca un

CONCLUSIONE

pezzo di carbone, con quello si disegnò sul viso i segni di guerra e chiese: – Come gli indiani?
– Come gli indiani! – sorrise l'altro prendendo il carboncino e facendosi a sua volta righe scure sulle guance e sulla fronte.
Dovettero attendere solo pochi minuti prima di sentire le urla e le voci, poi finalmente i tedeschi apparvero, sbucando numerosi dalla mulattiera e dagli alberi.
Allora, gridando a loro volta, Amerigo e Mariano cominciarono a sparare senza fermarsi.

Sulle pendici della Valleluce, ormai all'interno del bosco, Rachele era in fondo alla fila. I bambini dell'asilo avevano raggiunto i loro rispettivi genitori, e lei camminava accanto a Belva. Sempre lo stesso cane di quando era bambina, sempre l'amico fedele che aveva accompagnato anche i passi di sua madre e di suo nonno, miracolo vivente della cui età nessuno si era mai stupito e si stupiva.
Pochi minuti prima, da un varco tra gli alberi attraverso cui si potevano vedere, a basso, il paese e i piccoli prati che lo circondavano, aveva scorto una catasta di legname e due uomini che vi stavano appostati dietro con le armi.
Da quella distanza non era riuscita a riconoscerli, ma uno doveva essere Mariano, l'unico che mancava dal gruppo che cercava rifugio sui monti, e l'altro forse era Amerigo, arrivato dopo tanto tempo e chissà da dove. Oppure sperava soltanto che fosse lui, e lo temeva, perché quei due, chiunque fossero, difficilmente avrebbero avuto scampo.
I due amici di sempre laggiù insieme e senza di lei, che con loro condivideva un pezzo grande di vita e di cuore.
Fece per tornare indietro e raggiungerli, ma Belva le sbarrò il passo brontolando, uggiolando e impedendole di ridiscendere il sentiero, angelo custode e nume tutelare

che sapeva sempre cosa fare, perché il suo sapere non era quello di un cane, ma quello enorme del mondo.

Con una stretta dolorosa all'anima, lei riprese ad avanzare fino a raggiungere gli altri. In quel momento si sentí una lontana e forte esplosione, e dopo pochi minuti giunsero i rumori degli spari.

Qualche piccolo cominciò a piangere. Rachele risalí la fila e a voce alta disse con un sorriso: – Bambini, adesso cantiamo insieme la canzoncina che vi ho insegnato ieri, d'accordo?

Quelli si convinsero e intonarono la canzone in coro, bisbiglio delicato che cercava di vincere sul crepitio feroce delle mitraglie e dei fucili.

Quando il rumore dei colpi cessò, Rachele sfilò dalla propria tasca l'involto che un ragazzino le aveva consegnato prima che cominciasse la loro fuga, l'aprí e vi trovò una moneta d'oro che conosceva bene, perché Bill gliela aveva mostrata tante volte.

Con un groppo in gola si voltò indietro.

Il paese non si vedeva piú, ma da quella direzione cominciavano ad alzarsi neri e densi fumi di incendi.

Allora riprese a camminare con gli altri e a guardare avanti, anche se le lacrime che aveva agli occhi quasi le impedivano di vedere il sentiero.

Indice

Parte prima   *Wild East Show*

p. 5	1. A vedere il treno (primi di aprile, 1906)
16	2. Storia di Alma
33	3. Una novità in paese
39	4. Storia di Ercole e di Caganído
50	5. Il grande spettacolo (12 aprile 1906)
62	6. Storia di Giulia
78	7. Amerigo diventa «Bill»
85	8. Uno sguardo di ghiaccio e di fuoco (primavera 1909)
99	9. Storia di Piuma e di Piombo

Parte seconda   *Bill il selvaggio*

111	10. Notte bianca e figure nere (giugno 1909)
122	11. L'odore della morte
132	12. Ogni cosa finisce (luglio 1909)
151	13. Solo (autunno 1909)
158	14. Il morso della lontananza (estate 1910)
170	15. Un lungo inverno (1910-1911)
186	16. Tutto in pochi giorni (giugno 1914)
202	17. Verso la tempesta (tra 1914 e 1915)

Parte terza   *Come gli indiani*

p. 215	18. Segni di guerra (luglio 2015 - settembre 1918)
228	19. Ritrovarsi (autunno 1918)
238	20. La vendetta e la furia (settembre 1919)
257	21. Perdersi (dicembre 1926 e primi mesi del 1927)
272	22. Sangue nel cielo (anni Quaranta)
288	23. Conclusione (novembre 1944)

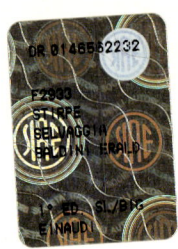

Questo libro è stampato su carta contenente fibre certificate FSC®
e con fibre provenienti da altre fonti controllate.

Stampato per conto della Casa editrice Einaudi
presso ELCOGRAF S.p.A. - Stabilimento di Cles (Tn)
nel mese di novembre 2016

C.L. 22592

Edizione						Anno			
1	2	3	4	5	6	7	2016	2017	2018	2019